AF140180

Andreas Heßelmann
Keine Angst
Der fünfte Mallorca-Krimi

Bibliografische Information der
Deutschen Nationalbibliothek:
Die Deutsche Nationalbibliothek verzeichnet diese
Publikation in der Deutschen Nationalbibliografie;
detaillierte bibliografische Daten sind im Internet über
http://dnb.dnb.de abrufbar.

TWENTYSIX – Der Self-Publishing-Verlag
Eine Kooperation zwischen der
Verlagsgruppe Random House
und BoD – Books on Demand
Alle Rechte vorbehalten.

Herstellung und Verlag:
BoD – Books on Demand, Norderstedt

ISBN: 978-3-7407-8110-1

Korrektorat: Brigitte Bausch
Coverfoto: Sebas/Adobe Stock/177663502
Autorenbild: Rainer Simon

El amor todo lo vence, el dinero todo lo alcanza,
todo culmina con la muerte, el tiempo todo lo sella.
(Spanisches Sprichwort)

Die Liebe besiegt alles, das Geld erreicht alles,
alles endet mit dem Tod und die Zeit verschlingt alles.

Prolog, 23. September, 0 Uhr 35

Erst etwas mehr als drei Wochen war alles her. Und manches aus dieser Zeit kam ihr vor, als seien schon Jahre vergangen. Nun lag sie auf dem Rücken und strich sich mit einer Hand über den nackten Bauch. Seit einer Woche waren ihre Tage überfällig und seit drei Tagen glaubte sie, sicher sein zu können. Das Gefühl kannte sie. Eine Träne rann aus einem Augenwinkel an ihrem Ohr vorbei. Noch wusste sie nicht, ob sie sich freuen sollte. Dann drehte sie ihren Kopf langsam zu seiner Seite. Eingeschlafen lag er zu ihr gewandt. Eine Hand unter seinem Kopf, die andere von ihr heruntergerutscht zwischen ihnen. In seinem Gesicht ein zufriedenes Lächeln. Sie drehte sich ganz um, schob sich behutsam an ihn heran und gab ihm vorsichtig einen Kuss auf die Nasenspitze. Er schien ihn nicht zu spüren. Denn sein schlafendes Lächeln blieb unverändert. Vielleicht war sein Traum auch an einer Stelle angekommen, an der ihr Kuss passte. Derweil perlte von ihrem Schenkel ein warmer Tropfen seiner Liebe in das Laken unter ihr. Mit geschlossenen Augen glitt sie mit einer Hand in ihren Schoß und spürte für einen Augenblick diesem glücklichen Moment nach. In den nächsten Tagen müsste sie es ihm sagen. Nur wusste sie noch nicht, wie. Nach allem, was geschehen war, sollte es kein Problem sein. Was für ein Wort, dachte sie sofort. Problem, rollte wieder auf den Rücken und war hellwach. Doch! Es würde ein Problem werden. Automatisch begann sie zu rechnen. Um den 20. August war der erste Tag ihrer letzten Regelblutung gewesen. Der Eisprung also am zweiten oder dritten September. Das bedeutete, ihre fruchtbaren Tage waren also genau die ersten Tage des Septembers. Am ersten hatte sie mit Miguel geschlafen. Am vierten mit Ramon.

Cuando una puerta se cierra, cien se abren.

Wenn sich eine Tür schließt, öffnen sich hundert.
(Rodríguez Marín)

23. September, 8 Uhr 20

Die Vorhersagen berichteten seit Tagen nichts anderes. Dieser Sommer würde bald vorbei sein und das Gleichmaß des warmen Wetters unterbrochen werden. Auf dem Festland konnte man die Spuren bereits sehen. Die *torrentes*, die Sturzbäche, waren durchgespült. Und damit auch mancher Ort. Man sprach von Verwüstungen. Bilder gaben dem recht. Die *gota fría* war dieses Jahr pünktlich. Doch diese Wucht war nicht vorausgesagt. Von Westen schob sich eine nahezu rabenschwarze Decke unter den Himmel. Es wirkte, als würde eine riesige Walze anrollen, die das gerade entstehende Licht des Morgens wieder zermalmte und an deren vorderer Kante stattdessen schon die ersten Blitze zuckten.

Gestern Nachmittag war er nach dem Wetterbericht mit dem Bus Richtung Pollença gefahren und hatte gebeten, ihn auf Höhe von *Vinyes Mortitx,* dem Weingut, aussteigen zu lassen. Dann wartete er, bis der Bus weitergefahren war, und lief die kurvige Straße doch noch eine Weile weiter. Erst nach drei-, vierhundert Metern stieg er links über ein niedriges Mäuerchen und ging auf einem kaum erkennbaren Weg, vielleicht war es auch ein Ziegenpfad, fast genau Richtung Norden. Rechts der *Puig de Gironella* und die *Finca Pedruxella Gran*, nicht mal einen halben Kilometer entfernt. Nach eineinhalb Stunden erreichte er einen weiteren Weg und bog auf diesem nach Osten ab. Umrundete so die Finca und stand irgendwann um Mitternacht keine zweihundert Meter vor dem *Caló de Xalóc*, der steilen Felsspitze nordwestlich von Pollença. Von Meerseite glich sie dem Bug eines mächtigen Schiffes, einem zerbröckelnden Pfeiler, der seine heutige Last, das Firmament und ihn, nicht mehr halten konnte.

Mindestens fünf oder sechs Mal war er in den letzten Wochen hierher gewandert, durch diese meist karstige und wilde Berglandschaft, in der nur kleine Blumen und wilde Kräuter in Spalten wuchsen und sich versteckten, bis er auf einen kleinen Pinienhain traf und dahinter auf einem Feld ankam, das ihn jedes Mal nach einem solch einsamen und oftmals zerklüfteten Weg erstaunte. Doch jenseits des Bergrückens, den er rechts liegen ließ, und keine fünfzig Meter hinter dem Pinienhain befand sich eine weitere Finca, die er erst vor Kurzem entdeckt hatte. Sie spielte für seine Wanderung zwar keine Rolle, erklärte aber das Feld.

Nach einer nahezu schlaflosen Nacht war er am frühen Morgen aus seinem Versteck aufgebrochen und an einer Felskante entlang durch Macchie vor zur Felsspitze gegangen. An manchen Stellen eher eine Kletterpartie. Sein Kopf voll mit den Bildern aus seinem Smartphone. Kurz bevor die Sonne über den *Puig Gros de Ternelles* kriechen konnte, hatte sich die Wolkendecke über ihm bereits vollständig ausgerollt. Er hatte aufgehört, die Blitze zu zählen, die den Himmel in schwarze Fetzen zerrissen, stattdessen sah er drei Wasserhosen zu, die sich über dem Meer gebildet hatten und nun behäbig Kurs auf die Steilküste nahmen. Mit einer ersten Sturmbö setzte der Regen ein. Hart. Peitschend. Wie aus Kübeln gegossen. Lang müsste er nun nicht mehr warten. Er ging einen Schritt vor und stemmte sich gegen eine weitere Bö. Unter ihm das donnernde Meer. Über ihm das unaufhörliche Grollen. Dann gegen eine zweite. Fünfeinhalb Sekunden würde es dauern. Über 190 Stundenkilometer schnell wäre er, wenn seine Berechnungen stimmten. Vielleicht spielte der Sturm ihm einen Streich und würde ihn an die Felswand klatschen. Aber 146 Meter sollten, wie auch immer, reichen.

Damit der immer stärker werdende Wind weniger Angriffsfläche hatte, zog er sich auf dem Felsen sitzend aus. Seine Schuhe stürzten schon hinab, die Strümpfe flogen davon, dann das Hemd, die Hose, die in den Einschnitt zur nächsten Felsspitze hineingeweht wurde, und die Unterwäsche. Alles war nass und schwer, aber für den Sturm nichts anderes als Blätter, Samen oder Papierschnipsel. Er hatte Mühe, wieder nach vorne zu kommen. Auf dem nassen Stein rutschte er immer wieder weg, riss sich die Füße, Knöchel und Hände auf, schlug von dem Wind zur Seite gepeitscht auf den nackten und scharfen Fels. Kaum eine Stelle seines Körpers blieb unversehrt. An jeder blutete er, doch keine Sekunde später sah man durch das Rinnen des Wassers nicht mehr, aus welcher Wunde das Blut kam.

Vorne setzte er sich noch einmal auf die Kante und schaute in die Richtung, wo er den Horizont vermutete. Von diesem war nichts zu sehen. Wenige Meter vor seinen Augen war alles in ein tosendes Schwarz getaucht und die peitschenden Regentropfen schmerzten in seinem Gesicht. Sie erinnerten ihn an fast vergessene Gewehrsalven und schufen die passenden Bilder in seinem Kopf. Bilder der Zeit, in der die Schergen der Militärjunta sein Land, seine Heimat zerstörten. Seine Familie. Seinen Vater verschleppten und dessen Bruder auf offener Straße hinrichteten. Wiederum dessen schwangere Tochter Juana entführten und in ein Gefängnis steckten, in dem sie gezwungen wurde, mit anzusehen, wie sie wenige Wochen später ihr neugeborenes Kind umbrachten. Nachdem sie Juana zuvor unzählige Male vergewaltigt hatten. Wiederum zwei Wochen später erhielt die Familie ein bedauerndes Schreiben, dass Mutter und Kind die Geburt leider nicht überlebt hätten. Juanas Mutter las den Brief wieder und wieder und ging schreiend auf die Straße, fluchte und tobte, zeigte auf zufällig vorbeilaufende Soldaten, schubste sie und bezeichnete sie als Mörder. Wusste sie doch allzu gut, was solche ihrem Mann, dem Vater von Juana, angetan hatten und somit auch der Tochter.

Sein Vater gehörte zu denjenigen, die dann in Flugzeuge und Hubschrauber verfrachtet wurden und denen man erzählte, sie in den Süden, in Sicherheit zu bringen, allerdings müsse man sie zuvor impfen, da es dort unten einige Krankheiten, aber keine Krankenhäuser gäbe. Also gab man ihnen eine Spritze – und sie waren betäubt. Anschließend wurden sie über dem Meer abgeworfen. Wie lästiger Unrat. Jahre später erfuhr er, dass sein Vater als subversiv galt, als intrigant. Was für ein Schwachsinn.

Irgendwann hatte er gehört, in einem solchen Moment, in dem das Leben enden sollte, würde es an einem als Film vorbeiziehen. Er hatte keine Ahnung, woher man das wissen konnte, für gewöhnlich gaben Selbstmörder *danach* keine Auskunft. Aber sie hatten recht. All die Jahre hatte er versucht, die Bilder, die irgendwo in seinem Kopf weggeschlossen waren, vollkommen zu vertreiben und zu vergessen, und damit auch das, was er darüber hinaus noch alles erfahren hatte.

Aber es nutzte nichts. So schnell, wie die Junta zugeschlagen hatte, waren nur die Opfer in Vergessenheit geraten. Die Gemälde seines Vaters längst verbrannt. Aber die Erinnerungen blieben. Er selbst war durch die Welt gereist und nirgendwo sesshaft geworden. Je weiter er geflohen war, umso näher waren diese Bilder und Erinnerungen. Am Ende hatte er nichts Besseres zu tun gehabt, fast auf der anderen Seite der Welt, als genau diesen Mördern nachzueifern. Denn auch an seinen Finger klebte inzwischen zu viel Blut. Im Wahn, mit seinem Handeln für Gerechtigkeit zu sorgen. Was für eine Gerechtigkeit? Wenn er dadurch nur einen alten fetten

Mann noch reicher gemacht und seine große Liebe durch Selbstmord verloren hatte. Ein ganzer Platz war mit dem Blut der Opfer getränkt, die durch seine Schandtat ums Leben gekommen waren. Sie ließen ihn schon lange nicht mehr in Ruhe. Suchten ihn Nacht für Nacht heim und grinsten ihn an, wussten sie doch, dass er eines Tages nicht nur sein ganzes Geld, all seine Freunde, sondern auch die Kraft verlieren würde, sich der einzigen Lösung, seinem eigenen Tod, zu widersetzen. Ihre Hände, die ihn herüberlockten, streckten sie so Tag für Tag und Nacht für Nacht ihm entgegen. Ein Wunder, dass er trotz dieses Tosens sie nun nicht sehen und ihre Schreie nicht hören konnte. Was sie aber jede Nacht taten, wenn sie ihre Namen nannten. Jonathan Buruk Bekele und seine zwei Kollegen oder seine Liebe, Tiziana Tomè. Aber vielleicht hatten sie sich auch nur mit diesem Sturm abgesprochen, vereinigt und für ihr Vorhaben stark genug gemacht. Angst spürte er nun nicht mehr. Angst kannte er ohnehin nicht mehr. Die letzte Hoffnung war schon lange vorbei.

Er betrachtete seinen Ringfinger, der geplante Ring wurde nie übergestreift, ein Foto von ihr nie gemacht, ein Brief nie geschrieben. Nur die Worte und ein paar Berührungen waren übrig geblieben und zerstoben nun in seinem Kopf wie die Regentropfen vor ihm. Stattdessen hatte er sich sogar noch hinreißen und verführen lassen und betrog seine einzige Liebe, in der Hoffnung, alles noch retten zu können. Er schüttelte den Kopf, nichts war rückgängig zu machen, nichts konnte er korrigieren. Was hatte ihn nur dazu getrieben, selbst einen solchen Krieg zu führen? Vielleicht war das sogar der Grund für Tizianas Tod.

In der letzten Nacht hatte er auf seinem Smartphone wieder und wieder Bilder seiner Heimat angeschaut, in der er viel zu kurz und zu wenig gelebt hatte. Und damit nicht nur die schrecklichen Bilder der Vergangenheit und seiner Familie wachgerufen, sondern auch die, die ihn vor Wochen vielleicht noch zu einer Rückkehr bewegt hätten. In Gedanken ging er nun noch einmal die *Avenida Corrientes* entlang, bis er den Obelisken erreichte, der nicht aus Ägypten stammte, was seine ausländischen Freunde immer vermuteten, sondern erst 1936 erbaut worden war. Noch einmal saß er auf einer der Bänke auf der *Plaza de Mayo* unter einer der hohen Palmen und sah hinüber zur *Casa Rosada* oder ging zusammen mit vielen Menschen über den breiten Zebrastreifen an der Ecke der *Florida* und *Diagonal Norte.* Aber er wusste, inzwischen waren auch in Buenos Aires die Straßen durch das Virus leer gefegt und dadurch so tot wie sein Inneres.

Die *Pizzería El Cuartito* würde er ab heute nicht mehr betreten, die *Subte,* die U-Bahn, nicht mehr fahren, den Ginkgo-Baum auf der *Plaza Républica de Chile* nicht mehr besuchen können, um sich von ihm die Kraft zu holen, alles zu überstehen, wo dieser doch in Hiroshima fast das einzige Lebewesen war, das sogar den Atombombenangriff überstanden hatte. Seine Wohnung im siebten Stock in der *Avenida Alvear,* im *Barrio de La Recoleta* war seit Jahren verkauft. Seine Heimat damit gänzlich unerreichbar. Die Erinnerungen an sie waren ohnehin verblasst, wie viele der Pop-Art-Bilder auf den ansonsten oftmals tristen Hauswänden der Stadt. Es war vorbei. Es gab nichts mehr. Das Handy suchend fiel ihm ein, dass es wohl mit der Hose davongeweht war. Was wollte er jetzt noch damit? Das Blut in Padua verschwand damit nicht aus seinem Kopf.

Das schwere schwarze Tuch über ihm, das Firmament, wogte und wölbte sich langsam wie ein zweites Meer, ähnelte dem schwarzen Dach einer riesigen ausgebrannten Kathedrale. Die Blitze als Reste eines gewaltigen Kreuzgewölbes, das bei jedem Donner zusammenbrach. Unter ihm der Fels, eine bröselnde gotische Säule, die von diesem Dach nichts mehr halten würde. Und er, der gleich stürzende Engel, der längst zu einem Diener des Satans geworden war. Er schrie und fluchte gegen den wütenden Sturm. Bespuckte die Wolkendecke über sich. Dann stand er schwankend auf und schloss die Augen. *190 Stundenkilometer* war sein letzter Gedanke.

23. September, 9 Uhr 05

Diego hatte in den letzten zehn Tagen sicher zwölfmal angerufen und immer wieder Bericht erstattet. Gleich am ersten Tag, dem Montag, war er neugierig: *Mutter ist wieder zurück. Habt ihr euch vertragen? Sie ist ja echt gut drauf.* Miguel klärte ihn dann auf, obwohl er selbst nicht allzu viel wusste. Denn Pelleter hatte an diesem Morgen erfolgreich verhindert, dass sie sich über den Weg liefen. Miguel war ohnehin zu spät gekommen und anschließend in der Burg nervös von einer Ecke in die andere gelaufen. Dann saßen sie sich doch irgendwann gegenüber. Drüben in der Bar auf der anderen Seite der *Simó Ballester.* Sicher kein geeigneter Ort, um über als das zu reden, über das er glaubte sich mit ihr unterhalten zu wollen. Tonis Blick und Elefantenohren bewiesen Neugier am Anschlag. Miguel trank einen Kaffee, Inés nur ein Wasser. Mal schaute er Inés an, aber sobald sie ihm ihr Gesicht zuwendete, blickte er in seine nun leere Tasse oder auf eines der dämlichen Plakate an der Wand, auf denen entweder Sandwiches, Eissorten oder triefende Burger abgebildet waren, oder aus dem Fenster. Die Augenblicke wurden Sekunden und diese zu nahezu wortlosen Minuten.

„Wir hätten dich hier brauchen können.“

„Ich habe die Tage für mich wirklich gebraucht.“

„Ja. – Schon. – Dieses Virus kam halt noch dazu.“

„Ihr seid ja dahintergekommen.“

„Wir wissen noch nichts Definitives.“

„Es geht nicht alles innerhalb von einem Tag.“

„Nein. Nicht alles.“

„Und soweit ich weiß ...“

Sie beließ es bei einer Andeutung. Ansonsten hätte er doch sicher schon längst gefragt? Mit gerunzelter Stirn schaute sie ihn an. Aber er sah wieder in seine Tasse.

„Nun ... wir ... du ...“, gab er unvollständig zurück. Inés fühlte sich ertappt. Miguel fühlte sich missverstanden. Inés wunderte sich, dass er nicht nach anderen Dingen fragte. Miguel, dass sie nichts erzählte. Dabei gab es inzwischen doch nichts mehr zu verheimlichen.

Nach einer Viertelstunde kaum gesagter Allgemeinplätze und verhinderter Tränen auf beiden Seiten klingelte sein Handy und er hatte wieder an seinen Schreibtisch zu gehen. Kurz schaute er hoch, eigentlich hätte auch er ihr ebenso viel erzählen können und eigentlich auch müssen. Und hatte es doch für sich behalten, selbst die kleinsten, in ihrer Situation eher unwichtigen Dinge, wie das mit Vicenç und dessen bevorstehendem Praktikum, aber auch seine zwei vergeblichen Versuche, sie im *Tierramar* zu besuchen, um vielleicht doch noch etwas zu retten. Beim ersten Mal war sie am Strand, meinte das Mädchen an der Rezeption, doch beim zweiten Mal: *Sie ist nicht mehr da. Ihr Freund hat sie gestern Nachmittag doch abgeholt. Wussten Sie das nicht?* Nein! Wusste er nicht. – Oder das mit dem Virus, den ganzen Entwicklungen, den Folgen, dem ganzen Drumherum, den Schließungen, Verboten und dem

Ausgehverbot. Alles war dicht. Nichts ging mehr. Die Leute hockten zu Hause und stierten von morgens bis abends in den Fernseher und warteten vom ersten Tag an darauf, dass dieses Gespenst wieder verschwinden und verkündet würde, dass alles nur ein schlechter Traum war. Doch keiner entschärfte, löste auf oder beendete den allmählich entstandenen und inzwischen weltweiten Albtraum. Dann machte sich der erste Frust breit und die ersten Läden und Bars gaben auf.

Dieses kleine Ding, es wusste nicht einmal, dass es böswillig, sondern nur von dem einen Gedanken beseelt war, zu überleben, erzeugte an manchen Tagen sogar traurige Slapstick-Situationen: Häufig waren eingewanderte Südamerikaner, die man für die einfachsten Tätigkeiten angestellt hatte, in ihrer Existenz bedroht. Konnten sie ihr Leben auf Mallorca noch dadurch meistern, in Restaurants oder Hotels als Hilfen zu arbeiten, um einigermaßen zu überleben, so gab es in diesen Tagen immer wieder welche, die ihre Dienste für ein paar Cent versuchten privat anzubieten.

Bei einer Familie, nur wenige Straßen weiter, nicht in einer billigen Wohnung in einem sogenannten Problemviertel, waren die Verhältnisse genau deshalb zugespitzt. Und weil der Familienvater volltrunken in eine Krise geriet, öffnete er mitten in der Nacht ein Fenster und stürzte sich aus dem dritten Stock. Nicht nur, dass die Höhe vielleicht ohnehin für das alkoholgeschwängerte Vorhaben nicht gereicht hätte, nein, er fiel auch noch auf das Dach des Berlingos seines Nachbarn. Mit dem Ergebnis zweier gebrochener Arme und Beine.

Der Nachbar, ein Handwerker, der selbst wochenlang nichts zu arbeiten hatte, weil Aufträge storniert oder nicht ausgeführt werden sollten, erhielt auf diese Weise einen Schadensersatz und stürzte die arme Familie erst recht in Not. Und der Familienvater verlor seinen Job als Aushilfe in einem Restaurant, weil er natürlich für Wochen ans Bett gefesselt war. Seiner Familie blieb nur deshalb der Auszug erspart, weil Nachbarn und einige Freunde für die nächste Miete sammelten und ihnen immer wieder Essen vor die Tür stellten. Kollegen setzten sich dann noch für ihn ein, um seinen Arbeitsplatz wiederzubekommen. Aber das würde dauern. Die Krise war hartnäckiger, als viele es dachten.

Aber musste sie das nicht alles schon längst wissen? Auch wenn ihr Freund sie sicher auf andere Gedanken brachte. – Über all das hätte er mit ihr reden können. Und, ja, natürlich auch über das mit Elena. Das, worüber alle sprachen. Sie waren doch keine kleinen Kinder mehr. Aber mit einem Mal schien sich alles verändert zu haben. Waren sie sich fremder als je zuvor. Oder immer noch viel zu nah.

Andererseits dachte er auch in diesen Minuten an Elena und konnte sich ausgerechnet in diesen vorstellen, nach Barcelona zu ziehen, wenn sie dort ihr Studium beenden oder gar einen Job bekommen würde, um dort oder woanders mit ihr ein neues Leben anzufangen. Auch wenn sie genau an diesem Morgen, kaum zwei Stunden zuvor, als sie von ihrer Nachtschicht zurückgekommen war, meinte: *Es hat doch keinen Sinn. Schau dir doch meine Arbeitszeiten an, die werden in nächster Zeit sicher nicht besser, was hast du von einem solchen Leben, was haben wir voneinander? – Es war verdammt schön. Eigentlich viel zu schön. Lassen wir es dabei.* Dann hatte sie eine Pause gemacht, auf den brodelnden Espressokocher geguckt, als könne er mit seinem Blubbern auch ihr ein gutes Horoskop mitteilen, und angefangen zu weinen. *Aber ich verspreche dir, wenn ich mal nach Palma zurückkomme, werde ich dich*

als Ersten besuchen. Egal, welche Hosen in deinem Bade-
zimmer hängen und welches Duschgel auf dem Glasregal
steht. Und wenn wir in diesem Moment noch dasselbe für-
einander empfinden sollten, bleibe ich. Miguel legte seine
Armbanduhr ab, setzte Elena auf einen Stuhl an den
Tisch und stellte ihr eine Tasse Kaffee hin. Nachdem er
sich ihr gegenübergesetzt hatte, meinte er:

„Eine gute Idee. Ich bleibe jetzt hier bei dir."
So, ihr gegenübersitzend, tat er nichts anderes als sie
anzuschauen, bis ihr Weinen vor lauter Müdigkeit auf-
hörte und sie ihn mit fast leerem Blick ansah. Als hätte
er darauf gewartet, ging er um den Tisch, nahm sie in
den Arm und trug sie Minuten später ins Schlafzimmer.
Zog sie aus, legte sie wie ein kleines Kind ins Bett und
deckte sie zu.

„Ich komme so schnell wie möglich wieder. Irgendwann am Nachmittag. Ruh dich aus!", meinte er noch
und küsste sie auf die Stirn.
Er erwischte sie dann im Bad. Am Esszimmertisch standen ihre gepackten Taschen. Am Waschbecken stehend
stellte er sich hinter sie, umarmte ihren fast nackten
Körper und hielt sie einfach wieder fest. Im Spiegel beobachtete er ihr zuckendes und weinendes und schon
verquollenes Gesicht, das auch ihn mit rot gewordenen
Augen beobachtete. Irgendwann drehte sie sich um und
erwiderte die Umarmung, ging Augenblicke später hinaus zum Tisch und nahm die Taschen. Seitdem standen
sie wieder in *ihrem* gemeinsamen Schlafzimmer. Nur
mit dem Slip bekleidet stellte sie sich dann an die Balkontür und sah hinaus – und er sah zum ersten Mal
nicht Inés in ihr.

Am nächsten Tag berichtete Diego, zur inzwischen
gewohnten Zeit, das nächste Detail. Der Typ hat auch
irre Tattoos. Eines sogar wie Mutter. Aber der hat fast

den ganzen Arm voll. Und ist viel jünger als sie. Großmutter hat von Mutter Redeverbot bekommen. Und dieser Ramon blieb sogar über Nacht. Jeden Tag kam ein
weiteres Detail hinzu. Der studiert. Der ist Rettungs-
schwimmer. Der kann mir in Mathe helfen. Der hat nur
eine ganz kleine Wohnung. Ohne dass Diego sich einmal beschwerte oder meinte, er würde Miguel vermissen oder sich wenigstens noch mal mit ihm treffen wollen. So berichtete er wohl lieber von seinem größten
Erfolg, nämlich über Nacht bei Luisa gewesen zu sein,
weil sie sturmfreie Bude hatte. Ihre Eltern waren für
drei Tage zu einem schwerkranken Verwandten gefahren. Bis Miguel durch Diego und nicht Inés und nicht
Pelleter vor ein paar Tagen den nächsten Paukenschlag
hörte:
   „Nächste Woche hat sie einen neuen Arbeitsplatz. In
der *comisaría* in der *Carrer de Marbella.* Hast du sie etwa
rausgeschmissen?“
Nein, hatte er nicht. Nicht einmal die leiseste Ahnung
von dem Ganzen. Sie hatten an dem Morgen in Tonis
Bar nur über Belanglosigkeiten gesprochen, die eine
oder andere Andeutung gemacht und dabei hartnäckig
umgangen, sich durch irgendeine dumme Äußerung
wehzutun. *Das* hatte Diego mit seinen Telefonaten
längst schon übernommen.

Nun also sah er Inés nach all diesen Tagen, nach der
unbeholfenen Begegnung bei Toni das erste Mal wieder. Nicht in dessen Bar, nicht in der Burg, nicht bei ihr
oder sich zu Hause. Sondern draußen vor dem kleinen
Café La Molienda an den Stufen der *Carrer de la Mise-
ricòrdia* neben dem kleinen, wohl marmornen Brunnen.
Der Regen und Sturm in der Nacht waren, so schnell
und heftig sie gekommen waren, weitergezogen und

hatten allen Unrat und Dreck fortgespült. Selbst abgebrochene Äste, herumfliegendes Papier oder irgendwelche Dosen und Plastikbecher lagen nicht mehr auf dem kleinen Platz herum. Nur der Asphalt und die rötlich braunen Steinplatten glänzten noch wie polierte Speckschwarten.

Miguel saß da und schaute sich um. Das Café war zwar nur auf der anderen Seite des *Passeig de Mallorca*, aber dennoch in einer anderen Welt. Hier war er noch nie gewesen. Er schaute hoch, er schaute sich wieder um, er schaute sie an. Auch die Jeans, die er kannte, und das trägerlose Shirt. Aber erst jetzt fielen ihm die kurzen, zu einem Pagenschnitt veränderten Haare auf. Deren rötliche Farbe. Ihr neues Äußeres und das Tattoo an ihrem Oberarm, von dem Diego gesprochen hatte. Ein Wolf, der sie zu bewachen schien. Jede Härte oder Enttäuschung oder Traurigkeit war aus ihrem Gesicht gewichen. Innerhalb der wenigen Wochen hatte sie eine Metamorphose durchgemacht. Er konnte nicht anders und atmete tief durch. Eine Mischung aus Seufzen und Verwunderung. Señora Inés Farrigua Bertoli, wie Pelleter immer wieder meinte, sie so neutral wie möglich nennen zu müssen – nur manchmal und dann klang es, als wäre er ihr Vater, nannte er sie Inés –, war zu einer noch schöneren, vor allem aber selbstbewussten Frau geworden. Dabei war sie doch immer schon schön gewesen, dachte er. Miguel räusperte sich und atmete ein weiteres Mal tief durch.

„Ich weiß nicht, ob ich dir gratulieren soll?", fing er an und wusste im selben Moment, dass sein Satz dämlich klingen musste, und wusste aber auch, heute würde er nicht wissen, was er wollte.

„Zu meiner Versetzung? Zu – Ramon? Zu meinem neuen Äußeren? Zu …?" Sie brach ab, kniff die Augen zusammen und forschte in seinem Blick.

„Ja. – Wohl zu all diesen Sachen." Auch seine Antwort war nicht besser.

„Miguel, ich weiß nicht, wie ..., aber ... es mag vielleicht auch komisch klingen ... alles dumm, nach allem, was wir beide miteinander erlebt haben ... aber ... dennoch möchte ich dir danken. Keinen unserer Tage möchte ich missen. Und über keinen Tag die Lüge verbreiten: Ich hätte dich nicht geliebt. – Das habe ich. Jeden Tag. Vom ersten an. Doch irgendwann saß ich in einer Falle. Und ich wusste, selbst wenn du mir helfen würdest, was du immer versucht hast, komme ich nicht aus ihr heraus. Im Gegenteil. Diese Falle hatte drei Namen: Juan, die Wohnung, vielmehr dieses Zimmer, in dem ich wieder lebe und deine Liebe zu mir."

„Und du warst auf der Suche, diese drei Dinge, diese Falle zu verlassen", resümierte er. In seinem Ton plötzlich unüberhörbare Enttäuschung. Sie hatte ihm so viel erzählt, ihre ganze Geschichte, ihr Leben und wenn er ihr helfen wollte, lächelnd den Kopf geschüttelt. Nun war er also zu einer Falle geworden. Zu einem Namen mutiert, zum dritten ihrer Gründe. Er presste die Lippen aufeinander und atmete tief ein. Mit seiner Liebe hatte er sie zwar bisweilen befriedigen können, aber unglücklich gemacht.

Inés sah sein Gesicht. Erkannte all seine Regungen, hörte nahezu seine Gedanken und wusste, es war alles ungerecht. Das mit Ramon, das mit ihm. Das mit ihrem immer häufigeren Schweigen. Das alles mit einem Danke zu beenden. Aber mit ihm über ihre Probleme zu sprechen, war von Anfang an schon schwer und wurde immer schwerer. Er hörte zwar geduldig zu, überlegte und hatte, wenn sie dachte, alles erzählt und berichtet zu haben, schon gleich darauf eine Lösung parat, statt einen Vorschlag, weitere Überlegungen, eine Korrektur oder gar einen Einwand zu machen. Nein, er lenkte ab und präsentierte Lösungen: ein Ausflug mit den Jungs, Balkon oder Terrasse oder gar eine Heirat. Wehrte sie sich dagegen, tat er verwundert.

Und jetzt? War plötzlich Elena da und schon mehr als nur ein Trost. Selbst wenn sie den Sachen, die sie gehört hatte, nur zur Hälfte glauben würde. War das nicht auch eine Art, vielleicht sogar ein Beweis von Ungerechtigkeit gegenüber ihren Problemen? Sie schob langsam eine Hand über den Tisch und streichelte trotzdem seine, die unentwegt die Tasse drehte.

„Ich möchte irgendwie noch zu dir gehören, deine Freundin bleiben, bin aber nicht dein Besitz."

„Dabei habe ich dich nie besessen." Seine Stimme krächzte etwas und er räusperte sich.

„Nein. – So meinte ich es auch nicht."

„Und er?" Miguel schaute hoch und tippte auf das Wolfs-Tattoo auf ihrem Oberarm.

„Gehört jetzt zu meinem Leben. – Wie alles, was ich erlebt habe. Auch das mit dir."

Miguel nickte. Liebe war wie ein Spielfeld. Doch manchmal brauchte man einen neuen Ball. Es war alles in Ordnung, alles gut, alles richtig. Er versuchte zu lächeln und sah auf ihre Hand. Dann zog Inés etwas aus einer Hosentasche und faltete es auseinander, Miguel konnte es zunächst nicht erkennen. Einen Zettel? Ein buntes Papier? Ein Foto? Sie hielt es hoch, zeigte es ihm und stellte mit einem Lächeln fest:

„Sie ist hübsch."

23. September, 14 Uhr 50

Die Besatzung der Küstenschutz-Helikopter war geübt. Sie erkannte jede kleine Veränderung. Besonders nach einer solchen Nacht hatte sie ihr Augenmerk auf gestrandete oder gar geborstene Boote, auf angespülte Dinge oder Abbrüche an der Steilküste und Ansammlungen von Unrat in den Mündungen der *torrentes*. Manches davon trieb nach einem solchen Sturm oft weit hinaus aufs Meer. Vier Stunden tobte das Unwetter, dann war es zu Ende. So, als hätte jemand einen Schalter umgelegt. An – aus.

Innerhalb der ersten halben Stunde hatten sie bereits dreimal Meldungen in die Zentrale abgesetzt. Einmal war es ein Auto, das im *Torrent de Sant Jordi* mitgerissen worden und stecken geblieben war, das andere Mal ein zertrümmertes Segelboot an der Cala Castell gegenüber der Punta Topina an der Nordküste. Jetzt klopfte Sara Mateo wieder auf die Schulter. Da war was. Etwas Kleines. Ein heller Fleck im Fels. Sie deutete nach unten und zuckte mit der Schulter. Mateo verstand sofort und leitete mit den Pedalen und dem Steuerknüppel den Sinkflug und eine enge Kehrtwende ein.

Nach wenigen Augenblicken war das, was Sara gesehen hatte, auf der linken Seite und größer geworden. An einem Felsen gegenüber hing dunkler Stoff und weiter unten zwischen einer stumpfen Felsnadel und der steilen Wand des *Caló de Xalóc* – sie klappte das Visier hoch und nahm das Fernglas – tatsächlich – ein nackter Körper. Verdreht und zerschlagen. Mateo dirigierte den Helikopter dichter ran. Das Bild, das sich ihnen bot, war nichts anderes als gruselig. Ein Bein nahezu abgerissen und der Körper an allen sichtbaren Stellen aufgeschürft. Das Gesicht war nicht zu erkennen.

„Das wird eine schwierige Sache", stellte Mateo trocken fest und Sara nickte.

„Wie lang der da wohl schon liegt und wie der da hingekommen ist?"

Jetzt zuckte Mateo mit der Schulter und ließ den Helikopter ruhig in der Luft stehen. Keine dreißig Meter von der Wand entfernt.

„Kann noch nicht lang sein. – Wenn das da drüben seine Hose ist ... keine Ahnung ... seltsam."

„Ich glaub, mir wird schlecht", meinte Sara, sah aber weiterhin durch ihr Fernglas auf den Körper. Ihre Neugier war wohl doch größer. Ein paar angespülte Leichen hatte sie schon gesehen. Zwei oder drei. Aufgedunsen. Aber eine, die wahrscheinlich einen Felsen hinuntergestürzt war, noch nicht. Sekunden später setzte sie das Glas ab und suchte den Felsen und den von gegenüber mit bloßen Augen ab. Der dunkle Stoff entpuppte sich tatsächlich als Hose, sie war sogar noch weitgehend intakt, und weiter oben fast an der Kante des gegenüberliegenden Felsen hing wohl ein Unterhemd.

„Das gehörte wohl dem", stellte sie fest, „ich geb' das mal durch. Keine Ahnung, wie die da rankommen wollen. Mit dem Heli wird das nix. Nicht mit unserem. Das Seil ist zu kurz." Damit deutete sie nach oben. Mehr als hundert Meter mochten es wohl sein, um senkrecht über der Stelle stehen zu können. Währenddessen lieferte Mateo über Funk den ersten Bericht und gab die Koordinaten durch:

„Ja, Leute, ein Hirnverbrannter. – Vermute ich. – Vielleicht ein Selbstmörder. Auf 39.929 – 2.951. Steckt in einer Spalte des *Caló de Xalóc*. Beeilen müsst ihr euch nicht. Der ist tot. – Mausetot."

Es folgte noch ein bisschen Geplänkel. Dann beendete er die Durchsage.

„Und von einem Boot kommst du auch nicht ran", ergänzte Mateo, zog den Collective nach oben und ließ den Helikopter kurz darauf knapp zwanzig Meter über der Felsspitze schweben.

„Sehen tut man sonst nichts. Kein gerissenes Seil oder so. – Warte! – Da vorne. – Da liegt was."

Er ließ den Heli langsam kaum hundert Meter weit ins Inselinnere gleiten.

„Schau! – Da vorne. Vor den Bäumen. Könnte ein Schlafsack sein. Ich ruf Thiago an, der kennt die Leute hier in der Gegend. Er soll mal fragen, ob sie mit einem Jeep mal hinfahren und nachsehen können."

Dann ließ er die Maschine nach hinten kippen und flog zurück zur Fundstelle.

„Sieht echt grotesk aus", befand er dort und flog noch dichter als vorher heran.

„Ich glaub, jetzt wird mir wirklich schlecht." Sara wendete sich ab, den nahezu zerfetzten Körper wollte sie nicht länger betrachten. „Der hat gewusst, was er macht. Das ist kein Unfall, sag ich dir."

Mateo nickte bestätigend und fragte:

„Haste heute Abend eigentlich schon was vor?"

Jetzt grinste Sara ihn an und pikte ihn mit einem Finger in den Oberarm.

„Wenn ich dich richtig verstanden hab, dann wohl jetzt, oder?"

Mateo nickte, griente zurück und kniff kurz in ihren Oberschenkel. Der Heli machte sofort einen Schwenk. Anschließend veränderte er den Einstellwinkel der Rotorblätter und flog in einer eleganten Kurve auf das offene Meer zurück. Vielleicht mussten sie wegen dem da noch in einen anderen Hubschrauber steigen, bevor er mit Sara den Abend – vielleicht sogar bei sich zu Hause – verbringen würde.

23. September, 15 Uhr 10

Sie waren zu ihm nach Hause gefahren. Ihre wenigen Sachen aus dem Bad, die Hose, Cremes und das Duschgel, und dem Schlafzimmer, weitere Hosen, ein paar Shirts und Schuhe, passten in eine Tasche, die nun statt Elenas neben dem Tisch stand. Dann stand Inés an der Balkontür und er machte in der Küche mit dem Espressokocher einen Kaffee. Unten fuhr langsam ein blauer Seat vorbei. Die Scheiben runtergedreht. Aus dessen Innerem wummerte deshalb ungehindert ohrenbetäubender Lärm heraus. Musik konnte schrecklich sein.

„Das wird nichts mehr", sagte Inés und schaute auf die Ruine auf der anderen Straßenseite.
Miguel hingegen sagte nichts und lauschte dem Brodeln des Kochers. Gerade presste dieser das heiße Wasser durch das Kaffeepulver. Es klang gut. Es war alles in Ordnung, alles richtig. Und er wusste, sie meinte diese Bauruine. Schaute nur kurz zu ihr rüber und dachte, wie früher, sie steht da und es sieht aus wie früher. Nur dass sie jetzt angezogen ist. Er konnte nicht anders und ging zu ihr. Umfasste sie und gab ihr einen Kuss auf den Hals direkt unter einem Ohr. Sie wehrte sich nicht. Im Gegenteil, sie kippte ihren Kopf zur Seite und schloss für einen Moment die Augen. Dann schaute sie ihn lächelnd an.

„Ich muss dir noch etwas sagen. Ich habe eine Wohnung gefunden. War wirklich ein Zufall. Der Kollege, dessen Posten ich übernehmen soll, ist vor zwei Wochen mit seiner Familie weggezogen, zurück in seine Heimat, aufs Festland, dort gibt es Schwierigkeiten mit dem Hof seines Vaters seit diesem Virus. Er kann nicht anders, muss sich kümmern, und natürlich braucht er jetzt die Wohnung nicht mehr. Wir sprachen zufällig darüber. Und so ... die Jungs ... du weißt ... Sie ist zudem ganz in der Nähe von meinem neuen Arbeitsplatz, in der *Carrer del Sargàs* und groß genug. Was ich meine, die Jungs haben endlich eigene Zimmer. – Es hat nichts mit Ramon zu tun. Ehrlich. Gar nichts. Auch nicht mit dir und deiner Frage: Balkon oder Terrasse."

„Ich habe mit meinen Gefühlen dir gegenüber nie gelogen. Aber seit ... nein ... wir müssen uns für nichts rechtfertigen."

„Ich weiß", erwiderte sie und streichelte eine Wange von ihm, „aber du warst irgendwann weiter als ich. Viel weiter. Und irgendwann zu weit. Auch meine Jungs. Ich hab' mich selbst betrogen und dir – wahrscheinlich uns – etwas vorgemacht. – Vielleicht geht es ja und wir bleiben Freunde. – Ich habe dir wirklich unendlich viel zu verdanken."

Das Brodeln wurde zu einem Blubbern. Es klang plötzlich seltsam. So meldete sich das Ding, wenn schlechtes Wetter kam. Miguel strich mit einer Hand über ihre Seite und ging zum Herd. Er musste bei nächster Gelegenheit in eine Zeitung schauen und das Horoskop lesen, befürchtete aber gleichzeitig, es würde mit der Häufung an Problemen sicher überfordert sein.

„Trotzdem hat es nicht viel weitergeholfen. – Wir sind uns wohl immer fremder geworden."

„Oder nie vertraut genug. – Obwohl du immer versucht hast, mir eine Heimat zu bieten. – Ich weiß nicht, was ich erwartet habe. Vielleicht liegt in meinem Dank auch ganz viel Undankbarkeit. – Vielleicht schaue ich eines Tages ganz dumm aus der Wäsche."

Mit einer Hand über ihren Bauch streichend drehte sie sich um und nahm die Tasse. Morgen würde sie einen Schwangerschaftstest kaufen, wenngleich sie sich sicher war, aber auch einen Tag mehr Zeit gewinnen.

„Warum hast du mich mit auf dein Zimmer genommen?", wollte Miguel wissen und schaute ihr über den

Rand der Tasse forschend in die Augen. Sie sog die Lippen ein und zögerte.

„Würdest du Lust gelten lassen?"

„Ich hatte es da noch aus Liebe getan."

„Und ich fühlte mich eine Stunde danach schäbig und unehrlich. – Ich weiß, eine Entschuldigung kann das nicht sein. – Es tut mir leid. Und – ich kann es dir nicht erklären."

Miguels Blick verriet, dass ihn ihre Aussage getroffen hatte, doch wollte er darauf nicht reagieren.

„Wann ziehst du um?", fragte er stattdessen.

„Schon bald. – In dieser Woche wollte ich alles sauber und gestrichen haben. – Dann werde ich trotz allem wieder bei null anfangen."

Inés drehte sich weg und ging zu ihrer Tasche, doch drehte sie sich über ihr stehend noch einmal zu ihm um, umarmte und küsste ihn. Wie früher, schoss es ihm durch den Kopf. Wie früher, wahrscheinlich hätte sie sich wieder nicht gewehrt, aber er ließ seine Hände unten.

23. September, 16 Uhr 35

Die Aktion war mehr als kompliziert. Der Körper des Mannes war durch den Sturm an die steile Wand gepresst und dadurch mehrfach gebrochen worden. Nun steckte er mit der Brust in einem schmalen Spalt zwanzig Meter über dem Wasser fest. Bevor sie überhaupt mit dem großen Hubschrauber beginnen konnten, etwas auszurichten, stellten sie ihn auf dem Feld ab und warteten ab.

Tatsächlich wurden im Verlauf des Morgens am anderen Ende des Feldes ein Schlafsack und ein Rucksack gefunden. In ihm ein paar eingewickelte Essensreste, eine leere Flasche Wasser und ein Handtuch. Sowie eine Wanderkarte des Gebietes, in die mit einem Stift die Route, die zum Felsen, eingezeichnet war. Ein offizieller Weg war es nicht. Sonst nichts. Keine Geldbörse. Keine Ausweise. Wer sich auf diese Weise umbrachte, wollte unbekannt bleiben. Kollegen von Mateo und Sara, zwei Männer der *Guardia Civil,* suchten anhand der Karte noch den Weg ab. Fanden aber nichts Weiteres. Die zwei Piloten liefen derweil zur Kante vor und beobachteten die Vorbereitungen zur Bergung.

„Das zieht sich. Sag ich dir", meinte Mateo.

„Kann gut sein. Bis der draußen und dann abgeliefert ist. – Lass uns mit einem Haken die Hose dort drüben hochziehen. Vielleicht sind da noch irgendwelche Sachen drin."

Capitán Mateo Suarez nickte, klopfte ihr leicht auf die Schulter und sie gingen zu ihrem Cougar hinüber. Sara schüttelte ihre blonde Mähne nach hinten und setzte ihren Helm wieder auf. Mateo sah ihr bewundernd zu, ihre Haarpracht faszinierte ihn schon immer. Er stellte sich vor, wie sie mit ihr über seinen Körper glitt und seufzte.

„¡*Vale!* Dann mal los! – Kommst aber trotzdem heute Abend, oder?"

„Ich kann ja dann bei dir pennen, oder?"
Ihr Blick war eindeutig.

Über Funk gaben sie ihr Vorhaben durch. Natürlich war man einverstanden. Man wollte es hinter sich bringen. Die Spezialeinheit hatte genug zu tun. Eine zerfetzte Leiche zu bergen, hatte nichts mit einem Traumjob zu tun. Eine weitere Kletterpartie zur Hose war somit nicht mehr nötig. Währenddessen waren die Leute der Spezialeinheit damit beschäftigt, die steile Wand des *Caló de Xalóc* zur Leiche hinunterzuklettern. Diese freizubekommen war ohnehin die größere

Schwierigkeit. Im Helm hörten Mateo und Sara, was gesprochen wurde, und schauten sich mit hochgezogenen Augenbrauen an, dann ließ er den Rotor kreisen:

„Nehmt die Brechstange. Der ist tot. Dem macht das nichts mehr, wenn noch Geröll auf ihn runterkracht oder er selbst."

Auch die nächsten Kommandos muteten im ersten Moment herzlos an. Aber ein Leben war jetzt wirklich nicht mehr zu retten.

Sara ging nach hinten, über dem dunklen Stoff schwebend dirigierte sie die Seilwinde. Unterhalb eines Gewichtes, das die Spannung aufrechterhielt und das Seil ruhig hielt, ein flacher Haken, von dem sie hoffte, in einer Schlaufe oder Tasche der Hose genug Halt zu finden. Wind war Gott sei Dank kaum noch vorhanden. Tatsächlich dauerte es nur wenige Augenblicke, dann reckte sie den Daumen hoch und jubelte ins Mikro. Zehn Sekunden später hob sie den Stoff ins Innere und schloss die Seitentür, um sich wieder neben Mateo zu setzen. Dort nahm sie den Helm ab und hielt das Mikro zu:

„Jetzt hab' ich mir den Abend aber verdient, oder?" Mateos Blick betrachtete sie frech genug, um als eindeutiges Ja zu gelten.

„Wenn ich jetzt nicht fliegen müsste, wüsste ich schon, was ich hier oben mit dir anstellen würde."

„Das wär' natürlich auch mal was, so über den Wolken", erwiderte Sara und kämmte sich ihr Haare nach hinten. Sie wusste, wie das aussah und wirkte. Und Mateo war auch nicht von schlechten Eltern. Auch wenn er manchmal derbe Sprüche draufhatte, war in seinem Kopf kein Vakuum. Nicht wie bei ihrem letzten Typen. Muskeln und Body ja, Hirn und Gefühl, ¡no! Gerade als sie Mateo wieder ihren Finger in den Oberarm piken wollte, kam über Funk:

„So, ihr zwei Turteltauben. Jetzt könnt ihr mal so langsam das Seil runterlassen."

Sara schaute Mateo rot geworden an.

„Haben die uns gehört?"

Mateo schüttelte lachend den Kopf.

„Ich glaub, es reicht, wie wir auch sonst miteinander reden."

Über dem Felsen schwebend machte er ihr ein Zeichen, damit sie wieder nach hinten ging, um die Seilwinde in Position zu bringen und das Bergeseil klarzumachen. Sara zog ihren Kopf ein und setzte wieder den Helm auf. Anschließend befestigte sie ein Rettungsnetz am Lasthaken und lotste Mateo über die Stelle.

Unten benötigte man dann doch ein paar Minuten, um den in einem Rettungssack untergebrachten Leichnam in das Netz zu bekommen, doch dann ließ Sara die elektrische Kurbel ihre Arbeit tun und bedeutete Mateo, die Position verlassen zu können. Er drehte auf das Meer ab und sie zog das Netz mithilfe der schwenkbaren Seilwinde ins Innere.

Gut, dass der Sack geschlossen war. Den Appetit auf den Abend wollte sie sich nicht verderben lassen. Sie machte ihn fest und zog sich Gummihandschuhe an. Übers Mikro sagte sie, sie wolle mal in die Taschen der Hose von dem Typen gucken. Mateo grunzte nur zurück. Wahrscheinlich hätte er sie lieber neben sich gehabt – ohne Helm. Sara ahnte es und lachte, dann gab sie durch, was sie fand: Eine Busfahrkarte, vier Euro zwanzig an Kleingeld, eine Quittung von einem Spar an der Playa de Palma über zwei Flaschen Wein und ein paar Tüten Chips und eine für eine Prepaidkarte fürs Handy. Sonst nichts. Nicht mal ein Taschentuch.

„Findest du das nicht seltsam?", fragte sie.

„Wer sich auf diese Weise umbringt, will unbekannt bleiben", gab er zurück.

Zehn Minuten später landeten sie neben dem *Son Espases.* Ein Friedhof hätte es auch getan, dachte sie.

23. September, 17 Uhr 15

Elena hatte ihm die Nachricht geschickt, heute früher nach Hause zu kommen. Er möge sich beeilen. Dahinter ein lächelndes Emoji und eines mit erhobenem Zeigefinger. Auf dem Schreibtisch lag nichts Besonderes. Die Kollegen der Abteilungen hatten in den letzten Wochen die meisten Fälle übernommen. An sich gerissen, dachte er. So war auch Zacarias nicht mehr sein Fall. Er hatte seine Arbeit getan. Manchmal ärgerte er sich über diese Strukturen. Heute allerdings nicht. So gab es nichts, was nicht bis morgen noch Zeit hätte. Er sah auf das Display und lächelte. *Bin schon unterwegs,* schrieb er zurück und nahm aus der Schreibtischschublade seinen Autoschlüssel.

Fünf Minuten später war er von der *Simó Ballester* in die *Carrer Menorca* und dann in die *Carrer de Ramon y Cajal* eingebogen. Ramon y Cajal, prompt musste er an Inés denken und schüttelte den Kopf. So schnell kann es gehen. Eduardo, sein kolumbianischer Freund, der ehemalige Drogenboss, hatte vielleicht recht. Minuten später parkte er wie immer mit einem Rad auf dem Gehsteig und dem Heck halb in der Straße vor seinem Haus. Ihr weißer Twingo stand schon da.

Und sie mit dem Rücken zu ihm, auch als sie den Schlüssel hörte, vor der Küchenzeile. Mädchenhaft. Ihre Haare offen und glatt über ein Hemdchen und Shorts, die nicht auf der Straße getragen werden konnte. So knapp und eng bedeckte sie ihren Po. Sie wusste ja, dass er kommen würde. Aus dem kleinen Radio tönte *dial latino,* der Sender, den auch er einstellte, wenn er Radio hörte, und sie summte ein Lied von Camila mit. Sie bewegte sich nicht. Extra langsam ging er auf sie zu und glitt dann mit seinen Händen links und rechts über ihre Taille auf ihren Bauch. Gleich darauf war ihm klar: Sie trug nur diese zwei Kleidungsstücke. Denn sofort war er fast auf ihrer Haut angekommen. Er vergrub seine Nase in ihren Haaren. Ihr Parfum betörte ihn zusätzlich. Schon waren seine Finger unter dem Stoff auf einer Brust und unter den Shorts gelandet. Sie ließ ihre Hände auf der Küchenplatte liegen und legte ihren Kopf an seine Schulter.

„Und?", fragte sie.

„Und?", fragte er zurück, weil er nicht wusste, was sie meinte.

„Habt ihr euch wieder vertragen?"

„Wir haben uns nie gestritten", erwiderte Miguel. Elena hob die Hände über den Kopf, umfasste seinen und zog sich hoch.

„Sie war heute da", stellte sie leise fest und blieb mit ihrem Rücken an seinen Bauch gelehnt, „sie hat alles mitgenommen."

„Ich weiß. – Wir haben uns hier getroffen und verabschiedet."

Er schob seine rechte Hand zwischen ihre Schenkel und sie fragte weiter:

„Habt ihr ...?"

„Nein. – Wie kommst du darauf?"

Miguel drehte sie langsam um und sah in ihr Gesicht, das in diesem Moment wohl nicht wusste, ob es lachen oder weinen sollte.

„Ich habe so etwas schon mal mitgemacht. Ein Typ hatte vor Jahren mich und eine andere. Beiden von uns hat er erzählt, er hätte mit der anderen Schluss gemacht. Am Ende war ich diejenige, die dumm dastand.

– Entschuldige! So hab' ich es nicht gemeint. War jetzt auch dumm von mir."

„Inés hat ihre Sachen mitgenommen. Und sie hat einen Freund und eine neue Wohnung", antwortete Miguel ruhig und lächelnd. Elena biss sich auf die Unterlippe und ihre Mundwinkel wanderten nach oben. Es wurde Zeit, dass sie anderen vertraute. Plötzlich ließ sie ihn los und zog sich das Shirt über den Kopf und die Shorts aus. In der nächsten Sekunde hatte sie schon seinen Gürtel und Reißverschluss geöffnet und sich auf die Küchentheke gesetzt. Das alles hatte keine fünf Sekunden gebraucht und ihn viel zu sehr überrascht. Mit einem Fuß schob sie seine Hosen nach unten und im nächsten Moment zog sie ihn an sich. Es war unbekannt, hatte etwas Verdorbenes, sogar Verruchtes. Auch für sie. Aber er lächelte, zog sich sein Hemd aus und drückte auch sie gleich darauf an sich. Als sie scharf die Luft einzog, weil er in sie eingedrungen war, hörte er sie hauchen:

„Ich hab' mich für den Abschluss hier an der Uni eingeschrieben. Mein Prof in Barcelona hat nichts dagegen gehabt, als ich ihm alles erklärte. – Wenn das mit dem Krankenhaus rum ist, muss ich mich aber um meine Doktorarbeit kümmern."

Was folgte, hätte jede Sexszene in einem Liebesfilm geadelt. Elena zog jedenfalls ihre Knie unter seine Schultern und genoss Miguels unerwartet heftige Lust.

Viele Minuten später schaute sie, ihren Kopf auf seine Schulter gepresst, nach rechts zum Küchenfenster auf die Bauruine und meinte leise lachend:

„Das wäre was, wenn man uns von da, wie die Perea, jetzt beobachten würde, oder?"

Das war was, als ich die Bilder von diesem Jacinto gesehen habe, dachte er, und dieses Video. Luisa und Diego mitten in der Nacht in seiner hell erleuchteten

Wohnung, deren Fenster nur selten mit ohnehin dünnen Vorhängen vor Blicken von draußen geschützt waren, weil da drüben seit Jahren nur eine inzwischen einsturzgefährdete Bauruine stand. Diego und Luisa. Weltvergessend voll zugange. Luisa! Diese indianerbraune und dunkelhaarige Schönheit mit schwarzen, mandelförmigen Augen und Hypnoselächeln. Diegos erste Liebe. *Die* erste Liebe. Und *diese* in Miguels Wohnung. Damals mit nicht mal sechzehn Jahren. Für die er, Miguel, ohne lang zu überlegen – was Verantwortung, Erfahrung, Erziehung und Anstand anbelangte – Diego die Schlüssel zugeworfen hatte. Und die ihn immer ein wenig an Elena erinnerte oder sie ihn an Luisa.

Er glitt mit seinen Händen über Elenas Rücken, stieg aus der Hose und löste sich von ihr. Griff dann unter ihre Arme und trug sie hinüber ins Schlafzimmer. Dort neben ihr liegend erzählte er ihr amüsiert genau diese Geschichte, bis in dieser Jacinto auftauchte und erzählte ihr gar nicht mehr amüsiert von dem Fall, der keine Zeugen hatte. Anschließend das mit Inés, wie sie sich kennengelernt und, wie er dachte, lieben gelernt hatten und ihre Geschichte von der Suche nach Liebe, die mit ihm irgendwann gescheitert war. Und seine eigene Geschichte, die einst in Madrid begann und damit endete, als frisch ausgebildeter Polizist seine, vielmehr keine Karriere auf Mallorca zu machen.

„Was hast du in der Küche eigentlich gemacht?", wollte er plötzlich wissen und sie musste lachen.

„Nichts. – Eine halbe Stunde habe ich da schon gestanden und auf dich gewartet. So. Mit dieser kurzen Hose und dem Rücken zu dir, wenn du kommst. Und aus irgendeinem bescheuerten Grund Angst gehabt, dass ihr euch wieder vertragt und ich dich dann verloren habe, so wie ich es vorher erzählt habe – und das jetzt, wo ich bleiben möchte." Sie seufzte und zog die

Nase hoch. „Ich dachte, die Hose könnte dir gefallen. Vielmehr … ich wollte genau das. Nur das. So ungeniert, hemmungslos und hart wie möglich. Vielleicht hätte ich dich dann noch erpressen können, wenn …"

Miguel drehte sich zu ihr. Erpressen können, wenn er sich mit Inés vertragen würde. Was für eine Logik! Er seufzte und küsste sie und ihre Brustspitzen und …:

„Nicht mehr nötig. – Vielleicht sollten wir auch versuchen eine neue Wohnung zu finden."

„Ja. – Wenn ich weiß, wo ich tätig sein darf", erwiderte sie und rutschte unter ihn. Jetzt, wo sie ihn nicht mehr erpressen musste, wollte sie sich auch an anderes gewöhnen wollen. „Im Moment gefällt es mir hier ganz gut. Das graue Ding da drüben guckt nicht so wie die Perea bei mir gegenüber und es könnte ja sein, dass es etwas zu gucken gibt, oder? – Und natürlich nur, wenn du nichts dagegen hast."

„Nein", meinte Miguel, „warum auch?"

„Weil ich manchmal ein dummes Mädchen bin." Mit einem Bein schob und drückte sie ihn auf sich. Dann lächelte sie und atmete erleichtert auf.

„Hast du heute noch etwas anderes vor?"
Miguel schüttelte den Kopf.

23. September, 17 Uhr 25

Um ihn herum lagen Mappen und Bücher auf dem Gehweg. Auf seinem Schoß ein Klemmbrett. Hinter dem Ohr ein Bleistift. Auch zwischen seinen Lippen. Es sah gelehrig und lustig aus. Nun kratzte er sich den Kopf und stöhnte. In dem Buch, das er durchblätterte, stand wohl nichts Unterhaltsames. Inés ging die letzten Schritte auf ihn zu und überraschte ihn, indem sie das

Cover hochklappte, um den Titel zu lesen. *Jorge Alemán, Capitalismo – crimen perfecto o emancipación,* Kapitalismus – das perfekte Verbrechen oder Emanzipation. Inés lachte laut auf:

„Das könnte auch ein Fachbuch für mich sein."

„Na, du hast mich jetzt aber schön erschreckt", gab Ramon zurück und klopfte sich gegen die Brust. Der Stift in seinem Mund war heruntergefallen. Nicht nur deshalb stand er auf. Nachdem er den Stift aufgehoben hatte, nahm er Inés in den Arm und küsste sie. Ein Junge, nicht älter als zehn oder elf, kam in diesem Moment vorbei und klatschte. Ramon reckte einen Daumen und erhielt noch einen Applaus. Dann verabschiedeten sie sich mit einem Fist-Bump, Faust gegen Faust, und lachten. Ramon setzte sich wieder auf den Stuhl, den er aus seinem Zimmer mit nach unten gebracht hatte. Nun saß er also vor dem Haus und studierte und hatte nicht mit Inés gerechnet.

„Schön, dass du da bist. Aber ich muss erst noch etwas fertig notieren. Du hast doch Zeit? Oder?"

„Nur, wenn du sie auch hast. Ich wollte nachher mal in die neue Wohnung gehen. Wenn du Lust hast ...?"

„Machen wir. Der Typ hier verzapft gerade nur etwas ziemlich Kompliziertes. Eigentlich gar nicht mein Gebiet. Der ist Psychoanalytiker und quatscht hier über die Metaphysik der Revolution und den Kapitalismus, der sich durch die Machtmaschinerie des Neoliberalismus manifestiert, und dadurch in einer Katastrophe endet. Wenn du das jetzt verstanden hast, könntest du mir helfen", lachte er und strich mit einer Hand über einen – leider von einem Hosenbein verhüllten – Schenkel von ihr.

„Metaphysik", Inés runzelte grinsend die Stirn, „ist das nicht, warum wir existieren oder so? Dann hätte ich allein schon aus physikalischen Gründen eine Idee."

„Du meinst sicherlich physische Gründe."

„Hauptsache, es passt zusammen", erwiderte sie mit einem Augenzwinkern: „Soll ich oben warten? Oder vorgehen?"

„Nein! Warte oben. Wir können nachher zusammen gehen. Das fühlt sich besser an."

Inés grinste, ahmte den kleinen Jungen nach und streckte Ramon eine geschlossene Faust entgegen.

„Früher gab's High five", grinste sie und ging in den Hausgang, „aber tiefe Blicke tun es auch", rief sie noch über die Schulter, bevor sie die Treppen nach oben ging. Dort musste sie wieder lächeln. Ordnung wäre etwas, was sie ihm noch beibringen müsste. Da sie nichts Besseres zu tun hatte, faltete sie ein paar Sachen zusammen und stapelte sie in die freien Plätze der übereinandergestapelten Kisten. Auf dem Tischchen und der provisorischen Theke lagen Briefumschläge und Blätter. Nur kurz schaute sie auf die Absender, die ihr allesamt nichts sagten, und legte sie zuoberst auf das Kistenregal. Dann machte sie sich an die paar wenigen Sachen in der Spüle. Gerade als sie anfangen wollte, die gespülten Sachen abzutrocknen, spürte sie ihn hinter sich und seine Hände hinter ihrem Hosenbund langsam nach unten wandern.

„Das verschieben wir auf später, ja?", gab sie zurück und legte ihren Kopf an seine Schulter, damit er es nicht falsch interpretierte. Zusätzlich gab sie ihm einen eindeutigen Kuss.

„Sollen wir die schon mitnehmen?", fragte er grinsend und zeigte hinter sich auf die Matratze.

„Und wo schläfst du dann hier?"

„Hmh, nehmen wir den Rest halt auch mit."

Inés drehte sich um und kniff ihm mit ihren nassen Fingern in eine Wange, hängte sich an seinen Hals und verpasste ihm eine neue Frisur.

„Da finden wir Schöneres", antwortete sie und hoffte, er würde nicht weiter ihre Zukunft planen.

„Ich wäre dann so weit", meinte er und sie zeigte auf den Abwasch.

„Der musste bisher auch so trocknen", winkte er ab und drehte sich um. „Du bist wie meine Mutter", lachte er nun, „die hat auch darauf bestanden, dass wenigstens Laufgassen vorhanden waren. – Gehen wir?"

„Sag ich meinen Jungs auch immer. – Also auf!"
Sie wischte sich die Hände an der Jeans ab. Kurz darauf waren sie schon auf dem Weg in die *Carrer de Sargàs*.

„Hast du dir heute freigenommen?", wollte Ramon wissen.

„So in etwa. Offiziell schaue ich mir meinen neuen Arbeitsplatz an. Aber das habe ich eigentlich schon erledigt. Deshalb habe ich Zeit für meine neue Wohnung."
Kaum hatte sie es gesagt, war ihr aufgefallen, dass sie das *Meine* betont hatte. Prüfend sah sie Ramon von der Seite an, doch er schien es nicht bemerkt zu haben. In einem kleinen *Supermercado* kauften sie sich etwas zu trinken. Minuten später standen sie vor der neuen Wohnungstür.

Die Zimmer bräuchten Farbe und der Boden eine gründliche Reinigung. Aber die Wohnung war hell, still und geräumig. Im Gegensatz zu den anderen im Haus, das ansonsten aus Appartements für Touristen bestand. Jetzt hatte sie sogar zwei Balkone. Vorne und hinten. Und zu diesen beiden Seiten Blick ins Grüne. Einen Balkon würde wahrscheinlich Diego erhalten, den anderen sie mit ihrem Schlafzimmer. Rafael bekäme das Zimmer zur Seite. Auch das hatte ein Fenster. Luxus, dachte sie und biss sich auf die Unterlippe.

Langsam ging sie durch die vier gleich großen Räume. Die drei Schlafräume und das vierte, das zukünftige Wohnzimmer, das sie an Ramons Wohnung erinnerte. Bis auf das Schlafen und das Bad war hier der Rest untergebracht. Sogar eine schöne Kochzeile. In Rafaels Zimmer lagen Decken. Während Inés in Diegos zukünftiges Zimmer ging und sich mit Tränen im Auge ans Fenster stellte und über die Straße auf den Park schaute, hatte Ramon sie übereinander und hinter sie gelegt. Die Arme um Inés und seinen Kopf an ihren gelegt schaute er mit ihr hinaus.

„Als wenn du bei *Once* den Hauptgewinn gezogen hättest", flüsterte er.

„Ein bisschen schon. Die drei Wohnungen hier übereinander gehören dem Vater eines Kollegen, daher wohnen in den beiden anderen Wohnungen ein Comisario und einer von der Flughafenpolizei. Alles andere sind Ferienappartements. – Unter uns wohnt somit ein Polizist. Also ..."

Ramon grinste und schob seine Hände wieder krabbelnd hinter ihren Hosenbund. Noch war sie unschlüssig, ob sie es wollte, und schaute – seine Hände festhaltend – in das Grün des Parks. Ein Lotteriegewinn, schmunzelte sie. Einer, der sich hoffentlich nicht rächen wird. Als wollte sie sich genau dagegen wehren, schüttelte sie unmerklich den Kopf und strich sich zusammen mit Ramons Händen über ihren Bauch. Sie schloss die Augen und verfolgte die Bewegung seiner Finger und wunderte sich, diesem spielerischen Drängen kein Ende zu bereiten. Nur weil es kitzelte, stoppte sie nochmals seine Hände.

Was Miguel wohl sagen würde? Ob sie mit ihm wohl auch so gestanden hätte? Wieder lächelte sie. Nein, wäre er nun hier, wäre die Wohnung wahrscheinlich schon eingerichtet. Vielleicht sogar mit einem Siegerlächeln, weil es nun sogar zwei Balkone gab. Sonst nichts. Sie forschte in ihrem Kopf und nach einem kurzen Zögern ließ sie Ramons Hände weiterkrabbeln und gab nach. Keine Bauruine. Keine Zuschauer. Nur Bäume und der Himmel und irgendwo ganz hinten im Kopf der Wille zu einem Neuanfang und die Neugier darauf.

Seine Finger hatten derweil schon ihre Hose geöffnet und den Weg in ihren Schoß gefunden, wo sie wussten, was zu tun war. Als sie sich umdrehte, sah sie statt dem blauen Himmel die Decken, die nach Farbe schrien, lächelte und strich über die Beule in seiner Hose. Mit einem Mal ging es ihr dann nicht schnell genug. Keine potenziellen Zuschauer, dachte sie, nie! Vom Park konnte man nicht in die Wohnung sehen. Nach wenigen Augenblicken war sie nackt, genoss seine fast fiebrigen Hände und nur Sekunden später kitzelte seine Zunge die Innenseiten ihrer Schenkel.

Danach lag sie auf dem Rücken und strich sich wieder unauffällig mit einer Hand über den Bauch. In zwei, drei Monaten ließe es sich nicht mehr verheimlichen. Vielleicht müsste Rafael dann wieder in Diegos Zimmer. Nein! Das Kleine käme zu ihnen ins Schlafzimmer. Es konnte nur von Ramon sein. – Oder?

23. September, 22 Uhr 35

Dieses Mal war es sein Handy, das störte. Vor ein paar Minuten erst hatten sie sich nach all den Dingen, die sie aus ihrem Leben erzählt hatten, noch einmal geliebt. Dieses Mal zärtlich, forschend und langsam. Zwei Jugendlichen gleich, die vorsichtig durch eine Tür geschlüpft waren und dabei eine neue Welt entdeckten.

Missmutig tastete er nach dem lauten Ding, um es abzustellen. Ohne es zu wollen, fiel sein Blick auf das Display. Inés. Er ahnte eine Katastrophe, richtete sich auf, sah schulterzuckend zu Elena hinunter und nahm ab:

„*¡Lo siento!* Keiner will's machen. Und Pelleter bittet uns – sozusagen als letzte gemeinsame Amtshandlung – eine Leiche im *Son Espases* anzuschauen. Nur damit kriminologisch alles richtig gemacht worden ist."

„Wir? Was ist passiert?", fragte er etwas genervt: „Seit wann sind wir für so etwas zuständig?"

„Er will sichergehen. Er glaubt, es könnte mit unserem Fall zu tun haben. Wird nicht lang dauern. Tut mir leid." Sie hatte ihn offensichtlich gestört, vermutete sie, und stellte sich die Situation vor.

„Holst du mich ab? Ich könnt zwar fast rüberlaufen, aber ...", fragte sie.

„Gib mir zwanzig Minuten", entgegnete er mürrisch und legte auf. Eine Sekunde schaute er das Handy an. Nein, er hatte leider nicht geträumt. Dann legte er es zurück und beugte sich über Elena, um eine Spur Küsse auf ihrem Körper zu hinterlassen. Die klammerte sich an seinen Hals und versuchte sich, wieder unter ihn zu schieben. Wieder Inés. Er würde doch nicht ...?

„Es dauert nicht lang", meinte er und stand auf.

~~~

„Was ist eigentlich aus dem Fall mit Korte geworden? Ich bin noch gar nicht auf dem Laufenden. Pelleter hat wieder nur Andeutungen gemacht."
Gerade war er aus der *Carrer de Cotlliure* nach rechts zum Verteiler abgebogen. Natürlich hatte er Inés von zu Hause abgeholt und im Wagen auf der anderen Straßenseite gewartet und sich dabei umgeschaut. Eigentlich keine schlechte Wohngegend, dachte er. Allein in

dieser Straße war alles, was man brauchte. Von Auto-
werkstatt bis Eroski-Supermarkt, von Bäcker bis Friseur. Der Carrefour war keine 300 Meter entfernt. Sogar ein bisschen Grün gab es, nur nicht bei ihrem Haus.
Und so eine dämliche Bauruine gab es auch nicht. Nur
diese Müllcontainer, die bisweilen offen standen und im
Sommer vor sich hin stanken. Und dieses Jugendzimmer, das die Jungs doch nicht renoviert hatten. Nun war
es ohnehin nicht mehr notwendig. Er musste sich unbedingt ihre neue Adresse ansehen.

Dann kam sie aus dem Haus raus. Vollkommen verändert. Leichtfüßig. Wieder fiel ihm die Wanderung
zum *Coll d'Honor* ein, wie sie manches Stück wütend
trampelnd vor ihm her ging und schimpfte. Erst über
die Wanderstöcke, dann über den Weg. Manchmal gab
sie vor zu joggen, doch mitgenommen hatte sie ihn nie.
Vielleicht war er doch nur ein Klotz am Bein von ihr
gewesen. Das Licht der Straßenlaternen ließ ihre Haare
noch rötlicher wirken. Regelrecht frech tanzten sie um
ihren Kopf herum und das Tattoo am Arm war durch
das kurzärmelige Shirt gut zu sehen. Mutig. Eigentlich
nichts, was die Chefs gerne sahen. Der Wolf, aufmerk-
sam und ernst, schien sie, als säße er in einem Versteck
aus Blättern, zu bewachen. Da hatte auch Pelleter keine
Chancen. Er sah durch die Frontscheibe und atmete tief
durch, bevor sie die Tür öffnete.

„Und was habt ihr von dem ganzen Mist mit dem
Virus mitbekommen?", wollte sie gleich darauf wissen,
ohne eine Antwort auf die erste Frage bekommen zu
haben. Miguel holte wieder tief Luft, um jetzt etwas zu
sagen. Aber schon begann sie selbst zu erzählen:

„An der Playa haben wir erst gar nichts mitbekommen. Erst nach vier, fünf Tagen wunderten wir uns,
weil die Ersten abreisten. – Ich geb' ja zu, ich habe alle
Nachrichten und Anrufe in den Papierkorb befördert.

Aber die Welt hat sich, wie wir sehen, auch so weitergedreht. – Heftig sogar."

Ihr *Wir* klang, als würde sie Ramon schon seit Jahren kennen. Er versuchte sich zu erinnern, ob sie es jemals im Zusammenhang mit ihm verwendet hatte. Vor allem ein *Wir*, das sie so stark von allem ablenkte. Ihm gegenüber galt es, die Jungs und ihre Mutter bei allem Tun zu beachten. Und wenn ein *Wir* gesagt wurde, hing ein Konjunktiv daran. Er wollte nicht darauf eingehen.

„Elena habe ich ab diesem Tag kaum noch gesehen. Mehr als eine Woche war sie ohne Unterbrechung im Krankenhaus. Ein Teil des Personals wurde krank und sie sollte das Virus nicht nach draußen tragen – falls sie es haben sollte. Sie konnten es nicht einmal testen. Keine Zeit. Keine Tests. Obwohl alle Welt etwas anderes behauptet hatte. Was sich in der Welt weiterdrehte, hatte sie nicht mitbekommen. Ihre Station hatte anderes zu tun. Über ein Dutzend Menschen starben allein in ihrer Abteilung. Und vier oder fünf Kollegen fielen nach und nach aus. Einer ist bis heute nicht zurück. Als sie dann wiederkam, sah sie so schlecht aus, dass ich dachte, sie wäre die Nächste. Drei Tage hat sie dann nur geschlafen und sich nur zwischen Küchenzeile, Bad und Schlafzimmer bewegt." Er schaute zur Seite und prüfte ihre Regung, doch sie sah gerade aus dem Fenster.

„Wie du sagst, die Welt hat sich weitergedreht. Heftig und plötzlich", fuhr er fort und klang ein wenig säuerlich, merkte, dass er nun hätte auch sagen können: *Aber du hattest ja Ramon im Kopf* oder *Ihr wart ja abgelenkt* oder Ähnliches und korrigierte daher seinen Ton, als er stattdessen meinte: „Wahrscheinlich war ich schon vorher blind dafür. – Ich meine, was uns zwei angeht. – Dich und mich."

Am zweiten Verteiler, an dem der Verkehr von der *Vía de Cintura* nach Sóller und Richtung Universität dazukam, staute sich plötzlich der Verkehr, eigentlich keine Zeit für Rushhour. Vorne hatte es wohl gekracht. Inés schaute wieder zur Seitenscheibe hinaus und überlegte. Warum waren die Probleme von einem Tag auf den anderen plötzlich so unterschiedlich? Warum war man nach so einer intensiv erlebten Zeit nicht mehr fähig, sich aufeinander einzustellen? Mitzuempfinden. Sie hatte Miguel nie beleidigt oder von Worten getroffen erlebt. Er war höchstens still, war der ruhende Pol und versuchte sie mitzuziehen. Jetzt war er derjenige, glaubte sie, der der Empfindlichere war. Gut, wäre Elena nicht, wäre sie tatsächlich diejenige, die ihn vor den Kopf gestoßen hätte, aber so ...?

„Es tut mir leid. Ich wollte nicht ..." Sie legte eine Hand auf seinen rechten Oberschenkel und ließ sie liegen. So waren sie, manchmal auch mit den Jungs hinten drin, über die Insel gefahren, um einen Park, eine Burg oder einen Strand zu besuchen. Ihre Hand so auf seinem Oberschenkel. Einen Moment betrachtete sie ihre Finger, die sie jetzt nicht bewegte, und lächelte mit eingezogenen Lippen. Er war vielleicht empfindlich und sie mit einem Mal sentimental. „Es war schön mit dir. Alles, was jetzt kommt und bisher kam, ist anders. Für mich ist das wichtig."

Dann nahm sie die Hand wieder weg. Seine Reaktion das übliche Schweigen, bis:

„Martínez hatte ihm einen Chip mit Videos für *Más Mallorca* gegeben. Er sollte sich nur die Kampagnen, die er mit den Videos gemacht hatte, anschauen. Doch Korte gab ihm diesen Chip nicht zurück, weil er Zacarias hinter diesen für ihn viel zu obszönen Clips vermutete. Er wollte ihn zur Rede stellen und erwischte ihn und Erna, seine Frau, in flagranti in seinem Pool bei

Inca. Was dann folgte, hast du dann ja noch mitbekommen. Am Ende hat Martínez Korte bei einem Treffen, bei dem es zudem um sehr viel Geld ging, umgebracht. Mit einer Mixtur aus seiner Giftkammer, aus der auch der Stoff stammte, mit dem er die Mädchen für diese Videos gefügig machte. Monique und Corinne Weijmuth zum Beispiel. Du erinnerst dich? – Die Kollegen haben ihn sogar auf einigen Videos wiedererkannt."

Miguel machte eine Pause, einerseits weil er um den Verteiler beim *Son Espases* herumfuhr, um an dem Gebäude einen Parkplatz zu finden, andererseits, weil ihm eingefallen war, das Elena meinte, Inés müsste sich an den Namen Zacarias erinnern.

„Sagt dir der Name Zacarias in dem Zusammenhang etwas? Euch – also Fabiola Gonzalez, der Psychologin und dir – sollen die Weijmuths diesen Namen genannt haben?"

Seine Stimme klang wieder einmal wie bei einem Verhör. Inés zuckte zusammen.

„Das müsste doch im Protokoll stehen. Ja, Corinne hat damals einige Namen genannt, den von dem Typen am Strand, wie hieß er noch? – Ja, Guillem. Und Jaume. Aber die Gonzalez müsste mehr wissen. Die war doch fast von Anfang an dabei. Was steht in deren Aufschrieben?"

„Nichts. Nicht einmal diese beiden Namen. Nur das übliche Gequatsche bezüglich psychischer Schäden und Wirkungen der Psychopharmaka. Aber keine Namen."

„Ich kann es dir nicht sagen. Der Name Zacarias wäre ungewöhnlich genug. Aber in meinem Gespräch ging es darum, dass sie wieder nach Hause wollten. Wir, also die Mädchen, Véronique, die Dolmetscherin, und ich sind dann noch in das Hotel der Mädchen gefahren, ins *Espléndido* in Port de Sóller, und Véronique ist dort über Nacht geblieben, weil die zwei nicht allein bleiben wollten. Vielleicht ... Tut mir leid. Es könnte sein. Aber dann habe ich es wohl leider vergessen."

Mit einem Schwenk fuhr Miguel nach links an einem Halteverbotsschild vorbei vor eine Glastür. In seinem Kopf ein fürchterliches Durcheinander. Elena und ihr Elefantenhirn und Inés' Erinnerungslücke. Der Gonzalez' unzureichender Bericht und wohl fehlende Namen im Protokoll. Er stellte den Motor ab. *Moll N* stand auf der Wand neben der Tür vor ihm. Er machte Inés ein Zeichen und sie stiegen aus. Sofort gingen die elektrischen Türflügel auseinander und jemand kam händewedelnd auf sie zugelaufen. Miguel verzog nur das Gesicht und zeigte der Frau seinen Ausweis.

„Wir sollen eine Leiche identifizieren."

Erschreckt schaute sie die beiden an. Erst ihn, dann Inés, dann wieder ihn. Sie hatte den Eindruck, die beiden nicht wieder wegschicken zu können, sondern zeigte nur auf den verbeulten Twingo.

„Ja, tut mir leid. Ist kein Einsatzwagen. Den bekomme ich nur, wenn ich noch Lebende jagen kann."

Miguel ließ sich nicht aufhalten, ging auf die Tür zu und die Krankenschwester meinte:

„Gut. Dann kommen Sie mit. Allerdings ist das noch ein Stück. Wenn Sie mit Ihrem Wagen ..."

„... kein Problem. Noch bin ich gehfähig und meine Kollegin auch."

Er hatte tatsächlich Kollegin gesagt. Diese trabte hinter ihm her und wollte wissen:

„Warum ist das so wichtig?"

„Dann würde es auch zu den Aussagen von Martínez passen, der singt wie ein Vögelchen. Ist auch klar, der hat genug Dreck am Stecken. Wenn er den verteilen könnte, würde er vielleicht noch erleben, wieder rauszukommen. Guillem und Jaume gehörten wohl zu seinem Team. Wenn er nun noch Zacarias mit hineinziehen könnte ..." Er zuckte mit den Schultern.

„Woher weißt du das dann mit Zacarias?"
Miguel atmete tief durch. Sollte er aus Elena nur eine *weitere Zeugin* machen? Mit einem Mal hatte er ein komisches Gefühl. Ja, woher kannte sie den Namen Zacarias so genau? Hatte sie ihm etwas verschwiegen? Hatte sie etwa mit ihm etwas zu tun? Er entschied sich für ihren Namen.

„Elena. Sie war seinerzeit zufällig in ihren Semesterferien im Krankenhaus und hat die Wunden von einem der Mädchen versorgt, als der Arzt und die Gonzalez sich um sie gekümmert haben."

„Da war ich ja noch nicht dabei. – Ist ja ein toller Zufall, oder?"

„Zacarias hatte das Virus. Bis letzte Woche lag er auf der Krankenstation in der Haftanstalt. Es hatte ihn besonders heftig erwischt. Sie war auf seiner Station, als er eingeliefert wurde. Eigentlich müsste Diego darüber Bescheid wissen. Kann aber auch sein, dass ich ihm nicht den Namen genannt habe."

„Der kennt gerade nur einen", lachte Inés, „Luisa. Ehrlich gesagt habe ich bei den beiden die nächste Angst ..."

„... Oma zu werden", lachte nun Miguel.

„Hier bitte entlang", unterbrach die Frau vor ihnen und wies in einen Gang: „Vorne ist ein Fahrstuhl. Mit dem fahren Sie ganz runter. Da ist sicher jemand und kann weiterhelfen. – Auf Wiedersehen."
So schnell sie ihnen vorausgeeilt war, hatte sie sich umgedreht und war verschwunden. Wenn dieser Betonkasten ein Labyrinth war, würden sie nicht mehr hinausfinden. Miguel zuckte mit den Schultern, drückte den Knopf und hakte nach:

„Das meintest du doch?"

Inés seufzte.

„So ähnlich."

„Auf jeden Fall will er sie heiraten. Das hat er mir in deiner Urlaubswoche gebeichtet. Er rief ja oft genug an. Und dass ich dir endlich den verdammten Ring geben soll."

Die Fahrstuhltür öffnete sich und die beiden stiegen ein. Inés schaute ihn an. Der Ring. Das hatte Diego ihr auch erzählt. Und war dann aus allen Wolken gefallen, als sie ihm zu erklären versuchte, dass es in ihrem Leben von nun an einen neuen Mann gäbe. Keine Minute hörte er sich das an. Dann ging er wütend aus dem Zimmer heraus und warf die Tür zu. Als er im Flur des Hauses war, schrie er: *Du bist wirklich so was von bescheuert!* Dann war er weg. Es würde schwierig werden, hatte sie da noch gedacht.

Bevor sie die Tür aufschob, lächelte Inés Miguel an, strich sich unbewusst über ihren Bauch und streichelte ihm wieder einmal über die Wange.

„Es wäre vielleicht nicht gut gegangen. – Wegen mir. – Inzwischen hat er sich wieder beruhigt. Als Ramon kam, war Luisa auch da. Du kannst dir ja jetzt denken, wie Diego Luisa vorgestellt hat."

Sie lachten beide und trafen unten nach ein paar Metern einen hageren Mann. Blass und wie eine Figur aus einem Cartoon wirkend. Er sah aus, als hätte er bereits vor zehn Jahren das Rentenalter erreicht, war aber sicher nicht viel älter als sie. Oder hatte er seine Haare gefärbt?

„Die Herrschaften von der Polizei?", fragte dieser und wusste im Grunde die Antwort: „Dann kommen Sie mal mit. Aber ich sage Ihnen gleich, das ist kein schöner Anblick. Ich hätte Ihnen das ja auch als Foto zukommen lassen. Doch meinte man, Sie hätten vielleicht eine Ahnung. Ich weiß zwar nicht, worin der Unterschied bestehen soll, Ihnen ein Foto zuzusenden oder sich das Gesicht so anzuschauen. Aber wenn man darauf besteht. Mir soll es egal sein. Ich sehe tote Menschen häufiger als meine Frau. – Dann kommen Sie mal in die gute Stube. In unsere Sammelstation ..." Seinen rasenden Redeschwall beendete er auch nicht durch das Öffnen der Türen, sondern dieser ging ungehindert weiter: „... für stille Patienten, wie wir sie nennen. Ich sage manchmal auch unsere beschwerdefreie Zone dazu. Der Mann wurde an der Steilküste im Norden der Insel gefunden am *Caló de Xalóc*. Ich denke, er hat sich während – oder besser mit dem Sturm umgebracht. Sein Körper weist mehrere einfache und offene Frakturen auf. Zum Beispiel Kompressionsfrakturen der Wirbel, nebst intraartikulären Frakturen an den Knie- und Armgelenken. Dazu innere Verletzungen schwerster Art, Hautabschürfungen und tiefste Platz- und Schnittwunden, sein Schädel ist stark deformiert. Sein Gesicht allerdings nicht durch den Sturz verschoben. Da handelt es sich um einen höchst seltenen Geburtsschaden, der durch Kompression entstanden ist, ..." Mittlerweile waren sie nach vielen weiteren Türen neben der Totenbahre angekommen. Ein Tuch verhüllte einen langen Körper. Trotzdem erkannten sie ein verdrehtes Bein darunter. Überhaupt schien der Körper merkwürdig verformt. „... wie gesagt, kein schöner Anblick. Natürlich wissen wir um gewisse Sensibilitäten, deshalb habe ich nur das Gesicht freigelegt. Der Rest ist verhüllt und abgedeckt. Aber wie gesagt ..."

Miguel war kurz davor, einzuschreiten. Hier unten reichte ihm allein schon wieder der Geruch. Desinfektionsmittel in weinfassartigen Dosen konnte genauso

Übelkeit hervorrufen. Aber das Geschwätz von dem Typen ging ihm allmählich noch mehr auf den Wecker. Doch außer: *Könnten wir jetzt ...* konnte er nichts sagen. Denn:

„... ich wollte Sie nur darauf vorbereiten. Ich hatte schon unzählige Fälle, die wie nasse Säcke an dem Tisch umgekippt sind. Und wir hatten die nächsten Patienten, weil sie sich an einem Regal oder meinem Werkstattwagen – wie ich ihn nenne – den Kopf angeschlagen oder Arm gebrochen haben. Also ..."

„... wie gesagt", ergänzte Inés gequält lächelnd und strich sich über den Bauch. Hoffentlich sieht das Kleine noch nichts, schoss ihr durch den Kopf. Aber vielleicht machte sie auch einfach die Augen zu.

Dann flog das Tuch über dem Kopf zur Seite. Das Gesicht des Toten mit Tüchern wie ein Marienbild eingerahmt. Das Faktotum hatte sich alle Mühe gegeben, aber tiefe Wunden und Abschürfungen waren nicht so einfach zu kaschieren. Am Haaransatz war der Beginn einer größeren Wunde zu erkennen. Wahrscheinlich fehlte sogar ein Stück des Schädels. Die Wange darunter wirkte wie eingesackt. Parallel zu dem, wie Miguel sich die Verletzungen vorstellte, erklärte der Mann diese, als sei er in immer größer werdender Eile:

„... in den Kopf ragende Fraktur des vorderen Oses frontale, Zertrümmerung des Oses zygomaticum und der linken Maxilla. Das Os parietale fehlt teilweise. Ich erspare Ihnen die Beschreibung der inneren Verletzungen und der anderen Brüche. Der Mann ist zwischen 55 und 60 Jahre alt. Schlank. Normaler ektomorpher Körperbau. Einsvierundachtzig groß und wog vor seinem Tode wahrscheinlich zwischen 76 und 78 Kilo. Das Gesicht zeigt eine Kompression, die bei einer unsachgemäßen Forcepsentbindung oder – weniger vorstellbar

– durch eine Schädigung im Mutterleib entstanden sein könnte ... Aber wie ...“

„... gesagt“, ergänzte Inés, sah noch einmal auf das Gesicht, strich sich wieder über den Bauch und hatte genug, „ich glaube, wir wissen jetzt Bescheid.“

Sie fasste einen Arm von Miguel und zog ihn zur Seite.

„Und?“

„Seltsam. Das verschobene Gesicht sagt mir was. Ist gar nicht so lange her. So aber sieht das irgendwie abstrakt aus. Wenn ich die Haare oder so ...“

„... nein! Lass uns gehen. Ich bin jetzt nicht in der Verfassung, mir auch den Rest noch anzuschauen. Denn wie gesagt ...“ Inés lächelte Miguel wie früher an und nickte dem Mann zu: „Wir danken Ihnen. Ist ja eine ungewöhnliche Uhrzeit.“

„Ich trage schon lange keine Uhr mehr.“

„Nach dem Motto, man sollte jede Sekunde des Lebens genießen“, stellte Inés fest.

„Der Tod erzählt häufig ein ganzes Leben, man muss nur genau zuhören können“, meinte der Mann und strich mit einer Hand über die Stelle des Tuches, unter der die Brust des Toten war. Dann sah er die beiden an, lächelte plötzlich und sagte in einem unerwartet sanften Ton:

„Man kann die wachen Stunden des Lebens besser genießen, wenn man die Gedanken an den Tod hinter sich lassen kann, weil man weiß, was zu leben ist. – Lieber ein Buch in der Hand als lose Blätter.“

Er kam um den Tisch herum und war mit einem Mal aufgeräumt.

„Ich bringe Sie nach oben“, dann zu Inés gewandt, „lassen Sie das Leben nie einen Tod erklären. Es reicht, wenn der Tod das Leben erklärt. – Passen Sie auf sich und Ihre Zukunft auf.“

Inés seufzte. Konnte er etwa in ihren Kopf, in ihren Bauch sehen? Wusste er Bescheid? Ihr Versuch, höflich zu lächeln, misslang, aber es war auch nicht mehr nötig. Dieses Mal langsam, ging er nämlich schon voraus und drückte den Knopf. Ohne ein Wort stiegen sie ein und wenige Sekunden später wieder aus. Oben ging er nach rechts in einen kürzeren Gang und bereits wenige Augenblicke später standen sie vor dem riesigen gesichtslosen Bau des *Son Espases.* Die Luft war unvermutet frisch geworden. Sie tat gut. Der Mann schaute in den Himmel, als könne er ihn deuten. Erst jetzt sahen sie auf der Tasche seines Kittels das Namensschild. Unter seinem Namen stand *profesor de patología.*

„Ich wünsche Ihnen eine, wenn auch kurze, aber gute Nacht. Ich werde unten aufräumen, dann gehe ich auch nach Hause. – Ihr Wagen steht auf der anderen Seite des Hauses. Gehen Sie einfach dort vorne nach rechts. Der kleine Spaziergang wird Ihnen guttun."
Dann nickte er, kämmte sich mit den Fingern durch die Haare und verschwand wieder in dem Bau. Die beiden schauten sich an und zuckten mit den Schultern. Beim Einsteigen strich sich Inés das dritte Mal über den Bauch und schaute zur Seitenscheibe hinaus. Eine Träne rann ihre Wange hinunter, die sie mit dem Handrücken abwischte. Das Kind würde von Ramon sein, beschloss sie. Alles andere wäre mehr als nur ein Schritt zurück.

„Was machst du jetzt?", lenkte sie sich selbst mit der Frage ab.

„Dasselbe wie der Professor. Nach Hause fahren."
Und da weitermachen, wo er vorher hatte aufhören müssen. Auf andere Gedanken zu kommen, war eine gute Idee, dachte er, und morgen Elena fragen und nochmals die Bilder anschauen, die Andreu, Ivan, Ricardo und er vor Wochen an die Scheibe zwischen den

Büros geklebt hatten, als es um den Mord an Korte und die möglichen Täter ging.

„Sehen wir uns morgen?", wollte er noch wissen, als er vor ihrem Haus anhielt.

„¡Claro! Ich bin ja noch eine Woche in der Burg."
Es sollte als Antwort ausreichen. Kaum stand der Wagen, war ihre Hand schon am Türöffner. Jetzt bloß keine Sentimentalitäten. Das letzte Mal, als sie aus seinem Twingo ausstieg, war das vor dem *Tierramar* an der Playa und dort sagte sie zu ihm plötzlich: „Komm mit rauf!"
Heute sicher nicht. Ramon hatte den Tag über ein paar Kartons gepackt und in seine Wohnung gebracht. Von dort aus war es nicht mehr so weit in die *Carrer de Sargàs.* Jetzt hielt er sicher schon ihr Bett warm. Sie lächelte in sich hinein. Darauf freute sie sich jetzt.

Inés stieg grußlos aus. Erst als sie auf dem Gehweg stand, sah sie noch mal in den Wagen und sah Miguel an. Er hatte wohl nichts erwartet. Mit einem *Also dann bis morgen* schlug sie die Tür zu und ging ins Haus. Miguel sah ihr hinterher. Die Briefkästen hingen immer noch schief.

24. September, 0 Uhr 55

Es war dann doch spät geworden. Miguel verzog das Gesicht. Er wollte bis morgen warten und erst dann Elena fragen. Ohnehin fühlte er das nächste Drama folgen. Doch nachdem er die Tür aufgeschlossen hatte, war sein Plan in jeder Hinsicht schon hinfällig. Das Licht brannte und sie saß nur mit einem Shirt am Tisch und schien mit aufgestütztem Kopf etwas zu lesen. Eine Zeitschrift, Unterlagen oder Blätter, er konnte es von der Tür aus nicht erkennen. Vielleicht war sie auch eingenickt. Es spielte wohl auch keine Rolle. Elena schreckte etwas auf und schaute ihn vollkommen müde an. Ihr Lächeln war eher bemüht als erfreut, ihn zu sehen.

„Und?", nuschelte sie.

„Eine Leiche, deren Gesicht mir bekannt vorkam. Ich habe einen Verdacht und werde morgen nachsehen. – Bist du nicht müde? – Leg dich doch ins Bett und versuch zu schlafen, ich komme auch gleich. – Du musst sicher wieder früh raus?!"

Sie nickte und rieb sich das Gesicht. Dann stand sie auf und ging um den Tisch herum auf ihn zu. Das Shirt war zu kurz. Ihr dunkler wilder Busch lugte hervor. Miguel schmunzelte. Schon hing sie an seinem Hals und zog sich hoch.

„Sag mir, dass du mich liebst!", befahl sie und drückte ihren Schoß an ihn. Als wäre es nicht genug, hielt sie sich an seinem Hals besonders fest und schlang ihre Beine um ihn.

„Seit mindestens drei Wochen", erwiderte er und hatte doch einen seltsamen Ton in ihrer Stimme gehört. Über ihrer Schulter schielte er auf den Tisch. Ein Glas Wein, ¡vale! Und diese Blätter.

„Was liest du da?" Er streichelte mit beiden Händen ihren Po. So wie er es tat, mochte sie das von allen Zärtlichkeiten fast am liebsten.

„Zettel, die du hier liegen hattest, und damit meine Vergangenheit."

Langsam glitt sie wieder auf den Boden zurück und stand wie ein Kind, das etwas ausgefressen hatte, vor ihm.

„Komm! Ich möchte jetzt schlafen und einfach neben dir liegen", lenkte sie ab.

Sie zog ihn in Richtung Schlafzimmer und er warf einen Blick auf den Tisch, als er an diesem vorbeiging. Es waren Ruiz Castedos Unterlagen bezüglich *Más Mallorca.* Was hatten die oder dieser Anwalt mit Elenas Vergangenheit zu tun? Er wollte einen Blick darauf werfen, doch sie zog ihn weiter. In der Tür zum Schlafzimmer hatte sie ihm schon den Gürtel geöffnet. Und im nächsten Moment die Knöpfe seines Hemdes. Lachend wand er sich aus ihren Händen.

„Wenigstens waschen sollte ich mich", meinte er und ging ins Bad.

„Fünf Minuten!", erlaubte ihm Elena.

Miguel reckte den Daumen nach oben. Nur wenige Minuten später schob sie eine Hand in seinen Schoss. Es war alles in Ordnung, alles gut, alles richtig. Diese eine Nacht noch mit ihm, dann käme ohnehin alles raus und er würde sie wegschicken wollen. Warum war sie nur so blöd gewesen? Wäre sie doch bloß von Anfang an bei der Wahrheit geblieben. Vielleicht hatte sie noch eine Chance. Langsam schob sie sich auf ihn und Miguel streichelte wieder ihren Po und Rücken. Ihr Becken machte nur eine kleine Bewegung und sie war endlich wieder mit ihm zusammen. Sein Gesicht schien auch zufrieden. Doch war sein Drängen nicht wie sonst.

„Müde? Magst nur so ...?"

„Was hast du mit Ruiz Castedo zu tun?"

Ihre Tränen kamen wie auf Knopfdruck, wie aus einem Duschkopf das Wasser, wenn man den Hahn zu zackig aufdrehte. Sie versuchte ihn mit ihrem Schoß noch in sich aufzusaugen, eine Art letzter Erpressungsversuch, aber es hatte keinen Sinn. Was sollte das alles?

„Ich habe dich von A bis Z belogen", sagte sie und rollte weinend von ihm auf ihre Seite herunter, „Fabiola hat nichts mit der Sache zu tun. Du wirst inzwischen Inés gefragt haben und es deshalb wissen. Ich kenne den Namen Zacarias nicht von damals, nicht von diesen Mädchen. Ich kenne ihn durch diesen Ruiz Castedo. Als ich deine Unterlagen gesehen habe, hat es mich wie ein Blitz getroffen. Alles, was vor einem dreiviertel Jahr geschehen ist, kam wieder hoch. – Weißt du, als ich hierher auf die Insel kam, hatte ich niemanden, kannte ich niemanden, konnte ich auch niemanden mitnehmen. Ich hätte auch niemanden gehabt. Die Sache mit meinen Eltern kennst du. Die stimmt. Niemals hätte ich in Madrid studieren wollen. In ihrer Nähe. Ich war alleine und naiv. Dann vertraust du in dummen Situationen den falschen Leuten und merkst es nicht. Ruiz Castedo sieht gut aus, das musst du zugeben, er ist auch galant und höflich, hat – wie man sagt – Umgang – im ersten Moment. Nach wenigen Tagen war es dann passiert. Wir haben einige Male miteinander geschlafen, er hat etwas skurrile Erwartungen, aber ich war zu einsam und blind. Dann fragte er, ob er nicht mal ein Bild von mir machen dürfe, als Andenken. So wie wir miteinander schlafen, so wie wir miteinander umgehen, während wir es tun. Ich dachte mir nichts dabei. Mein erster Freund hat mich schon so fotografiert und ich kenne genügend Mädchen, die so einem Wunsch viel zu leicht nachgeben. Mein Vater hat viel schlimmere Sachen gemacht, dachte ich, also habe ich genickt und er stand am Fußende seines Bettes und fabrizierte mit seinem Handy Fotos und Videoaufnahmen und meinte, ich sollte mal dies oder mal jenes machen. Ich habe ihm nicht jeden Wunsch erfüllt, aber doch manchen. Danach hat er gesagt, dass er, wenn man mein Gesicht nicht erkennen würde, so etwas in Geld verwandeln könnte, in viel Geld. Durch Werbung, die ein Freund bräuchte für dieses Projekt. Dieses *Más Mallorca*. Ich dachte sofort an meinen Vater. Dachte an die Sachen, die er mit anderen Frauen gemacht hatte. Ich war nicht die einzige. Armando – Ruiz Castedo also – meinte, sein Freund wäre weniger zimperlich, aber so könnten wir ihn vielleicht davon abhalten, junge Mädchen dafür zu missbrauchen. Ich war vollkommen verstört und habe es ihm verboten. Ich habe geschrien, getobt. Nie kam ich mir so nackt vor wie in diesem Moment. Wirklich, ich hatte voll die Panik, bin aufgestanden und hab mich angezogen und er wurde grob und hat mir ein, zwei geschmiert. Irgendwie habe ich es geschafft rauszulaufen. Ein paar Tage lang hat er versucht mir aufzulauern und mir gedroht, Zacarias wäre wirklich nicht zimperlich, wenn ich mit diesem Quatsch zur Polizei ginge. – An einem der folgenden Tage wurde dann dieses Mädchen eingeliefert. Aber da kannte ich den Namen ja bereits und ich bekam einen Verdacht. Als eine Polizistin eine Decke holte, fragte ich sie, ob sie den Namen kannte. Sie schüttelte den Kopf." Elena machte eine Pause und schniefte. „Ich habe diese Scheiße mit meinem Vater erlebt, dann mit diesem Romeo Vasquez, diesem handgreiflichen Typ im Labor und habe danach immer nur irgendwelche bekloppten Kerle kennengelernt. Ich verliebte mich schon immer viel zu schnell. Fabiola könnte dir wahrscheinlich erklären, warum man trotz des ganzen Mists immer wieder an die gleichen Typen gerät. Die einen haben Glück, müssen nicht einmal gut aussehen. Dafür haben solche wie ich die Hände immer im Klo. Aber was stimmt, ist das mit Fabiola und dir. Sie hat deinen Namen erwähnt und erzählt, was aus dem Mädchen und den Idioten damals wurde. Ich hab' einfach eins und eins zusammengezählt. Dieser Zacarias musste dazugehören. Und ich hatte eine Scheißangst, dass Ruiz Castedo mir noch nachstellen könnte. – Ich habe zwar studiert, aber ansonsten bin ich nicht weit in meinem Leben gekommen, was solche Erfahrungen angeht. Also habe ich die nächste naive Idee gehabt und

gedacht, wenn ich so einen wie dich zum Freund hätte, dann wäre ich geschützt. Dann könnte ich dich im Notfall als Freund anrufen oder so. Keine Ahnung. Es war ein Hirngespinst. Trotzdem habe ich angerufen und mir danach eingebildet, es könnte klappen. Dann bist du gekommen und ich hab' mich in dich verknallt. Wie immer ganz schnell. Aber wie nie zuvor. Ehrlich! Als du an dem Nachmittag in die Bar kamst, hab' ich danach gebetet. – Auch wenn ich vielleicht viele Männer hatte, ich bin kein Flittchen, nur eine *niña repipi,* eine dumme Gans, die dir jetzt auch noch dein Leben kaputt macht."
Sie brach ab, stand auf, umrundete das Bett und meinte, als sie auf seiner Seite vorbeiging:

„Ich kann nur forschen, aber was ich für mein Leben anfasse, mache ich zu Scheiße. Ich bin gleich weg. Entschuldige! Ich packe nur meine Sachen."
Miguel war schneller, fasste einen Arm von ihr und zog sie etwas grob wirkend zu sich. Sie verlor den Halt und fiel auf ihn. Er fing sie jedoch ab.

„Ich befürchte, bei mir ist es nicht anders gewesen, was das Verlieben angeht."
Neben ihr auf der Bettkante sitzend schaute er auf die Uhrzeit, die sein Handy anzeigte.

„Komm! Jetzt können wir sowieso nicht mehr schlafen. Wir fahren nach Portopí, ins *Garito Café,* die müssten wieder offen haben. Dort können wir Bötchen und Leute angucken. Das bringt uns auf andere Gedanken. Die letzten Wochen waren stürmisch genug. Jetzt ist alles in Ordnung, alles gut, alles richtig. – Ich hab' dir gesagt: Ich bin zäh. Warum willst du also dauernd weg von mir?"
Schon war er in seine Jeans geschlüpft, hatte sich sein Hemd zugeknöpft und in die Hose gestopft, während Elena, immer noch nackt, vor lauter Glück weinend vor ihm stand.

24. September, 9 Uhr 05

Die Nacht, die keine war, hatte Spuren in seinem Gesicht hinterlassen. Andreu und Inés sahen ihn forschend an. Andreu grinste, weil er glaubte, den Grund zu kennen, und Inés schaute doch besorgt, weil sie die Schuld bei sich und ihrer schnellen und knappen Verabschiedung suchte.

„Tut mir leid wegen gestern. Ich wollte dich nicht so grob verlassen."

Miguel schaute sie verwirrt an.

„Alles in Ordnung."

Er fasste kurz an ihren Arm.

„Kaum war ich zu Hause, kam etwas mit dem Fall Korte hoch, darüber habe ich die ganze Nacht sinniert. Vielleicht hat das auch noch mit dem Toten zu tun. Ich hoffe, wir finden das Bild, und ich habe mich wenigstens richtig erinnert."

Sie musste ja nicht alles wissen und es war auch nicht ganz gelogen. Trotzdem zuckte er ein bisschen zusammen. Vor vier Wochen hatten sie noch eine andere Wahrheit vorgezogen. Vor etwas mehr als drei Wochen sogar noch miteinander geschlafen. Und nun war alles weit weg? Derweil heftete Andreu mit Klebestreifen die Bilder an die Glaswand. Doch schon nach dem fünften war es Inés, die rief:

„Stopp! Das ist er doch, oder?" Sie drehte sich zu Miguel um, genau in dem Moment, als Vicenç das Büro betrat und die drei grinsend nacheinander ansah.

„Immerhin klappt das mit der Arbeit noch", stellte er mit frechem Ton fest.

„¡Hombre! Hast du eigentlich nie Schule?"

Der Junge machte nur eine wegwerfende Handbewegung, murmelte irgendwas von *Was für Schule? Schon mal was von dem Virus gehört? Die Lehrer sind doch alle scheintot* und zeigte auf die Fotos an der Wand.

„Die hingen schon das letzte Mal. Ruiz Castedo, der Anwalt, Martínez, der Stubenwart, Zacarias, der Kronprinz, Korte, der Würstchenbudenkönig, und Zoppelli, der argentinische Betonlieferant. Fehlen noch die Falkenberg, das blonde Geschoss, also die Frau von dem Fettsack da und Breithaupt, der Immobilienmakler. Ich kann mich gut erinnern. Vor allem an den da." Er ging zu den Bildern und tippte auf Zoppelli. „Hat der mal 'ne Schlägerei gehabt?"

Drei verwunderte Augenpaare schauten ihn an.

„Woher weißt du das alles?", fragte Andreu.

„Stand bei jedem drunter. Hatte da mit eurem Fall bezüglich des toten Deutschen zu tun. – Als ich bei Pelleter war, war von euch ja keiner hier, da hab' ich mir die mal angeguckt. Den da habt ihr ja inzwischen hopsgenommen, der ist tot, der läuft frei rum, der hat 'ne Freundin und der hat was ausgefressen oder ist tot, oder? – Ich mein nur, weil Inés gemeint hat, *Das ist der doch.*" Er tippte das Bild von Zoppelli an.

„Tot", sagte Miguel und schüttelte den Kopf, „und sicher weißt du auch, warum. Wenn du schon weißt, dass Breithaupt eine Freundin hat."

„Karin Schuster. Deutsche. Sekretärin in einem Handelsunternehmen für Stahlwaren. Hat im *Citric* in Port de Sóller übernachtet. Kannst du aus dem Buchungssystem rausholen, wenn du weißt, wie es geht. – Soll ich euch sagen, wie der auf die Insel gekommen ist und wann?" Wieder tippte er auf Zoppelli.

„Und am besten, warum er tot ist, und auch, wer es war", grinste Miguel ihn an und stellte sich mit verschränkten Armen neben ihn und guckte auf die Fotos.

„Krieg ich vielleicht raus. – Wenn ihr mich lasst. – Ist eigentlich alles in Ordnung bei euch zwei?"

Jetzt wechselten Inés und Miguel ernste Blicke.

„Wir vertragen uns." Inés war schneller und ließ Miguel nicht aus den Augen. So gut kannte sie ihn nun doch, um zu wissen, dass etwas nicht ganz in Ordnung war. Aber es war wie früher. In Ruhe darüber reden war nicht möglich. Irgendwas kam immer dazwischen und ließ am Ende die Sache in der Luft hängen oder wurde von einem Vorhaben seinerseits gekrönt. Jetzt würde es erst recht so sein.

„Das ist doch die Hauptsache, finde ich", ergänzte sie, „und warum bist du wirklich nicht in der Schule?"

„Dieser Virus hat weitere zwei meiner Lehrer ausgeknockt. Die sitzen jetzt zu Hause auf dem Klo. – Eigentlich sollte ich jetzt wieder für zwei Stunden in der Schule brav ein paar Aufgaben machen, hatte aber keine Lust. – Und ihr braucht, glaub ich, meine Hilfe." Sein Grinsen war unnachahmlich.

„Nichts anderes. Ich geh dann mal. Andreu weist dich kurz ein. Falls ihr mich braucht, ich bin auf der anderen Straßenseite einen Kaffee trinken." Damit drehte Miguel sich um und ging zu seinem Schreibtisch.

„Gehst du jetzt wirklich? Etwa zu deiner Neuen?" Miguel verharrte in einer ohnehin nicht geplanten Bewegung und drehte seinen Kopf:

„Pass mal auf! Du bist wirklich ein netter und gewitzter Kerl. Und es mag sein, dass ich eine Neue habe. Mag sein, dass Inés einen Neuen hat. Mag sein, dass Andreu eine nette Freundin hat. Hat er auch. Pelleter hat sogar schon zwei Töchter. Aber in diesen Räumen untersuchen wir Fälle wie Morde, Erpressungen, Diebstähle, Betrügereien und was weiß ich. Um das gut erledigen zu können, bleiben leider oftmals private Angelegenheiten, wie sich zu einem Kaffeetrinken zu verabreden oder eine Party zu organisieren, vor dieser Tür. Also pass auf, was du sagst, sonst wirst du nur noch selten durch diese Tür kommen dürfen. Ich hoffe, wir haben uns verstanden?"

Miguel wartete nicht ab und ging zur Tür. Gleich würde er Vicenç hinauskomplimentieren, doch ging er selbst hinaus und knallte die Tür zu.

„War scheiße von mir. Ich weiß. Passiert leider manchmal. Aber er kann mich ja ohnehin nicht so richtig leiden." Vicenç kratzte sich am Kopf und schaute die anderen beiden etwas betreten an. Inés versuchte ein Lächeln und hob einen Finger.

„Du bleibst hier. Kapiert?" Dann war sie auch hinausgegangen und lief den Gang Richtung Ausgang. Vor dem Eingang erwischte sie Miguel, hakte sich bei ihm ein und schob ihn über die Straße zu Tonis kleiner Bar. Dort setzte sie Miguel unter das dämliche Plakat mit den triefenden Burgern und bestellte zwei Brandys und zwei Kaffee. Toni guckte dumm und sie hob mit nahezu bösem Blick einen Finger, um einen noch dümmeren Kommentar von ihm zu vermeiden. Dann räusperte sie sich und forderte Miguel auf:

„Nun erzähl mal!"

Der hatte mit einer Hand vor dem Mund seinen Kopf abgestützt und antwortete mit einem langen ernsten Blick, weil er nicht wusste, was er ihr antworten sollte. Toni stellte kleinlaut die zwei Kaffee und Brandys hin und verzog sich hinter die Theke. Er bemühte sich seine Ohren klein zu machen und stellte das ohnehin laute Radio noch etwas lauter.

Aus dem plärrte gerade Sergio López Miró. Ehemaliger Olympiaschwimmer und Medaillengewinner. In dem dauernden Hin und Her des Interviews konnte man die Fragen von den Antworten nicht unterscheiden. Auch seine Tätigkeit als Trainer stand unter dem Einfluss des Virus: *Was mich am meisten beunruhigt, ist, dass ich immer häufiger ungeduldig darauf reagiere. Also habe ich beschlossen, dass meine Worte positiv sein müssen, sodass mein Verhalten davon beeinflusst wird, meine Werte mein Schicksal bestimmen und wir uns alle in die richtige Richtung bewegen.* Er sprach über sein Vorgehen, sein Team, seinen Erfolg. Klingt gut, dachte Miguel. Aber dein Horizont ist eine Wasseroberfläche, wunderbar flach, vollkommen anders als für einen, der auf einem Berg steht, vor allem, wenn es ein Müllberg ist. Zum Beispiel voller ungeklärter Beziehungen.

Es war wohl eine Mischung aus dem Gehörten und dem Durcheinander in seinem Kopf, die *seine* Gedanken bestimmte und ihn sagen ließ:

„Aus Balkon oder Terrasse ist so eine Art Bauruine geworden, wie ich sie auf der anderen Straßenseite habe, oder?"

Nun war es Inés, die ihn mit hochgezogenen Brauen anschaute und nicht wusste, was sie entgegnen sollte. Sie nahm stattdessen das Glas und trank einen großen Schluck, ohne mit der Wimper zu zucken. Noch vor ein paar Wochen trank sie höchstens ein Glas Wein, erinnerte er sich.

„Ich hätte dir wirklich gegönnt, dass es mit ihr einfacher wäre", meinte sie plötzlich.

Wieder folgte eine Pause.

„Ich weiß nicht, ob es daran liegt", erwiderte Miguel, während López Miró meinte Wie ich bereits sagte, in den letzten Wochen war es eine Achterbahn der Gefühle auf allen Ebenen, also im professionellen und persönlichen Bereich. Und deshalb sehr schwer, damit umzugehen, aber auch eine erstaunliche Erfahrung, die mich und mein zukünftiges Leben formen wird. „Die letzten Wochen haben eine Menge auf den Kopf gestellt. Nicht nur das mit uns beiden. Mir wurden nebenbei ein paar andere Banalitäten bewusst: Ich war zum Beispiel seit zwei Jahren nicht mehr bei meinen Eltern oder bei meinem inzwischen verheirateten Bruder. Sie beschweren sich nicht einmal, wenn ich anrufe. Was auch viel zu selten geschieht."

„Und Elena?"

Ohne sie anzuschauen, überlegte er einen Moment, wie viel Wahrheit die Situation nun vertragen konnte. Er befand, nicht viel:

„Ist anders als du."

Er drehte das Glas zwischen seinen Händen vor sich und schien dessen Inhalt zu hypnotisieren. Sie ist gerade ein Anker für mich, hätte er sagen können, aber auch, nicht zu wissen, ob dieser nicht plötzlich nach oben gezogen werden würde. Von wem und warum auch immer, zum Beispiel, weil er glaubte, sie verschweige ihm etwas. Oder war das heute Nacht nun ihre ganze Geschichte, die er wissen musste? Und sie hatte sich für diese geschämt. Oder sollte er Inés sagen, dass ihm in letzter Zeit immer öfter auffiel, nicht abschalten zu können. Dass vieles, was früher ganz nah und selbstverständlich war, plötzlich unerreichbar weit weg war. Nach ein paar Sekunden trank auch er einen Schluck, setzte das Glas nicht ab und trank einen weiteren. Im Gegensatz zu Inés verzog er das Gesicht und räusperte sich. Harte Sachen war er nicht gewohnt.

„Ich muss mich insgesamt neu organisieren", ergänzte er, ohne über die Gedanken in seinem Kopf etwas herauszulassen, während er sich zurücklehnte und Inés in die Augen schaute, zum ersten Mal, seit sie hier saßen. Trotzdem hatte es geklungen, als hätte er laut nachgedacht. Die Stimme im Radio blendete er aus.

Sie erwiderte seinen Blick und biss sich auf die Unterlippe, dann schaute sie auf das dämliche Burger-Plakat. Das Ketchup und die Mayo quollen fast auf Miguels Kopf herunter.

„In die neue Wohnung ziehe ich vorläufig ohne Ramon. Sie hat wirklich nichts mit ihm zu tun. Das ist auch so eine Art Neuorganisation – glaube ich."

„Ich kann dir helfen, wenn du willst."

Ihr Blick glitt vom Plakat hinunter zu ihm. Sein Blick war neutral. Wie der Ton. In ihm lag keine Andeutung. Es war demnach ein echtes Hilfsangebot. Sie lächelte dankbar.

„Wahrscheinlich wird es dann nur eine Fuhre. Was hab' ich denn? Mein Zimmer nehme ich sicher nicht mit. Und die Jungs wollen auch was Neues. Ich werde an mein Gespartes gehen. Große Sprünge kann ich ohnehin nicht machen. Aber ich muss auch nicht alles auf einmal haben. – Ja, wäre nett von dir."

Mit einem Blick zum seitlichen Eingang hinaus nickte er nur. Wahrscheinlich würde er Ramon begegnen. Früher oder später wäre es wahrscheinlich ohnehin der Fall. Auch wenn sie dann am anderen Ende Palmas wohnen und arbeiten würde. Aber in diesem Job war man nicht aus der Welt. Folglich verlor man sich auch nicht aus den Augen.

„Ramon und ich können ja die schweren Sachen tragen. Vielleicht spart das auch Geld, bevor du dir es liefern lassen musst."

Sein Blick ging immer noch raus zur Tür und blieb an einem Mädchen hängen, das ihre Vespa neben dem Eingang dort abstellte und ihren Helm abnahm. Immerhin, dachte er, wenigstens einen Helm. Der Rest der Kleidung war nicht für ein solches Gefährt geeignet. Im Radio lief endlich Musik. Der neueste Hit, *4 besos: Cuatro vece' te besé, Y en tre' te enamoré, Con do' yo te robé, Y con uno no' fuimo' pa'l piso. Cuatro vece' te besé ...* Der Text passte zur nächsten Szene. Der Blick von dem Mädchen ging nach hinten. Im gleichen Moment kam wohl ihr Freund. In seiner Hand auch ein Helm. Er umfasste ihre Taille, als würde er ein Seil um einen Baumstamm schlingen, und zog sie an sich, um ihr einen Kuss zu geben. Alles andere als zärtlich. Romantisch schon gar nicht. Auch das waren die neuen Zeiten. *Son las reglas del juego. Ahora vamo' a ver quién de los do' cae primero.* Sofort musste er an solche Typen denken, von denen auch Elena gesprochen hatte.

„Das wäre sehr nett von dir. Eine Couch oder einen größeren Tisch, an dem alle sitzen können, brauche ich ja auch. Die Matratzen werden noch eine Weile auf dem Boden liegen müssen."

Der junge Kerl und das Mädchen kamen in Tonis Bar. Sie himmelte ihn an und war viel zu hübsch für diesen halbstarken Grünschnabel. Er hatte seinen Arm nicht nur besitzergreifend um sie gelegt, sondern guckte zudem wie ein Boxer auf seinen Gegner, dem er gleich mit dem ersten Schlag zeigen wollte, wer gewinnen würde. *Ahora vamo' a ver quién de los do' cae primero.* Miguel erwartete, dass er gleich auch auf den Boden spucken würde. Dann wendete er sich ab und suchte Inés' Blick.

„Und du?", fragte er.

Ihr Lächeln war etwas bemüht. Es war eher nur ein hochgezogener Mundwinkel. Ramon hatte ihr den Kopf verdreht oder doch mehr? In ihrem Glas war noch ein Schluck. Sie schnippte mit einem Finger dagegen und trank es aus. Der Alkohol war schon auf dem Weg in den Kopf. Nur jetzt keine überhastete Antwort geben. Sie legte den Kopf schief und ihre Schultern zuckten. Mit einem kurzen Kopfschütteln meinte sie:

„Mutter ist plötzlich handzahm geworden. Sie wird es schwer haben. Die Wohnung ist dann sicher viel zu groß. Aber ich will jetzt nicht aus Mitleid bleiben müssen. Das wäre genauso Blödsinn. Dauernd suche ich einen anderen Grund, um nachher unzufrieden zu sein.

Verdammt noch mal, ich muss langsam auf eigenen Füßen stehen. Darin sind Rafael und Diego ja schon fast weiter als ich."

Ramon war in dem, was sie gesagt hatte, nicht vorgekommen. Traute sie sich etwa nicht? Oder schämte sie sich gar, weil er jünger war als sie? Sie lachte kurz auf und eine Regung in ihr ließ sie mit einer Hand über ihr Tattoo und ihren Bauch streichen. Im gleichen Moment wurde das Glas zu einem mahnenden Finger. Sie hatte Alkohol getrunken. Mit einer kleinen Bewegung schob sie das Glas von sich weg und trank schnell ihre Tasse leer. Über sich selbst empört, meinte sie plötzlich mit unerwartet ernstem Ton:

„Ich glaub, wir sollten wieder rüber." Und war bereits aufgestanden. Immerhin hatten sie miteinander geredet, redete sie sich ein. Nun ja, Worte gewechselt. Miguel nickte, folgte ihr und ging vor zu Toni und zahlte. Mit einer schwebenden Hand verabschiedete er sich von ihm wortlos. Draußen auf der *Simó Ballester* schaute er in den stahlblauen Himmel, wie der *profesor* im *Son Espases* in den Nachthimmel. Normalerweise erhielt man von da oben eine Antwort, hieß es. Heute nicht. Er wusste auch nicht, auf was. Inés war schon fünf Schritte voraus. Das war auch neu. Sie war sonst die Zögerlichere. Jetzt hielt sie ihm sogar noch die Tür auf. Darüber verblüfft, ging er an ihr vorbei. Normalerweise hätte er … – Ja, normalerweise.

24. September, 10 Uhr 40

Die zwei jungen Männer hatten sich offensichtlich gut unterhalten. Vicenç sprang allerdings sofort auf und ging auf Miguel zu.

„Sorry! War scheiße von mir. Ich geb's zu. Ich werde es wiedergutmachen. Okay? – Ich bin sogar schon dabei."

Wie ein kleines Kind, das seinem Papa etwas zeigen wollte, zog er Miguel am Arm an einen Laptop. Sofort kassierte Andreu von Miguel einen vorwurfsvollen Blick. Der zuckte nur entschuldigend mit den Schultern und hob die Hände hoch. Dafür erhielt er wiederum rollende Augen als Antwort.

„Also", fing Vicenç an. Er hatte nichts von dem Minenspiel der beiden mitbekommen, „der ist vor knapp fünf Wochen aus Alicante hierhergekommen. Da war er wohl schon ein paar Monate. Eine Unterkunft habe ich allerdings nicht gefunden. Davor Ecuador. In einem Hostal, *Villa del Rosario,* in Cuenca. Wie lange, kann ich nicht sagen, die Dauer ist nicht eingetragen. – Ihr habt gesagt, er sei aus Argentinien? Das trifft aber wohl nur für ein paar Jahre zu. Die meiste Zeit hat er in Italien, Mailand, gelebt. Da hat er für eine große Baustofffirma gearbeitet."

Siegesgewiss schaute er erst Inés und etwas zurückhaltender Miguel an, der zwar immer noch müde, aber immerhin ein wenig nickte. Anerkennend, wie Vicenç feststellen durfte.

„Und dann hab' ich noch diese Papiere für euch ausgedruckt. Ist leider alles auf Italienisch, aber ihr kennt sicher einen. In denen geht es um ein Stadion in Padua. Das hab' ich noch herausbekommen."

Er übergab die Blätter vorsichtshalber Inés. Bei Miguel wusste man ja nicht. Miguel schaute Inés über die Schulter. Padua. Seltsam! War da nicht der italienische Commissario her? Dieser Berlingui?

„Das ist das Projekt vom Korte gewesen", erkannte Inés und tippte auf die Blätter, „aus dem er ausgestiegen ist. Hatte wohl damals schon dank dieses Zacarias mit

Mädchen und so zu tun. Die wollten eine besondere VIP-Lounge in diesem Stadion einbauen."

Sie drehte die Blätter voller Statistiken und Zahlenkolonnen um. Auf dem letzten fand sie, was sie gesucht hatte.

„Hier steht der Name, Massimo Zoppelli, und der seiner Firma. Klingt, als hätte der die Baustoffe geliefert."

„Und nun kommt der Typ hierher, weil er kein Geld bekommen hat oder sich übers Ohr gehauen fühlt", resümierte Miguel und überlegte: „Welchen Grund sollte er sonst haben? Außer wir haben mit Martínez den Falschen eingesperrt."

Nun schüttelte er den Kopf und fuhr fort:

„Nein! Wir haben die Videos kontrolliert, wieder und wieder und versucht, das was die Männer im Museum uns erzählt haben, da unterzubringen. Deshalb gehen wir davon aus, dass Korte alle drei – sagen wir – eingeladen hatte, um mit einem nach dem anderen zu verhandeln. Zumindest kamen sie zu unterschiedlichen Zeiten. Aber der – Zoppelli – wollte nicht mehr, als der den Braten roch, der andere – Zacarias – war glücklich, als er in Kortes Wagen das Geld und die Codes gefunden hatte, und Martínez war so dumm und hatte Korte Videos geliehen, die, wenn sie in falsche Hände geraten würden, ihn hätten auffliegen lassen. Allerdings war er so blöd, draußen auf dem Platz unserer Aktion zuzuschauen und dabei erwischt zu werden. – Pech gehabt."

„Also bleibt das Rätsel um Zoppelli", mutmaßte Inés.

„Ihn hatten wir, ehrlich gesagt, nicht auf dem Schirm. Die Hinweise waren zu mager."

„Aber jetzt? Warum hätten *wir* ihn sonst uns ansehen sollen?"

„Die oben haben gewusst, dass er wohl auch auf einem der Videos zu erkennen war, und in dieser Kombi

73

ist sein Tod doch auffällig. Ich hoffe nicht, dass sich im Hintergrund noch mehr Abgründe auftun. Mit Zacarias und diesem Anwalt haben wir jetzt alle rund um *Más Mallorca*. Vielleicht hat es gar nichts damit zu tun, sondern mit den ganzen Sachen in Padua. Vielleicht hat auch er sein Geld nicht bekommen."

„Und dieser Breithaupt?"

„An den würde ich jetzt nicht denken. Mir fällt keine Rolle für ihn ein. Außer Zufall."

„Er hat das Grundstück aber zweimal verkauft", schaltete sich plötzlich ausgerechnet Vicenç ein. Miguel und Inés schauten ihn überrascht an.

„Schon", gab Miguel zurück, „aber das erste Geschäft haben sie dann wieder rückabgewickelt."

„Aber erst kurz vor dem zweiten Verkauf." Vicenç zeigte auf den Bildschirm: „Ist das normal?"
Dieser Junge würde ihn noch fertigmachen. Er ging um den Tisch herum und schaute auf das Display.

„Keine Ahnung." Miguel hob die Schultern. „Du kannst ja Gekauftes nicht immer einfach zurückgeben. Ich müsste mich mal erkundigen. Wir haben im Haus Abteilungen für so etwas. – Ich bleibe eher an diesem Padua hängen. – Kannst du dich noch an diesen Commissario erinnern, der damals hier Urlaub gemacht hat?" Er sah wieder Inés an.

„Natürlich", lachte Inés und wurde sofort wieder ernst, „der Fall mit der Klosterschülerin, wie ihr den genannt habt. – Der Commissario hatte einen Anschlag überlebt und sollte sich auf Mallorca auskurieren. – Wir haben ihm einen Strich durch die Rechnung gemacht."

„Genau. Aber hatte der nicht schon etwas von einem Stadion erzählt?"
Inés zog die Augenbrauen hoch, seufzte und versuchte sich zu erinnern.

„Ja. Kann schon sein. Jetzt, wo du es sagst."

„Also, ich nehme Kontakt zu diesem Berlingui auf",
meinte er und wendete sich Andreu zu, „und du – nicht
ihr – versuchst das mal mit dieser Immobiliensache
herauszubekommen. – Und du", nun zu Vicenç,
„kommst mit. Ich zeige dir mal, wo man landen kann,
wenn man sich unerlaubt im Internet bewegt und Leute
so einfach ausspioniert."

„Was hast du vor?", stupfte ihn Inés in die Seite,
„Zacarias."

„Da willst du ihn mitnehmen? Die lassen ihn doch
nicht rein."

Miguel zeigte ihr die Dienstmarke.

„Sie werden. Ich habe Zacarias reinbringen lassen.
Also werde ich ihn auch befragen dürfen." Er sah zu
Vicenç. „Es wird sich um eine Gegenüberstellung han-
deln. – Wer weiß?"

„Gegenüberstellung?"

„Vielleicht hat er Zacarias einmal gesehen, als er da-
mals ab und zu im *Rocamar* übernachtet hat", zuckte
Miguel mit der Schulter, „ansonsten lernt er eine neue
Welt kennen. – Als Warnung. Da geht es anders zu. –
Also, komm! Früher oder später kommst du ja sowieso
dahin."

Jetzt grinste Miguel Vicenç an.

„Als Polizist. Wenn's stimmt."

24. September, 11 Uhr 50

Zwanzig Minuten reichten. Zacarias hatte zwar jede
Menge Dreck am Stecken, sogar mehr als Miguel herausbekommen hatte, denn die Staatsanwaltschaft ließ
weitere Untersuchungen anstellen, aber mit dem alten
Fall hatte er wohl nichts zu tun. Während sich Miguel
die neuen Unterlagen im Büro des Gefängnisdirektors

ansah und immer wieder staunte, unterhielt sich Vicenç mit diesem. Miguel hörte mit halbem Ohr zu und verdrehte immer wieder die Augen. Würde der Junge tatsächlich einmal Polizist werden, würde entweder ein verdammt guter Profiler aus ihm werden oder er allen Leuten fürchterlich auf den Wecker fallen. Jedenfalls war seine Neugier überbordend.

„Wissen Sie, wie es jetzt weitergeht?", fragte Miguel.

„Sein Rechtsanwalt ...“

„... Ruiz Castedo?"

Der Direktor nickte und fuhr fort:

„... hat Verhandlungsunfähigkeit beantragt. So werden auf jeden Fall noch ein paar weitere Wochen vergehen. Die wird er allerdings hier verbringen. Seine Werte sind immer noch nicht gut. Und in ein normales Krankenhaus wird er nicht verlegt. Die Staatsanwaltschaft hat dagegen wiederum Einspruch erhoben."

„Klingt nach Tauziehen", konstatierte Miguel.

„Es wird sich jedenfalls ziehen."

„Und wir haben Unterlagen mit Aussagen gegen Ruiz Castedo. Comisario Pelleter ist dabei, sie auch der Staatsanwaltschaft zu übergeben. – Das wird sicher zu weiteren Verzögerungen, Einsprüchen und aufschiebenden Anträgen führen."

„Und Ihr junger Begleiter möchte Sie einmal beerben?"

Sanchez Olivero runzelte die Stirn und atmete tief durch. Vicenç als neuer Kollege. Ausschließen sollte er es nicht. Der Junge war zwar eine Nervensäge, aber zielstrebig.

„Er hat ein paar Fähigkeiten, die in diesem Fall helfen können." Er sah zu Vicenç hinüber. „Allerdings werden wir da noch bei dem ein oder anderen lenkend eingreifen müssen."

„Haben Sie Kinder?"

Miguel zog bedauernd die Augenbrauen hoch.

„Leider nein.“

„Dann sprechen Sie mal mit einer Mutter, die wird Ihnen sicher gute Ratschläge machen können.“

Vicenç grinste Miguel an und boxte ihm leicht gegen den Oberarm. Der schaute den Direktor an und meinte:

„Sie verstehen jetzt sicher, was ich meine …?“

24. September, 20 Uhr 20

Seit fast einer Woche brauchte er sie abends nicht mehr abzuholen. Heute aber war ihm danach. Heute war ihm sogar nach noch mehr. Direkt neben ihrem weißen Twingo war ein Parkplatz frei. Im Kofferraum hatte er ihre Turnschuhe, zwei große Decken und eine Tüte mit Dingen für ein Picknick deponiert: Eine Flasche Rotwein, zwei einfache Gläser, Wasser, *empanadas*, Obst und Gebäck und das, was er glaubte, für ein solches Vorhaben besorgen zu müssen. Mit Inés und den Jungs hatte es keine Picknicks gegeben. Nur Ausflüge ins *Aqualand*, zu Burgen oder ans Meer. Hatte er heute Morgen nicht sogar zu Inés gemeint, er müsste sich neu organisieren? Hieß das nicht, auch Neues zu machen und zu tun? Die Nacht sollte mild werden, denn ein Saharawind war gemeldet. Und er erinnerte sich an eine schöne Stelle am Meer, die kaum einer kannte. Erst recht nicht, wenn es dunkel sein würde.

Verwundert blieb sie stehen, als sie im Licht der Laternen seinen Twingo neben ihrem parken sah, und freute sich. Dann kam sie langsam auf ihn zu. Er schmunzelte. Sommerkleider trug sie am liebsten. Dieses war kurzärmelig, gelb und hatte unregelmäßige schwarze Punkte. Der obere Teil sah aus, als wäre es ein dünnes Hemdchen in derselben Farbe. An ihren Füßen Zehensandalen. Auch gut für den Weg, den sie laufen müssten. Sie blieb neben dem Wagen stehen und zeigte fragend auf ihren. Miguel winkte ab und klopfte auf den Beifahrersitz. Natürlich stieg sie ein.

„Was hast du vor?", wollte sie wissen, beugte sich zu ihm hinüber und gab ihm einen Kuss.

„Dich entführen. – Wir machen Picknick."
Der Motor lief bereits und er setzte zurück.

„Ein Picknick. Wow! Das Letzte hab' ich gemacht, da war ich fünfzehn oder sechzehn. Leider war das alles andere als romantisch. – Gibt es was zu feiern?"
Miguel atmete durch und meinte:

„Würde es reichen, wenn ich sage, dass ich froh bin, dass du eingestiegen bist?"

„Oh! – Hattest du Zweifel?"

„Ehrlich gesagt, ein kleines bisschen."
Wieder verwundert, schaute sie ihn von der Seite an und kniff die Augen zusammen.

„Das würde ich verstehen, wenn unsere Rollen jetzt vertauscht wären, nach allem, was *ich* gemacht habe."
Nun zuckte er mit den Schultern. Am Verteiler fuhr er nach rechts. Elena hatte natürlich schon längst ihre Sandalen ausgezogen, den Sitz zurückgestellt und die Lehne nach hinten gekippt. Die Füße lagen auf dem Armaturenbrett. Nun schob sie ihre linke Hand unter seinen Po und kraulte ihn, so gut es ging.

„Ich war bei Zacarias …", fing er an, „mit unserem zukünftigen Praktikanten, Vicenç, vielleicht habe ich ihn schon mal erwähnt, eine Nervensäge, aber auch ein Junge, der eine blöde Kindheit hatte. Mich wundert jedes Mal, dass ich den bisher nicht aus einer Gosse habe ziehen müssen. Obwohl", Miguel lachte auf, „er ist gefährlich neugierig, gewitzt und fummelt an fremden Computern herum. Aber er hat uns mal in einem schrecklichen Fall bezüglich Mädchenhandel weiterhelfen können. Und das war der Grund, warum ich mit ihm zum Gefängnis gefahren bin. Ich hatte gehofft, zwischen diesem alten Fall und Zacarias gäbe es eine Verbindung. Der Junge hätte dann ein Zeuge sein können. Wie damals. Aber die Verbindung gibt es wohl nicht. – Immerhin hat er jetzt so etwas mal von innen gesehen. – Ist vielleicht eine gute Warnung."

„Und was ist mit Zacarias?"
Miguel seufzte und legte eine Hand auf ihren linken Oberschenkel, nur um das Kleid ein wenig herunterzuschieben und ihre Haut und Wärme zu spüren.

„Der wird auch so noch ein paar Jahre sitzen."
Elena schob seine Hand noch ein bisschen weiter. Bis seine Finger auf der Innenseite ihres Schenkels den Saum ihres Höschens berührten. Leise sog sie Luft zwischen ihren Lippen ein und legte ihren Kopf nach hinten. Sein kleiner Finger gehorchte.

~~~

Auf dem Weg nach unten blieb sie plötzlich stehen:
„¡Anda! Du führst mich aber auch über Wege ...?!",
meinte sie, raffte ihr Kleid über dem Bauch zusammen und steckte es in ihren Slip. Selbst in der Dunkelheit war es ein komisches und drolliges Bild, das sie vor der Felswand abgab. Miguel grinste sie an.

„War früher eine Schmugglerbucht."
„Und jetzt bist du unter die Schmuggler gegangen und entführst mich. Hoffentlich nicht mehr. Obwohl? – Gib mir mal meine Turnschuhe. Ich hab' lauter Steine in meinen Sandalen."
Elena lehnte sich gegen die steile Felswand. Über ihr ein paar zottelige Ginsterbüsche, die aus dem Nichts herauswuchsen und ihr mit dürren Ästen eine neue Frisur

verpassten. Kichernd wischte sie die Äste über ihrem Kopf zur Seite und wechselte, manchmal etwas auf einem Bein hüpfend, ihre Schuhe. Mit dem Kleid hinter dem Slip gesteckt ging sie weiter. Miguel wäre gerne hinter ihr gegangen, um sie im tanzenden Licht der Taschenlampe anschauen zu können. Doch leuchtete er ihr mit dem Licht seines Handys den Weg.

Unten stellte er beim Auspacken fest, Handtücher vergessen zu haben. Falls sie schwimmen wollten, wären sie trotzdem schnell wieder trocken. Denn die Nacht war wie angekündigt mild, ja, sogar warm und dunkel obendrein. Hier unten sogar sehr dunkel. Nirgendwo stand eine Laterne oder ein Haus. Das Dorf, oben über dem Felsen, der wie ein Balkon ins Meer ragte, war weit weg. Nur ein niedriger, fast schwarzer Bootsschuppen duckte sich vor ihnen neben der Mole aus großen groben Steinen und das Wasser glitzerte mit den Sternen um die Wette. Hier roch es, wie ein Meer riechen musste. Salzig, frisch und ein bisschen nach Fisch. Am Wasser türmte sich angeschwemmtes Neptungras. Eine weiche Barriere. Zwei, drei Fischerboote mit ihren kleinen Laternen, die die Fische anlocken sollten, waren weit draußen und würden in den nächsten Stunden nicht zurückkommen. Die ersten landeten für gewöhnlich erst in den frühen Morgenstunden an. Kurzerhand zog er sich aus. Er faltete die Kleider zu einem Kissen zusammen und setzte sich. Elena beugte sich zu ihm und gab ihm einen Kuss auf die Schulter.

„Nun ja, einen Bikini habe ich auch nicht dabei", stellte sie fest und zog sich das Kleid über den Kopf. „Das hattest du also geplant, als Vorspeise zum Picknick, oder? – Dann wollen wir mal sehen ..."

Sie drückte ihn mit einer Hand auf die Decke nach hinten und setzte sich mit einem Schwung auf seinen

Schoß. Ihr Gesicht war nahezu so dunkel wie der Himmel, aber ihre Augen funkelten wie die Sterne und das Meer, und er sah, dass sie grinste und ihn anschaute. Nach ein paar Sekunden schnippte sie den BH auf ihrem Rücken auf und ließ ihn langsam auf sein Gesicht fallen. Zwischen ihren Schenkeln spürte sie seine wachsende Erregung.

„*¡Picarón!* Schlawiner", meinte sie und kippte nach vorne, um ihn zu küssen. Ungestüm erwiderte er ihren Kuss und drückte sie an sich. Derweil schob sie mit den Fingern den Stoff ihres Slips zur Seite und machte eine kleine Bewegung. Wieder sog sie die Luft ein.

„Schwimmen ... kannst du ... nachher ... ja immer noch", hauchte sie, hielt die Luft an und er zog seine Knie ein wenig an.

Das Geräusch der auflaufenden Wellen und der darin kullernden Kieselsteine lieferte einen gleichbleibenden und schönen Rhythmus.

Wie viel Zeit vergangen war, wussten sie nicht. Sicher eine halbe Ewigkeit. Nur, dass jeder von ihnen endlich einmal ohne einen störenden Gedanken, ohne ein klingelndes Handy, ohne vorherige Tränen hatte genießen können. Weil der Wind ihren schweißfeuchten Körper trotz der lauen Luft etwas frieren ließ, rollte Elena von ihm herunter und schlug eine der großen Decken über ihre Körper. Gleichzeitig zog sie ihren Slip aus und kuschelte sich wieder an Miguel an. Hier an diesem herrlich rauschenden Meer hatte sie mit und durch ihn für einen Moment das Bewusstsein verloren und die *pequeña muerte* genossen.

„Wie viele Frauen hast du hier schon verführt?", fragte sie deshalb glücklich.

„Es werden an die hundert gewesen sein."

„Aha."

„Ich war noch nie hier."

„Woher kennst du diesen Platz dann?"

„Das ist eine lange Geschichte."

„Ich mag lange Geschichten."

„Sie ist nicht schön."

„Also handelt sie von einer unglücklichen Liebe."

„Das wäre die schönere Variante."

„Du machst es spannend."

„Sie handelt von einem italienischen Commissario, der dort oben im Dorf Urlaub gemacht hat. Und plötzlich mir bei diesem einen Fall geholfen hat, oder hat helfen müssen, je nachdem wie man es sieht, und der sich, wie ich es dir erzählt habe, um das gedreht hat, was Zacarias getan hat. Dieser Commissario hat sie mir von dort oben gezeigt und gemeint, hierher würde er manchmal hinunterwandern, um besser vergessen und abschalten zu können. – Der Horizont, mal glühe er rot, mal weiß, mal sei er nur eine dünne Linie, mal ein nervöser Zickzack, zöge mit dem sich ständig bewegenden Meer die schlechten Gedanken und Erinnerungen aus seinem Kopf. – Er sollte sich nämlich von einem Anschlag, vielmehr einem Attentat erholen, bei dem er fast ums Leben gekommen wäre. Wegen des Falls besuchte ich ihn ein paar Mal und sah von seinem Hotel, irgendwo dort oben, immer auf diese Bucht hinunter und träumte von einer Nacht wie dieser."

„Und Inés ...?"

Miguel schüttelte den Kopf.

„Eigentlich schade", befand sie.

Jetzt hob er die Schultern.

„Bedauerst du es?", wollte sie wissen.

Er drehte ihr den Kopf zu und lächelte.

„Jetzt nicht mehr." Er hatte nicht gelogen und schob eine Hand in ihren Schoß.

Morgen würde er wieder unausgeschlafen sein. Aber dieses Mal wäre er glücklich darüber. Mit einem Bein drückte er vorsichtig ihre Beine auseinander. Im nächsten Moment war alles in Ordnung, war alles gut, lag er richtig. Das Rauschen des Meeres wurde zu einer zweiten Decke.

25. September, 8 Uhr 15

Kaum hatte sie ihm eine letzte Kusshand zugeworfen, meldete sein Handy Andreu an. Elena ging derweil zwar müde, aber zufrieden in das Krankenhausgebäude. Am Abend wollte sie dann mit ihrem eigenen Wagen wieder nach Hause fahren.

„In Santa Catalina, gleich vor unserer Haustür, haben sie heute Morgen ein paar Discobesucher ausgeraubt. Klingt nach Alltagsgeschäft, aber die haben zwei der Leute vorher auch noch verprügelt. Bei uns sitzen drei von den Verdächtigen ein. Wir sollen uns kümmern.“

„Haben deren Sicherheitskräfte gepennt?“
Miguel sah vor seinem geistigen Auge, wie Andreu die Nase rümpfte, als dieser meinte:

„Sicherheitskräfte. Vicenç' Vater macht jetzt auf Sicherheitskraft. Dann weißt du, was das für Typen sind. Und ich war mal in einem der Schuppen. Ein Festival an Neon. Und große Bildschirme. Nicht meine Welt.“

„Ich dachte, die eine hätte einen schönen Garten?“

„Mag sein, aber das Ganze ist wohl auf dem *Plaça del Vapor* passiert. Die Beklauten sturzbesoffen. Uhren weg, Geld weg und bei den Mädchen haben sie wohl noch zu fummeln versucht. Wann bist du hier?“

„In maximal zwanzig Minuten.“
Es wurde eine halbe Stunde. Die Wochen der Ausgangssperre hatten wohl dazu geführt, dass die Men-

schen das Autofahren verlernt hatten. Gleich fünf Wagen waren an einer Ampel aufeinandergekracht. Und der letzte hatte mit seiner Wucht für den größten Schaden gesorgt. Miguel schlängelte sich an der Schlange vorbei und kassierte böse Blicke. Als er auf die Gegenfahrbahn auswich, hielten ihn seine Kollegen an.

„Ohne Signal und Einsatzbefehl kann das teuer werden."

„Wenn ich zu spät komme, bekommen wir alle Ärger, sag ich euch."

„Was liegt so Dringendes an?"

„Die Sache mit den beklauten Discobesuchern. Ich soll mich kümmern, heißt es."

„Ich hab' davon gehört. Was habt ihr damit zu tun?" Miguel verdrehte die Augen und sah zu den verbeulten Autos rüber. Der dritte, ein Renault, konnte auf den Schrott. Der Daimler-SUV, der ihm hinten draufgedonnert war, war wohl doch etwas zu schwer und der letzte hatte ihm vollends den Rest gegeben. Er drehte sich wieder zu dem jungen Typen von der *Guardia* und meinte säuerlich:

„Wenn eure Einheiten da draußen ihren Dienst besser gemacht hätten, müsste ich mich jetzt nicht um klauende und fummelnde Schwarzafrikaner kümmern. Also lass mich durch. Okay?"

„Schlecht gelaunt, wie? Hat dich deine Freundin nicht rangelassen?" Sein Lachen klang wie ein heiseres Bellen. „Dann will ich mal nicht so sein. Vielleicht bekommst du heute Abend ja noch mal eine Chance."
Sanchez Olivero schüttelte den Kopf, dem da war wohl auch einer hinten draufgefahren. Er hob die Hand und gab Gas. Der alte Twingo kapierte sofort, was er zu tun hatte, und ließ die Reifen ein wenig quietschen. Etwas später als gedacht stellte Miguel den Wagen ab und saß nun Andreu gegenüber.

„Was ist an den Typen so besonders, dass wir uns darum kümmern sollen?"

„Personalmangel. – Ràfols ist endgültig weg, Inés bald nicht mehr bei uns, Ivan damit beschäftigt, ihren Schreibtisch zu übernehmen. Bleiben also du und ich."

„Ich meine, was hat unsere Abteilung damit zu tun?"

„Der Mangel an Leichen und anderen Kapitalverbrechen", grinste Andreu ihn an, „wenn du aber lieber mit Elena ..." Er schaute gönnerhaft und hob seine Hände.

„Nein." Miguel ließ sich in seinen Stuhl zurückfallen. „Alles in Ordnung."

„Muss ich mir Gedanken machen?" Andreus Gesicht signalisierte echte Sorge und Miguel musste über dessen Mimik lachen.

„Bis jetzt nicht! – Also, dann lass uns mal loslegen." Andreu legte ihm zwei Fotos hin. An diesen waren Zettel angeheftet.

„Der da ist als Schleuser bekannt, oder wie wir das nennen wollen. Und der da hat es vor einem Jahr schon einmal versucht. Die anderen sind arme Hunde. Abhängig von solchen Idioten. Müssen, wenn sie angekommen sind, Geld verdienen, um solche Typen zu bezahlen. Also, was liegt näher, als Leute zu beklauen. – Das wäre meine Theorie. Das Drogengeschäft läuft nicht mehr so. Und nicht alle, die hierherkommen, sind selbst süchtig. Die meisten sind doch ganz normale Familienväter oder Mütter. Das Boot letzten Monat – du weißt, das bei Cabrera – war mit einer kompletten Familie besetzt. Kein Wasser, nichts zu essen und viel zu wenig Benzin. Drei Tage sind sie so über das Meer gedümpelt. Diese beiden da sind sicher mitverantwortlich."

„Also haben die vom Küstenschutz doch versagt."

„Nee, so kannst du es nicht sagen. Die haben die gleichen Probleme wie wir. Nämlich zu wenig Personal. Und jetzt durch das Virus sowieso. Das wissen die zwei da natürlich auch. Und gucken, wie sich die Situation zu ihren Gunsten verändert. Die haben genug arme Schweine, die für sie die Drecksarbeit machen."

„Was sollen wir nun machen?"

„Die Personallücke schließen und vor Ort gehen."

„Weißt du, wie viele Discos wir haben?" Andreu lachte und fing an aufzuzählen:

„*Camelot, Es Tro, Aloha* ... Ich glaube, es sind allein in Palma über zwanzig. Vorteil: Die meisten haben im Moment noch zu. Zu groß. Ich kenn die Dinger auch nicht besonders gut. Ximena und ich sind aus dem Alter raus, glaub ich. Wir werden uns die Situation jeweils anschauen und dann abwägen müssen."

„*¡Hombre!* Das dauert nicht nur Tage. In der Zeit ist irgendeiner von denen Millionär geworden, wenn die jetzt jeden Abend weitermachen."

„Die da geben uns sicher keinen Tipp."

25. September, 10 Uhr 35

„Drogen reichen heutzutage nicht mehr."

„Falsch", meinte Eduardo, „du musst sie finanzieren können. Das kannst du, wenn du es richtig anstellst, mit Hehlerware besonders gut. Nach dem dritten Zwischenverkauf ist der ehemalige Besitzer kaum noch auszumachen. Außer er hat seine Rolex, Hublot oder Audemars Piguet registrieren lassen. Dann hat er eine kleine Chance, wenn ein offizieller Händler involviert wird."

„Es waren wohl Schwarzafrikaner, Senegalesen in diesem Fall."

„Warum wundert dich das? Kriminelle gibt es überall! Und sie haben überall die verschiedensten Hautfarben. Ihr sucht nur immer gerne nach einer bestimmten."

„Nein. Erstens stimmt das nicht und zweitens meine ich das nicht so …"

„Es stimmt vielleicht nur in deinem Fall nicht. Frag mal deine Kollegen auf dem Festland. Weiße verdrehen sie höchstens den Arm, wenn sie abgeführt werden. Schwarze bekommen vorher den Knüppel zu spüren."

„Also gut." Sanchez Olivero seufzte. Ausgerechnet Eduardo belehrte ihn im Thema Rassismus. Dabei liebte er es in seiner aktiven Zeit, Schwarze in den untersten Reihen zu haben.

„Es ist ein Fehler im System. Wir machen Schubladen auf und stopfen irgendwas hinein. Dann ist es angeblich falsch und wir benennen sie um: Schwarze, Kriminelle, Osteuropäer, Mörder … was weiß ich. Im Endeffekt ist es egal. Sie alle sind meine Arbeit."

„Du hast die Flüchtlinge vergessen."

„Stimmt. Denn genau in diesem Fall gehe ich davon aus, dass genau die und ihre Vorstellungen über unser Land, das System, die Freiheit missbraucht werden."

„Glaubst du, die waren vorher immun? Die kommen aus einer anderen Welt. Und sehen nun hier, was möglich ist. Von dicken Geldbörsen, tollen Autos und fetten Uhren bis zu den blonden Geschossen mit wundervollen Ärschen. – Da will man mitmachen können."

„Also kein organisiertes Verbrechen?"

„Die meisten organisieren sich hier. Sie kommen mit ihren Ruderbötchen hier an. Werden erst einmal in Sicherheit verwahrt und sobald sie etwas von der Luft der Freiheit mitbekommen haben, kommen sie auf den Geschmack. Und das an jedem Strand. Dafür müssen die nicht einmal weit laufen."

„¡*Vale!* Das kann man sich ja noch zusammenreimen. Aber wer bringt ihnen bei, was so wertvoll ist."

„¡*Hombre!* Du tust nur so naiv, oder? – Schaufenster, Fernsehen, die anderen, die schon seit Monaten hier sind. Wer zwei Augen hat, guckt, wer aus diesen Ferraris und Lamborghinis aussteigt und läuft denen ein bisschen hinterher. Ist ja klar, dass *die* Geld haben müssen. Das kennt ihr doch. Von solchen Taschendieben habt ihr genug an der Playa aufgegabelt. Inzwischen wissen solche Typen auch, dass Sportwagenfahrer gerne tanzen gehen. So wie mancher Möchtegern."

„Gut. Dann waren es Möchtegerns. Die Beute zwei einfache Rolex und 200 Euro. Und die Mädchen schwören, dass man sie mehr als unsittlich angefasst hat. So besoffen wären sie nicht gewesen."

„Da ihr sie habt, frage ich mich, was du nun von mir willst?"

„Der Überfall fand morgens gegen 6 Uhr statt. Vielleicht auch etwas später. Die Kollegen waren schnell und haben die drei kurz darauf in der Nähe des Monolithen im *Parc de sa Feixina* stellen können. Aber die Uhren und das Geld waren weg. Alle Opfer bestätigten danach unabhängig voneinander, dass es die Verhafteten waren."

„Und die Mädels haben ihre Unschuld natürlich vorher verloren und nicht mit den schönen Schwarzen?" Eduardo schmetterte wieder sein Lachen ins Telefon.

„Davon können wir ausgehen." Miguel schüttelte den Kopf. Eduardos Humor hatte schon immer etwas Eigenwilliges. „Aber für mich riecht es dann doch wieder nach Organisation. Sie haben die Ware vorher abgegeben. Und das stinkt mir. Sind das neue Gruppen? Oder die alten? – Hast du einen Tipp?"

„Und am Ende denkst du, ich kenne die ganzen Typen?!"

„Nein. Aber die berühmten, die wiederum diese kennen. Wenn es echte Flüchtlinge sind, werden sie versuchen sich reinzuwaschen und mit uns zusammenarbeiten. Wenn nicht, stellen sie sich wahrscheinlich absichtlich dumm. Es ist doch jedes Mal das Gleiche. Immer kommen dieselben Geschichten hoch, sie mussten das machen, um die Reise zu bezahlen und die Familie heraushalten zu können. Aber über die Hälfte von denen haben wir schon lange in unseren Karteien als Wiederholungstäter. Ich kenn zwar nicht jeden, aber ..."

„Ich bin dir ja eigentlich nichts schuldig. Aber weil ich dich so mag, halte ich die Ohren auf, okay? Ein Tipp, schickt sie nicht immer zurück, sondern behaltet sie hier – im Gefängnis. – *Por cierto,* da fällt mir ein, was machen eigentlich deine Frauen? Vielleicht sollte ich erwähnen, dass Valentina und ich seit über vierzig Jahren zusammen sind. Da wirst du dich anstrengen müssen. Elena und du, ihr seid erst seit vier Wochen ein Paar. Und du hast schon die vierzig hinter dir."

Wieder schallte Eduardos Lachen durch den Hörer.

„Manchmal lernt man seine Zukunft vielleicht zu spät kennen."

„Und Inés? Ausnahmsweise bin ich gar nicht auf dem letzten Stand."

„Wird ab nächster Woche an der Playa arbeiten und dort in der Nähe wohnen. Sie hat einen radikalen Schnitt vorgezogen."

Am anderen Ende entstand eine ungewöhnlich lange Pause. Gerade wollte Miguel fragen, ob Eduardo noch in der Leitung ist, als dieser meinte:

„Du wirst dich auch um sie kümmern müssen. Ich kenne inzwischen ihre Vergangenheit. Dieser Juan ist ein Idiot gewesen. Von Anfang an. Keine Frage. Wir haben viel zu viele von denen unter uns. Er war von Anfang an nur eine Ausrede, der Weg von zu Hause wegzukommen, eine pubertäre Lösung. Nenne es, wie du willst. Es ist danebengegangen. Aber ein Mensch kann sich auch nach einer solchen Erfahrung nicht neu erfinden. – Neu ausrichten – ja. Einen anderen Weg gehen – ja. Aber wenn du etwas hinter dir lässt, verfolgt es dich immer ein wenig. Es wird Bestandteil deines Schattens. – Und den hast du immer dabei."

Jetzt schluckte Miguel und machte eine Pause, bevor er meinte:

„Sie hat mir zu verstehen gegeben, dass es aus ist."

„Und dich sicher darum gebeten, Freunde zu bleiben, oder? – Das wäre der erste Schritt zur Absicherung vor der nächsten Verzweiflung."

„Sie sah alles andere als verzweifelt aus."

„Der junge Mann ist wohl ein guter Lover. Das tröstet über die erste Zeit hinweg. – Kennst du ihn?"

„Nein. Noch nicht. Ich weiß nur das, was Diego mir erzählt hat, und gehe davon aus, dass ich ihn sehe, wenn ich ihr beim Umzug helfe."

„Du willst ihr helfen? – Eine noble Aktion von dir."

„Warum nicht?"

„Hat sie dich darum gebeten? Dann würde es mich an eine Schachpartie erinnern. Bei einer Rochade geschieht in etwa das Gleiche. Die Königin tauscht bei einem Angriff des Gegners die Position mit dem König, um ihn zu schützen und ihn zu verteidigen. Die Frage wird sein, wer ist in diesem Spiel der König? Du oder Ramon? – Und, sie stellt sich wieder vor einen, wie damals bei Juan, anstatt mal selbst Schutz zu suchen."

Wieder seufzte Sanchez Olivero.

„Wir waren zusammen einen Kaffee trinken, da hat sie gemeint, Ramon gehört jetzt zu ihrem Leben. – Wie alles, was sie erlebt habe. Auch das mit mir."

„Siehst du? Du gehörst also noch dazu. Du wirst dich anstelle von ihr entscheiden müssen."

„Ich denke, das habe ich bereits."

„Denkst du."

26. September, 4 Uhr 55

So blöd musste man erst einmal sein. Ivan und Andreu mussten nicht lange warten. Angeheiterte Discobesucher spielend schlugen sie drei Schwarzen vor sich auf die Schulter und taten, als würden sie sich verabschieden. Doch als einer von denen einen weiteren Discobesucher umarmte und ihm gleichzeitig sein Handy aus der Tasche zog – offensichtlicher ging es wirklich nicht –, waren sie schlagartig nüchtern. Miguel hatte von Eduardo den richtigen Tipp erhalten. Er und der Rest des Teams hatten sich an den Eingängen zu den anderen Straßen verteilt und nur darauf gewartet, sich mit den drei Dieben ein kleines Wettrennen zu liefern. Die drei Schwarzen verloren.

Die saßen nun etwas verdattert in einem Büro in der *Simó Ballester* an einem Tisch, umringt von der halben Garde der Polizei und vor ihnen lag die Ausbeute des frühen Morgens: fünf Handys, drei Uhren, 380 Euro, zwei Ringe mit irgendwelchen glitzernden Steinchen und eine große lederne Geldbörse.

Andreu kontrollierte die mageren Daten. Alle drei waren aus Algerien und erst vor einem knappen Vierteljahr mit einem Bötchen nach Mallorca gekommen. Nicht nur, dass sie illegale Einwanderer waren, nein, sie hatten sich wohl vom ersten Tag an darauf spezialisiert, an der Playa und vor den Discos ihren Opfern aufzulauern, um sie zu bestehlen. Alle waren sie nur deshalb auf freiem Fuß, weil die Flüchtlingsunterkünfte auf der Insel restlos überfüllt waren. Da wo sie jetzt hausten, fand man prompt weiteres Diebesgut, was sie noch nicht zu Geld gemacht hatten.

„Ich frag mich immer, was man mit geklauten Handys macht?", wollte Miguel wissen.

„Im Normalfall setzt du die Dinger auf die Werkseinstellungen zurück und verkaufst sie dann. Bei guten Handys sind immer 50, 60 Euros drin. Manche wollen nur nach Hause telefonieren und das ziemlich lang, was normalerweise teuer wird, und manchmal sollen bestimmte Handys geklaut werden, um auf der SD-Karte Dinge auszulesen, mit denen man den ursprünglichen Besitzer erpressen kann. Standardbeispiel Fremdgehen. Die meisten Typen machen Bilderchen von ihren neuen Flammen. Oder auch Kalendereinträge, die solche Treffen beweisen. Selbst Chats mit den Liebschaften lassen sich dann gut zu Geld machen."

„Klingt, als hättest du Erfahrungen in solchen Dingen", schlussfolgerte Miguel und grinste.

„Ja. Aber ich habe immer nur Kürzel verwendet. Namen konnten sie nicht herauskriegen", lachte er zurück, „und solche Fotos – habe ich im Kopf."
Miguel schaute die drei an. Auf dem Platz vor der Disco und in der *Carrer de Cabrinetty* konnten diese *Patera*-Insassen, wie Flüchtlingsboote genannt wurden, noch Englisch, jetzt taten sie so, als seien sie auf einem anderen Planeten. Wie viele Algerier oder Nordafrikaner vor ihnen, waren sie von dem kleinen Hafen Dellys, keine 300 Kilometer von hier entfernt, losgetuckert, angeblich, um angeln zu gehen. Das war zumindest die Information der dortigen Hafenaufsicht bezüglich der Bootsnummer, die Miguel und Andreu herausbekommen

hatten. Miguel stieß die losen Blätter nochmals zusammen und setzte sich auf den Tisch vor die drei.

„Man sagte mir, dass ihr dort drüben wunderbar Englisch miteinander gesprochen habt, weil ihr dachtet, die im Hafen könnten es nicht, Pech gehabt, also werdet ihr jedes Wort von mir verstehen. Ich sage euch jetzt, wie das hier ablaufen wird. Wir werden euch jetzt in ein Gefängnis bringen müssen, leider hat das keinen guten Ruf und leider werde ich dafür sorgen, dass ihr nicht in dem Bau eurer Landsleute unterkommen werdet. Absprachen gibt es also nicht. Ich würde mich ja bemühen, wenn ihr echte Flüchtlinge wäret, aber das seid ihr leider nicht, sondern ...“ Er hielt ihnen die Blätter entgegen. „... laut den Dokumenten, die wir erhalten haben, vorbestrafte Taschendiebe und Hütchenspieler. Vielleicht nicht einmal Algerier. Solche Lügner mag ich überhaupt nicht. Damit ihr wenigstens Essen und Trinken bekommt, solltet ihr euch überlegen, kooperativ zu sein.“

Sie waren die besten Schauspieler und lächelten ihn wie eineiige Drillinge an. Sanchez Olivero hatte es nicht anders erwartet. Sollte ihnen kein größeres Kapitalverbrechen nachzuweisen sein, würden sie nach ein paar Tagen wieder frei rumlaufen und von vorne anfangen.

„Und eure Frauen machen Dienst in Korea? Und wo sind eure Kinder? Noch drüben? Ihr lasst sie also im Stich oder etwa genauso anschaffen?! – Wisst ihr, was mir am meisten stinkt? Das solche wie ihr all diejenigen in Verruf bringt, die glauben, es wirklich geschafft zu haben, nach ihrer langen Odyssee in Sicherheit angekommen zu sein. – Und ich weiß aus genug Erzählungen, dass eure Vergangenheiten selten etwas mit Krieg und Verfolgung zu tun haben, sondern mit grenzenloser Selbstüberschätzung.“

Kurz nahm er ein Flackern bei einem der drei in dessen Augen wahr. Trotzdem stand er auf und machte den zwei Polizeibeamten ein Zeichen. Die nächsten 72 Stunden waren als Unterbringung gesichert. Für das Jugendgefängnis *Es Pinaret* in Marratxí waren sie auf jeden Fall zu alt. Wahrscheinlich würden die Kollegen der Guardia sie dann übernehmen.

Er wusste, dass sie im Prinzip genauso arme Schweine waren, vielleicht mit einer etwas anderen Vita. Denn viele, die hier nach ihrer Ankunft als Algerier geführt wurden, waren aus Niger oder anderen Ländern. Auch hier hatten die Zeitungen oft genug darüber berichtet, dass Algerien Tausende dieser Flüchtlinge aufgehalten oder gar ohne Lebensmittel und Wasser in den Süden des Landes zurückverfrachtet und ausgesetzt hatte. Allerdings stand dies nie auf Seite eins. Manche der sogenannten Kollegen der dortigen Polizei stahlen ihnen während der Deportation sogar das letzte Geld, vergewaltigten ihre Frauen und sahen grinsend zu, wenn schwangere Frauen Fehlgeburten hatten.

Die größte Sicherheit in ihrem Leben erfuhren sie in dem kurzen Moment, in dem sie ihr Land verlassen konnten und an irgendeiner grünen Grenze für ein paar Stunden unbeobachtet und unbemerkt blieben. Zuvor machte man ihnen, den Freunden, der Familie das Leben schwer. Sie waren Linkshänder, schwul, in der Schule mal aufmüpfig gewesen, zu spät zur Arbeit gekommen, hatten ihre Schulden nicht rechtzeitig zurückbezahlt, einen Unfall gebaut und sich nicht schuldig bekannt, die falsche Zeitung gekauft, den Polizisten oder einen Typ aus der Verwaltung nicht gegrüßt.

Einer von ihnen hatte einmal erzählt, dass ein reicher Clanführer seine jüngste Tochter zur Frau haben wollte, dies war Usus, dort wo er gelebt hatte. Eines Tages kam er zurück und warf ihm das Mädchen, noch keine dreizehn Jahre alt, geschunden, geschlagen und gedemütigt vor die Füße. An ihren Beinen lief Blut herunter und auf dem Rücken waren unzählige Peitschenhiebe zu sehen. Dieser Typ schlug ihm ins Gesicht, beschwerte sich über die Unfähigkeit des Mädchens, ihn zu befriedigen, und nahm die zweite Tochter mit.

Ein Jahr später erfuhr er, nachdem er sie immer wieder gesucht hatte, um sie zu besuchen, um zu sehen, wie es ihr erging, um sich als Vater zu zeigen, dass dieser Clanführer sie bereits am nächsten Tag steinigen ließ, weil sie sich ihm verweigerte. Der Mann wollte sich rächen, aber die Schergen des anderen hielten ihn auf und gaben ihm zu verstehen zu verschwinden. Dieses Verschwinden bedeutete nicht nur nach Hause zu gehen und ruhig zu sein, sondern das Land zu verlassen. Noch in derselben Nacht hatte er sich mit seiner Frau, seiner verletzten und traumatisierten Tochter und der dritten auf den Weg nach Norden gemacht. Er kam alleine an.

Spanien war nicht schuldlos an deren Schicksal. Die einen zuckten mit den Schultern und sagten, man könne nichts machen, Algerien sei ein souveräner Staat, die anderen, es handle sich um eine böswillige Kampagne. Auch von den ertrunkenen Familienmitgliedern einer großen Fluchtgruppe, die Ende des letzten Jahres in mehreren Schiffen hier angekommen war, hatte er erfahren. Einige wenige der überlebenden Jugendlichen, die ihre Eltern verloren hatten, kamen in Palma in dem dafür vorgesehen Wohnheim *Norai* unter und erhielten eine Chance. Andere gingen leer aus. Und hatten die nächste Irrfahrt vor sich.

Für Sanchez Olivero dennoch kein Grund, nun eine hartnäckige kriminelle Laufbahn einzuschlagen, die sogar Gewalt und sexuelle Übergriffe beinhaltete. Wenn es stimmte, waren die drei vor ihm alle zwei Wochen auf irgendeinem Polizeirevier und nach zwei, drei Tagen Vollpension und einem Bad wieder auf freiem Fuß, weil man darauf wartete, sie endlich wieder abschieben zu können. Auf Dauer konnte das keine Lösung sein.

26. September, 7 Uhr 25

Solche Regungen, Gefühle, ja, Gelüste kannte sie bisher nicht von sich. Ihre Hand wanderte in seinen Schoß und wartete geduldig, bis seine Erregung mehr von ihr forderte. Einen Augenblick genoss sie zufrieden lächelnd seine Härte in ihrer Faust, dann schob sie sich auf ihn und Minuten später zog sich ihr Inneres über ihm zusammen und sie rang nach Luft.

Kurzerhand hatte sie die Nacht mit Ramon in ihrer neuen Wohnung verbracht. Auf der breiten Luftmatratze aus dem *Soccorista*-Spind des *Balneario 11*. Von Schlaf konnte keine Rede sein. Das Ding war trotz allem zu schmal. Immer wieder rutschte einer von ihnen lachend herunter. So ergab es sich, dass sie jedes Mal danach wie zwei Löffelchen miteinander für eine Weile einnickten. Nackt und nach einem gemeinsamen Aufwachen wieder gierig aufeinander.

„Wann fängt dein Dienst an?", unterbrach Ramon ihren Gedanken, nochmals ein paar Minuten zu warten, um zu sehen, wie oft man an einem Morgen auf diese Weise glücklich werden konnte.

„Um 9. – Aber die werden mich nicht vermissen. Nächste Woche bin ich ja sowieso schon weg. Und wer weiß, wie wir dann füreinander Zeit haben?", säuselte sie und streichelte ihn, um ihn wieder zu animieren. Auch wenn es nach wenigen Momenten gelang, so drehte er sich doch weg und saß in der nächsten Sekunde auf dem Matratzenrand.

„Wenn du magst, komme ich heute Abend zu dir. Ich sollte mich an der Uni auch mal wieder blicken lassen." Nein, sie hatte jetzt noch nicht genug von ihm. Grinsend umarmte sie ihn von hinten und suchte wieder seinen Schoß.

„Nur einmal noch. Dann bin ich schon weg. Oder geh mit dir auf dem Weg noch schnell einen Kaffee trinken. – Ja?"

Sein Körper war herrlich warm, seine Haut duftete anziehend und seine Männlichkeit fühlte sich gut an. Sie spürte, er war erregt. Trotzdem stand er auf und schmunzelte auf sie hinunter.

„Heute Abend. – Okay?"

„Ich geh' dir auf die Nerven", stellte sie beleidigt fest, zog einen Schmollmund und ließ sich auf die Matratze zurückfallen. Vielleicht könnte sie ihn noch mit ihrer Nacktheit bestechen. Tatsächlich schaute er sie an, als sähe er sie zum ersten Mal, alles an ihm war für die nächsten Zärtlichkeiten vorbereitet.

„Wahrscheinlich kann ich mich auf nichts konzentrieren", erwiderte Ramon und sah zum Fenster hinaus, „wenn der Professor seine Weisheiten versprüht."

Dann kniete er sich vor sie hin, hob ihre Beine an und leckte einmal über die Innenseiten ihrer Schenkel. Im nächsten Moment war er im Badezimmer verschwunden und Inés hörte das Wasser laufen. Aus einem unerfindlichen Grund musste sie an Diego denken. An ihn und Luisa. An seine Eskapaden bei Miguel. Und wurde rot. Vielleicht war er genauso wie sie. Vielleicht hatte er es von ihr. Vielleicht hatte Miguel recht und sie sollte sich darüber Gedanken machen. Sie strich sich über den Bauch, stand auf und ging zu der Balkontür Richtung

Meer. Zwischen den Hotelburgen vor ihr konnte sie einen Miniausschnitt vom Strand erkennen und – was sie bisher nicht wusste – ihren neuen Arbeitsplatz. Alles war mit einem Mal verbunden. Ramons Welt und ihre. Sein Strand und ihre Arbeit. Auch wenn er im nächsten Jahr sicher etwas ganz anderes machen würde. Sie hoffte, sie dürfte daran teilhaben.

Jetzt erst bemerkte sie, dass sie immer noch nackt war. Aber zum nächsten Haus waren es mindestens 30 Meter. Man würde sie also nicht erkennen können. Vermutlich sah sie aus der Entfernung eher wie die halbe Maria aus, die sie in einer Kirche in Palma gesehen hatte. Eine kleine Statue ohne Unterleib, auf einem verzierten Sockel, versteckt an einer Säule.

Plötzlich stand er hinter ihr. In ihrem Kopf ein kleines Durcheinander aus Zukunft, Diego und Ramons Zärtlichkeiten. Die kalte Gürtelschnalle seiner Jeans drückte sich in ihren Rücken und seine Hände waren auf Wanderschaft auf ihren Brüsten, dem Bauch und in ihrem Schoß. Hoffentlich war Diego genauso zärtlich gewesen. An den Schenkeln lief derweil Ramons Liebe herunter und sie musste wieder schmunzeln. Früher hatte sie genau das nicht leiden können. Jetzt genoss sie es und schloss wieder die Augen. Als seine Hand über ihren Bauch strich – sicher aus anderen Gründen – und sie wieder an ihren Sohn dachte. Angeblich hatte Diego Kondome benutzt. Oma sollte sie dann wohl nicht werden, oder? Sie hielt Ramons Hand fest und zögerte, es ihm zu sagen, doch dann ließ sie ihn weiter ihren Körper erforschen.

„Was gibt es heute für dich in der Uni?", wollte sie wissen und öffnete für seine neugierigen Finger ein wenig die Beine.

„Technologie- und Prozessmanagement. Ein Vertiefungskurs."

„Ein Vertiefungskurs würde mich jetzt auch interessieren", erwiderte sie und drehte sich um, doch Ramon war schon einen Schritt zurückgewichen.

„Heute Abend werden wir damit einen Intensivunterricht verbinden", lächelte er zurück: „Wenn du das mit dem Kaffee ernst meinst, sollten wir uns sputen."

„Gib mir fünf Minuten!", gebot sie ihm und hob einen Finger, um mit schwingendem Po im Bad zu verschwinden. Im Spiegel sah sie ihr glückliches Gesicht. Es hatte etwas Unanständiges. Alles, was sie mit Ramon tat, was sie dabei empfand, was ihr in den letzten drei Wochen Tag für Tag zuteilwurde. Es hatte auch etwas Unwirkliches, Surreales, ja, Skurriles. Sie schloss die Augen und kniff sich mit den Fingernägeln unterhalb ihres Tattoos in den Arm, bis es wehtat. Der Schmerz würde sie sicherlich aufwachen lassen, den Traum beenden. Würde sie und Ramon zu hässlichen Geschöpfen machen und das Haus um sie herum zum Einsturz bringen. Wie ihre Gefühle, ihre Träumereien, diese versponnenen Gebilde in ihrem Kopf, und eine leere Blase zurücklassen. Damit ihr schlechtes Gewissen wieder darin die Oberhand bekommen würde.

Der Wolf spuckte einen Tropfen Blut aus der kleinen Wunde und bekam rote Lippen, ohne dass sie es bemerkt hatte. Morgen würde es ein blauer Fleck sein, der in dem Tattoo wie ein Fehler aussähe und dann in den folgenden Tagen hoffentlich verschwinden würde, mit all den Fehlern in ihr. An den Innenseiten ihrer Schenkel hingegen spürte sie immer noch ein nun kühles Rinnsal Ramons Liebe. Sie drehte das kalte Wasser auf und ließ es über die kleine Wunde laufen. Der Wolf schaute wieder ernst, aber nicht vorwurfsvoll. Anschließend spritzte sie sich Wasser ins Gesicht und wusch sich zwischen den Beinen ab. Für mehr reichte die Zeit nicht. Dann schaute sie in den Spiegel. Nein, sie hatte sich nicht verändert. Ihr Gesicht war rosig geblieben. Ihr rötlicher Haarschopf zwar durcheinander, aber mit den Fingern schnell wieder in Ordnung gebracht. Einen Schritt zurückgehend und sich auf die Zehenspitzen stellend betrachtete sie sich und wartete auf ein Flackern in ihren Augen, darauf, dass ihre Zweifel und Bedenken nun wieder hochkommen würden. Doch ihr Blick war klar, immer noch glücklich und tief befriedigt. Das Brausen im Kopf hatte sogar etwas nachgelassen.

Und – ja – der liebe Gott hatte es wirklich gut mit ihr gemeint. Das wollte und musste sie ausnutzen. Zusammen mit ihm. Gleich wieder heute Abend. Egal, was ihre Mutter dazu meinte. Sie betrachtete ihren weiblichen, aber schlanken Körper, befand ihre Brüste als schön und nicht mehr mädchenhaft. Ihre Spitzen waren empfindlich, reagierten, als sie über sie strich. Ihr Bauch, trotz zweier Kinder streifenfrei. Auf den Hüften etwas Speck, den Ramon so mochte, wenn er sie in seinem Moment auf sich presste und festhielt und sie daran mit einem Stöhnen in ihr Ohr und seiner Wärme tief in ihr drin teilhaben ließ. Selbst die Härchen ihrer Scham hatten sich angepasst und glitzerten nun rötlich.

Acht Jahre war sie älter als er. Noch sah man es nicht. Unlängst hatte sie ein Bild in der Hand gehabt. Von Miguel vor etwas mehr als einem Jahr aufgenommen. Sie im Bikini im *Aqualand.* Die Jungs turnten gerade an einer der bunten Rutschen herum. Sie war nicht besonders gut zu erkennen. Aber sie wusste den Unterschied. Sie hatte im Vergleich zu damals abgenommen. Und ihr Gesicht wirkte nun im Spiegel nicht wie das einer gewöhnlichen, älter werdenden Mutter. Natürlich war daran auch die neue Frisur schuld. Natürlich auch Ramon. Aber sie würde auch etwas dafür tun müssen. Käme der Bauch mit dem Kind und wäre dies dann da, wäre sie sicher nicht mehr so attraktiv für einen so jungen Kerl. Eine Frau, die zehn Jahre jünger ist, versteckt von Natur aus die Folgen einer Schwangerschaft besser als eine Mittdreißigerin.

Vielleicht würde sie morgen aber auch ihre Tage bekommen. Hatte sie vorhin nicht das entsprechende Ziehen verspürt? Ansonsten ... Sie strich sich über den Bauch und flüsterte leise:

„Es wird alles gut. Und er bestimmt ein guter Papa. Und – ich werde Sport machen.“
Sie schlüpfte in den Slip, schloss den BH auf dem Rücken und verließ das Bad.

„Waren jetzt doch sechs Minuten“, stellte sie mit einem zwinkernden Auge fest, „tut mir leid.“
Dann nahm sie ihn in den Arm. Ihr Kopf rechnete: Wäre sie 45, wäre er 37. Mit circa 50 kämen die Wechseljahre und er stünde in der Blüte seines Lebens. Fünfzehn Jahre würden bis dahin vergehen. Eine lange Zeit. Sie hoffte, der liebe Gott würde es dann noch mal gut mit ihr meinen.

„Ich müsste dir jetzt so viel sagen“, fing sie an und zog kurz ihre Lippen ein, weil sie ihre Augen feucht werden fühlte, „erzählen, beichten und berichten. Aber ich krieg einfach nicht die Wörter zusammen.“
Wieder stellte sie sich auf die Zehenspitzen und nahm seinen Kopf zwischen ihre Hände, um ihn zu küssen.

„Danke!“, meinte sie nur und wollte so viel mehr sagen. *Ich liebe dich*, wäre noch das Einfachste gewesen. Das mit den fünfzehn Jahren schon schwieriger. Und *Ich bekomme ein Kind* oder *Ich bin schwanger,* war jetzt noch nicht möglich. Eine Minute später war sie angezogen und schaute auf der Meerseite aus dem Fenster. Ein riesiger Schwarm Schwalben zischte mit einem schrillen und schriependen Gezwitscher zwischen den Häusern Richtung Westen, Richtung Palma, Richtung

Andratx hindurch. Ein gutes Zeichen, wie sie fand. Und Ramon lächelte.

26. September, 11 Uhr 00

Die Nacht war kurz, aber *dafür* doch lang genug gewesen. Miguel erkannte es in ihren Augen und spürte einen kleinen Stich. Diesen Blick hatte sie nur selten gehabt. In den letzten Monaten allerdings gar nicht mehr. Im Zimmer musste es dunkel sein. Und wenn sie *fertig* waren, lief sie im Grunde gleich darauf ins Bad und machte sich sauber. Danach stand sie an der Balkontür. Tonlos. Wortlos. Nur selten schlüpfte sie dann noch einmal zu ihm ins Bett.

Er zog die Augenbrauen in die Stirn und verzog das Gesicht. Einen Seufzer konnte er gerade noch verhindern. Natürlich sah sie seine Reaktion, natürlich spürte sie seine Ahnung. Sein Blick war auffallend genug über ihr Gesicht und ihren Körper gewandert. Doch im Wissen um Elena machte es ihr nichts aus. Er konnte sich also nicht beschweren.

„Ivan bezieht schon meinen Schreibtisch, habe ich gehört." Der perfekte Satz, um von Miguels Vermutungen und Gedanken abzulenken. Zusätzlich drehte sie sich weg von ihm und schaute durch die große Scheibe auf ihren ehemaligen Schreibtisch.

Miguel schob die Mundwinkel nach hinten. Ivan an Inés' Tisch. Wie auch immer, das bekam seine Vorstellungskraft nicht hin. Zu nervös, zu aufgedreht, zu laut. Und immer auf der Suche nach Weiblichkeiten: kurze Röcke, nackte Beine, schöne Figuren. Er würde Pelleter darum bitten, Andreu als Partner zu bekommen. Hier in dieses Büro, an den Schreibtisch gegenüber. Kinder wie Ivan ständig einfangen zu müssen, konnte nicht seine Aufgabe werden. Erst recht nicht, dessen Kommentare anhören zu müssen.

„Er darf mit dem Rücken zu mir sitzen."

Inés grinste und ging zu ihrem bald ehemaligen Arbeitsplatz. Dort öffnete sie eine Schublade nach der andern und holte Zettel, kleine Schachteln mit Cremes, Kopfschmerztabletten und Stifte hervor. Viel war es nicht, was sie anschließend in einen kleinen Karton packte, in dem vorher Kopierpapier gewesen war. Auch hier hatte sie wenig Persönliches. Das sah in anderen Schubladen schon ganz anders aus.

„Hast du Lust, nachher einen Kaffee mit mir zu trinken?", fragte sie beiläufig, als sie das Eingepackte auf die Kante seines Schreibtisches abstellte. Miguel nickte, deutete auf den Karton und meinte:

„Den können wir ja dann in meinen Wagen stellen. Ich fahr dir das nach Hause."

Er hörte sich selbst in einem seltsamen Ton mit ihr reden und räusperte sich, bevor er fortfuhr:

„Vorher sollten wir uns das mit den Afrikanern noch ansehen und das hier mit dem Ladendiebstahl. Unter Umständen haben die Sachen miteinander zu tun."

Jetzt nickte sie, nahm die Schachtel runter und stellte sie unter den Tisch.

„Wie kommst du darauf?"

„Wir haben dessen Wohnung durchsucht und ähnliche Dinge sichergestellt: Uhren, Telefone, Computer, Markenkleidung und so weiter. Lauter Sachen, die sich leicht tragen lassen, wenn man fliehen muss. Was uns wundert ..." Er hielt ihr ein Blatt hin. „... zu diesen acht Dingen gibt es keine Anzeige. Das deutet darauf hin, dass sie entweder schon einmal geklaut worden sind oder von Touristen stammen, die keine Möglichkeit mehr hatten, zur Polizei zu gehen. Wenn wir zwei, drei

Sachen davon zuordnen könnten, hätten wir eine Möglichkeit, Verdächtige mehr zu belasten."

„Was sagt Andreu dazu?"

Inés strich sich die Haare nach hinten. Es sah sexy aus, diese Bewegung hatte sie früher nie gemacht, aber gleichzeitig war es offensichtlich, dass sie Mühe hatte, sich zu konzentrieren. Sie schaute hoch und sah Miguels Blick, nahm die Hand wieder vom Kopf und ließ die roten Haare wieder ins Gesicht baumeln.

„Er hat schon alles versucht. Aber die Daten auf den beiden Computern wurden gelöscht. Keine Adressen, keine E-Mails, nichts, was auf den vorherigen Besitzer schließen ließe."

„Willst du es mal Vicenç versuchen lassen?"

Vicenç. Prima! Ihr Liebling. Der fehlte noch. In den letzten Monaten war er manchmal versucht mitzuzählen, weil er davon überzeugt war, den Namen aus ihrem Mund häufiger gehört zu haben als den ihrer Söhne. Darüber hinaus klang es auch noch müde und hörte sich dadurch noch vertrauter an. Er runzelte die Stirn und forschte in ihrem Blick, der das Blatt studierte. Die letzte Nacht hatte wohl alles von ihr abverlangt. Prompt unterdrückte sie ein Gähnen.

„Sind das die Bilder von den Typen?", fragte sie, „der da war doch einer von denen, der die beiden Mädchen auf dem *Paseo* angegrapscht und ausgeraubt hat, oder?"

Sie gab ihm das Foto zurück und fügte nörgelnd hinzu:

„Lass uns das mitnehmen und einen Kaffee trinken. Ich bin total groggy."

Um ihr Vorhaben zu unterstreichen, stand sie auf, griff unter den Tisch, zog den Karton wieder hervor und drückte ihn Miguel in die Hand:

„Wäre nett von dir."

Miguel stieß die Blätter zusammen, zog einen weiteren Umschlag aus der Schublade und erhob sich missmutig.

Dann nahm er den Karton, drehte ihn in seinen Händen hin und her, als wüsste er nicht, was alles drin war.

Auf der *Simó Ballester* angekommen wollte er hinübergehen, aber Inés hielt ihn wie ein kleines Mädchen am Ärmel fest und meinte bockig:

„Nee! Nicht Toni! Lass uns rübergehen. Ins *Bianco* von mir aus. – Ich mag seine Ohren nicht."

Schon hatte sie sich umgedreht und Miguel protestierte:

„Den schlepp ich aber jetzt nicht durch die Gegend!"

„Okay! Ich warte."

Sie kam zurück und setzte sich auf die Stufen vor den Eingang der Burg und Miguel ging kopfschüttelnd in die *Carrer Menorca*, in der sein Twingo stand. Kaum drei Schritte weiter begann er mit sich selbst zu sprechen. Inés kannte er zwar manchmal als etwas empfindlich oder trotzig. Aber nun zeigte sie ganz unbekannte Seiten. Noch wusste er nicht, was er davon halten sollte. Als er neben ihr stand, hatte sie den Kopf gegen die Wand gelegt und die Augen zugemacht.

„Also auf! – Dann komm!" Sein Ton war nicht besonders freundlich.

Mürrisch setzte sie sich auf und hakte sich bei ihm unter. Zum zweiten Mal. Überhaupt erst das zweite Mal, seit sie sich kannten. Das erste Mal war sogar erst vor ein oder zwei Tagen gewesen. Demnach hatte diese Geste nichts mehr mit ihrer Liebe zu tun. Wann auch immer sie einmal gewesen sein sollte. So sah wohl vielmehr ihre Idee, der Beginn einer Freundschaft aus. Erstaunt darüber sah er sie von der Seite an und setzte sich in Bewegung. Inés zeigte keine Reaktion, sondern unterdrückte wieder ein Gähnen. Sie überquerten den *Passeig de Mallorca*, dann die kleine Brücke über den *Torrent de Sa Reina* und Inés zog ihn kurz darauf in das hinterste Eck des *Bianco* und ließ sich dort auf den Stuhl fallen.

Miguel schaute nach hinten. Heute hatte Gabriela Dienst. Wie schön. Er mochte sie und fragte sich, warum er für einen Kaffee nicht öfter ein paar Meter weiter ging, statt bei dem oft mies gelaunten Toni zu sitzen. Gabriela hatte im Gegensatz zu ihm gute Laune, sah naturgemäß besser aus als Toni und er mochte den dunkelblonden Zopf, der durch ihre flotte Art zu gehen immer am Hinterkopf hin und her schwang.

„Ich wollte letzte Woche schon eine Suchanzeige aufgeben", war ihre Begrüßung, als sie mit einem breiten Grinsen neben ihnen stand, „oder habt ihr etwa ohne mich geheiratet und wart in den Flitterwochen?" Inés sah zu Miguel hinüber und er zurück. Keine Frage, die alte Gerüchteküche war noch nicht auf dem neuesten Stand. Sollte er es ihr sagen oder musste Inés es tun?

„Ich glaube, so wie du denkst, wird es auch nichts", antwortete Inés, ohne ihren Blick von Miguel abzuwenden.

„Ach! – Auch nicht schlecht! – Luis wollte auch nicht mehr. – Ich bin wieder zu haben. – Wie wär's, Miguel?" Gabriela beugte sich vor und drückte ihm einen extra nassen Kuss auf die Wange. Als sie zur Theke zurückging, rief sie über ihre Schulter:

„Zwei Kaffee?"

„Sie ist auch nett. Und sieht gut aus", flüsterte Inés.

„Nicht zu vergessen die Arbeitszeiten, die sind nicht besser als meine."

„Ich mein ja nur. Falls …"

„Und deine Planungen sind abgeschlossen? Neue Wohnung, neue Arbeitsstelle, neue … Beziehung?" In ihrem Bauch zog sich irgendwas zusammen. Sie schloss die Augen und hörte in sich hinein. Eigentlich sollte sie dieses spezielle frauliche Gefühl besser kennen, dachte sie und sagte:

„Bin gleich wieder da."

Schnell verschwand sie hinter der Tür, gerade als Gabriela den Kaffee brachte. Die setzte sich nun neben Miguel und nahm ihn in den Arm.

„Scheiße?"

In dem Wort steckte mehr als eine Frage. Mehr, als hören zu wollen, wie es ihm ging. Mehr als Mitgefühl. Er sah sie an und lächelte. Gabriela war wirklich eine Liebe. Eine echte Frau. Alles an ihr war ein wenig üppiger vorhanden. Dennoch hätte er ihre Figur maximal als sportlich bezeichnet und sie war auf eine ganz eigene Weise hübsch, da sie die Weisheiten ihres bisherigen Lebens mit Selbstverständlichkeit zeigte.

„Ich kenn' das", begann sie, „der, der Schluss macht, kann es in so 'ner Situation nie richtig machen. Ist irgendwie immer blöd. Ich hab' die ganze Nacht geheult. Wie soll er es auch sagen? Sorry, aber ich habe vor 'ner Woche 'ne andere kennengelernt und hab' erst mal geguckt, ob's passt, aber jetzt bin ich mir sicher. Oder: Du hast das ja auch die letzte Zeit mitbekommen, es ging ja nicht mehr, oder hat es dir noch Spaß gemacht? Der kann sagen, was er will, ist immer scheiße und immer Schluss danach. Tür zu und weg. Jetzt hat Luis in seinem Bett halt 'ne andere. Eine aus Senegal. Okay, die hat 'nen anderen Hintern als ich. Ich hab' sie neulich gesehen und ist 'ne Schwarze, auch okay, ist heutzutage nun mal so. Sind ja nicht alle Verbrecher, nur weil zwei, drei meinen, sie könnten hier klauen. Dann kam noch das Virus und er hatte es leicht, sich zu entscheiden, und ist gleich bei ihr geblieben. In Quarantäne sozusagen. Die ist sogar scheißhübsch und hat sogar studiert. Er ja nich'. – Biologie und solche Sachen. Ist Lehrerin, am *Colegio Nacional Jafuda Cresques,* also eine ganz

Schlaue, da kann ich natürlich nicht mithalten. Ich kann nichts anderes als Kaffee tragen." Sie schaute kontrollierend zur Tür, bevor sie weitersprach, Inés sollte wohl nicht lauschen dürfen. „Weißt du, nächstes Jahr werde ich 33, in dem Alter hat man eigentlich andere Pläne. Ich bin kein kleines Mädchen mehr. Kinder kriegen ist zwar noch einfach, aber ich bin 'ne alte Tante, wenn mein Kind dann mal 'nen Beruf anfängt. Das ist Mist, sag ich dir, und war nicht im Plan vorgesehen. Rechne mal, bis ich einen find', der das Gleiche will. Das geht nicht so von einem Tag auf den anderen, den will man ja auch ein bisschen lieb haben. Das ging schon bei meinem ersten Mann schief. 'nen Säufer und Faulenzer brauchte ich dann auch wieder nich'." Sie hob den Kopf. Hinter der Tür lief Wasser. Sie kannte die Geräusche hier. „Was ich sagen will, nimm's nicht tragisch und wie gesagt, wenn ..." Sie drückte ihm noch mal einen Kuss auf die Wange und strich ihm dabei mit einem Finger an seinem Haardreieck entlang, ziemlich zärtlich und intim, wie er mit einem Lächeln fand, auch wenn er jeden Monat ein- oder zweimal einen Kaffee bei ihr trank. Zu selten, wie er nun feststellte. „'nen Kaffee kriegste bei mir immer – zumindest."

Dann stand sie auf und zwinkerte ihm mit einem Auge zu. Scheinbar ahnte sie von den ganzen aktuellen Geschehnissen doch mehr.

„Auf den Kaffee komm ich zurück – zumindest", entgegnete er mit einem Grinsen. Luis war ein Dummkopf, dachte er, eine so ehrliche und warme Seele wie Gabriela wird er nicht so schnell finden. Dann sah er Inés. Die war ganz bleich. Ihre Augen innerhalb der letzten wenigen Minuten in Höhlen versunken. Die Wangenknochen stachen hart hervor. Offenkundig ging es ihr schlecht. Sie blieb am Tisch stehen und schob ihre Tasse zu ihm rüber.

„Dir geht's nicht gut", stellte er fest.

„Hab' wohl gestern Abend irgendwas Schlechtes erwischt. – Musste mich gerade übergeben. Jetzt ist mir ganz sonderbar zumute. – Kannst du mich nach Hause fahren? Deine Afrikaner müssen heute ohne mich auskommen. Das kriegst du sicher hin."

Miguel nickte und trank ihre Tasse aus. Als er neben ihr stand, überlegte er, sie in den Arm zu nehmen, aber ihre Körperhaltung schien zu signalisieren, dass sie dies nicht wollte. Er legte Gabriela einen 5-Euro-Schein hin und rollte mit den Augen.

„Ich komm noch mal vorbei", meinte er und es klang ernst gemeint.

„Würd' mich freuen. Du hast ja gar nix sagen können. Die ganze Zeit hab' ich gelabert." Ihre Antwort war mindestens genauso ernst gemeint.

Er reckte einen Daumen hoch. Wahrscheinlich käme er sogar heute noch. Inés war schon draußen und halb über die kleine Brücke. Auf der drehte sie sich zu ihm und fragte lediglich:

„Carrer Menorca?"

„¡Si!", seine knappe Antwort. Inés war vorausgeeilt und bereits am Fußgängerüberweg angekommen. Schwankend, stellte er fest und drehte sich noch mal zu Gabriela um. Die hatte den beiden hinterhergeschaut und zuckte nun mit den Achseln.

Am Wagen angekommen, musste sich Inés ein weiteres Mal übergeben und schaffte es anschließend nur mit seiner Hilfe, sich in den Wagen zu setzen. Als er den Twingo umrundete, um selbst einzusteigen, kam ihm alles Mögliche durch den Kopf. Unter anderem der Virus. Als hätte sie seine Gedanken erraten, schüttelte sie nur schwach den Kopf, als er neben ihr saß und flüsterte leise:

„Mach dir keinen Kopf. – Der Virus ist es nicht. Kein Durchfall. Nur Erbrechen. Wahrscheinlich dieser dämliche Burger", log sie, weil es keinen Burger gegeben hatte, strich sich über den Bauch und dachte an die nächsten Monate, an die andere Wahrheit, die aller Wahrscheinlichkeit dahintersteckte.

„Danke!", fügte sie noch hinzu, legte eine Hand auf seinen Oberschenkel und ließ sie dort liegen.

26. September, 12 Uhr 05

Bei ihr zu Hause war niemand. Alle ausgeflogen. Die Jungs wahrscheinlich bei Freunden und ihre Mutter entweder Karten spielen oder einkaufen. Inés hatte sich an seinem Arm die Treppen hinaufgeschleppt und verschwand sofort auf dem Klo. Aber die Geräusche verrieten, ihr Inneres war leer. Nur noch Husten, Krächzen und Spucken. Dann stand sie wieder vor ihm im Flur. Er schob sie ins Bad und begann sie bis auf die Unterwäsche auszuziehen. Sie wehrte sich nicht. Er stellte sie vor dem Waschbecken ab und ging mit ihrer Bluse in die Küche, um dort Erbrochenes auszuwaschen. Aus dem Bad kam wieder Husten. Minuten später stand sie am Türrahmen angelehnt und er hängte die Bluse über einen Stuhl, verfrachtete sie in ihr Zimmer und dort ins Bett. Weil er nicht wusste, was nun zu tun wäre – bei sich zu Hause hatte er nur Aspirin, und das seit Monaten nicht mehr gebraucht –, rief er Elena an. Ohne sie zu sehen, sah er, wie sie ihre Stirn runzelte und überlegte:

„Ein Hamburger sagst du? – Wenn das stimmt, sollte sie einen Tee trinken. Heiß, mit ein paar Kräutern. Hatte sie Durchfall? – Wenn nicht, frag in einer Apotheke nach einem Mittel mit Dimenhydrinat."

„Ich habe sie ins Bett gelegt."

„Brav. – Aber ..." Elena lachte. „... na, du weißt Bescheid. – Komisch ist es trotzdem. Ein Burger hätte eher Durchfall erzeugt, weil die oft mit altem oder schlechtem Fett gemacht werden. – Vielleicht ... ach, da sprechen wir heute Abend drüber. Lieber keine falschen Vermutungen. Holst du mich ab?"

Miguel grinste. Hinter der Frage konnte er eine ganze Reihe an Wünschen vermuten. Kurz dachte er über einen Vorschlag nach, bevor er meinte:

„Santuari?"

„Das wäre schön", antwortete sie und klang zufrieden.

„Danke dir!", kam leise aus dem Bett, als er aufgelegt hatte.

~~~

Vorne an der Brücke saß jetzt ein Bettler. Oder einer der Ausgespienen, einer, den das Virus arbeitslos auf die Straße geworfen hatte. Etwas heruntergekommen. An den ersten Metern des Geländers gelehnt. Ein einfacher Mann. Unrasiert, nicht besonders gepflegt und dennoch bemüht, für sein Vorhaben nicht die ältesten Klamotten anzuziehen. Miguel kramte in seinen Taschen und fahndete nach Kleingeld. Reste des letzten Einkaufs oder Kaffeetrinkens. Es waren nur ein paar Münzen. Eine Euromünze und eine 50er, insgesamt sicher nicht mehr als ein Euro achtzig. Er zog die Münzen heraus und sprach den Bettler auf Spanisch an: *¿ Y? ¿en paro? !malos tiempos!* Der Mann reagierte mit einem verstörten Lächeln und einem unverständlichen Brabbeln. Es war offensichtlich. Kein Landsmann. Vielleicht einer dieser billigen Arbeitskräfte aus irgendeinem fernen Land, die in den Küchen für den Abwasch, das

Wegschleppen des Mülls oder die Sauberkeit auf dem Boden sorgten und dafür nicht wesentlich mehr erhielten, als nach einer Stunde in seinem Becher liegen würde.

Prompt fand sich Miguel in den allgemein gültigen Vorurteilen wieder, die an jeder Theke, bei Gesprächen unter Nachbarn auf der Straße und selbst an den Schreibtischen der Bessergestellten herrschten. Statt ihm das ganze Kleingeld oder zumindest den Euro in den hochgestreckten Plastikbecher zu werfen, ließ er nur den Fünfziger hineinfallen. Aus dem kam kein Klimpern herauf. Der Becher war leer gewesen. Trotzdem hatte sich der arme Kerl ihm zugewandt und leise *gracias* geflüstert, das eher wie ein Krächzen geklungen hatte. Zwei Schritte später war Miguel klar, dass er genauso reagiert hatte wie all seine Landsleute. Wäre der Mann einer von ihnen gewesen, wäre der Inhalt seiner Hand in dem Becher gelandet.

Eine Minute später saß er mit seinem Laptop und den ganzen Unterlagen tatsächlich wieder bei Gabriela im Café und sie ihm immer wieder gegenüber.

„Ich brauch' gar nicht fragen. Dir ist was auf den Magen geschlagen. Vielleicht das mit euch. Hat sie Schluss gemacht oder du?"

„Eher sie." Er sah in seiner Hand den Euro. „Aber gesagt hat sie nichts. Jetzt hat sie wohl einen neuen Freund. Weiß ich alles von Diego, ihrem ältesten Sohn." Gabriela nickte, als ob sie sich den Rest nun selbst erklären könnte. Sie hatte Ähnliches ja schon mitgemacht. Als sie etwas sagen wollte, kam der nächste Gast und sie sah Miguel mit enttäuschtem Blick an.

„Du bleibst hoffentlich noch 'ne Weile?"
Sie erhielt ein Nicken als Antwort. Dann nahm er sein Handy, breitete die Blätter vor sich aus und tippte:

„Du hast ja sowieso drauf gewartet. – Habe ich recht?", fragte er Eduardo, ohne abzuwarten: „Und erkundigt hast du dich sicher auch schon."

Miguel grinste, weil er sich gerade Eduardo vorstellte, wie der versuchte, keine hörbare Reaktion zu zeigen.

„Ach, mein Lieber, deinen Anruf hatte ich schon viel früher erwartet. – Deine Vermutungen waren nicht ganz richtig, aber auch nicht ganz falsch. – Nicht alle, die ihr festgenommen habt, sind organisiert, aber die drei Algerier, die keine sind, gehören zu einer Truppe aus dem Osten. Die war schon auf dem Festland tätig und tingelt wohl durch die Lande. Jetzt sind sie auf Mallorca angekommen und bedienen sich der Situation rund um Migranten."

„*¡Inreíble!* Unfassbar. – Und deren Chefs sitzen natürlich auf den Balkons ihrer Hotels und gucken zu, ob auch alles richtig läuft für sie."

„Schlimmer! Die haben ein Team, das Boote abfängt oder gar einschleust. Denn sie wissen, wenn viele ankommen, haben die keinen Platz in den Unterkünften. Diesen Moment warten sie ab ..."

„... und bringen die in Misskredit, die Hilfe nötig hätten."

„Wie die Familie vor ein paar Wochen."

„Und wo kassieren sie ab?"

„Nie in ihren Hotels oder in deren Nähe. Ein beliebter Punkt ist zum Beispiel die *Plaça Santa Eulàlia.* Viele Touristen, Bars und dort haben sie im Falle eines Falles genügend Fluchtwege. Früher war auch noch die *Carrer de Moll* interessant, weil die Chefs mit ihren dicken Karren dann zur Autobahn durchgerast sind. Aber dort sind inzwischen zu viele Kollegen von dir."

„Ich weiß, liegt aber an den Geschäften, die da sonst noch laufen. Die Mädchen suchen eine neue Heimat."

„Ach, reine Ablenkung! Die sind noch alle in ihren Stadtteilen. Die können gar nicht anders. Deren Preise werden auf Teufel komm raus gedrückt, weil angeblich so viel Nachschub kommt. Die werden im wahrsten Sinne des Wortes bis auf die Knochen ausgezogen."

„Und das ganze Zeugs machen die an den klassischen Punkten wie Strände und Promenaden zu Geld", stellte Miguel sarkastisch fest.

„Und in Läden und im Internet. Rate mal, warum in den Internetportalen manche leere Originalverpackung so teuer gehandelt wird?! – Da wird dein geklautes iPhone 11 Pro hineingeschoben, für 800 verkloppt und es spielt keine Rolle, dass allein die Verpackung 40, 50 oder 60 gekostet hat. Das nenne ich Gewinnspanne! – So läuft das Geschäft nun mal. – Ich sag dir, die ganzen Jugendlichen, die da mitmischen, wissen im Grunde, was sie damit anleiern. – Frag mal Diego, vielleicht hat er da auch schon Geld verdient."

„Bitte nicht", meinte Miguel, „Inés geht es jetzt schon schlecht."

„¡Hombre! Was ist jetzt schon wieder los?"

„Sie hat gestern wohl einen schlechten Burger gegessen", antwortete er, als Gabriela wieder sich ihm gegenüber setzte und ihn musterte. Ständig war er in den letzten Minuten mit einer Hand am Kopfe zugange gewesen. Sie erhob sich ein wenig und schaute ihm mit einer mütterlich wirkenden Geste auf den Kopf. Gerade als sie ihm auch über den Kopf streicheln wollte, kam der nächste Kaffeetrinker und sie verabschiedete sich mit einem Klaps auf seine Schulter und rollte dabei wieder mit den Augen. Nie hatte man richtig Zeit.

„Ihr jungen Leute habt eine ungesunde Lebensweise", tönte es aus dem Hörer, „wir hatten früher keine solchen Läden …"

„... dafür Kunden in den Favelas", konterte Miguel und lachte. „Es gab Zeiten, da hättest du solche Infos nicht einmal deinen besten Freunden weitergegeben."

„*¡Bueno!* Gut gebrüllt! – Hast du dich um sie gekümmert?"

„Ja. Nach Hause gefahren, ausgezogen und ins Bad gestellt. Dann ins Bett verfrachtet, ihr einen heißen Tee hingestellt und auf Elenas Anweisung ein Medikament besorgt. – Zufrieden?"

„Ich sagte ja: Du wirst dich um sie kümmern müssen und schon fängt's an."

Miguel sah hoch. Gabriela hatte an anderen Tischen zu tun, von den Details Inés' Problemen also nichts mitbekommen. Er hob eine Hand, als sie zu ihm schaute.

„Zurück zu den Hehlern. Hast du einen Tipp, wo sich diese Chefs herumtreiben?"

„Sie sind in den Hotels an der Playa. Wo genau, kann ich dir nicht sagen. Frag deine angeblichen Afrikaner, wo sie ihre Sachen abliefern sollten, und sei nicht so zimperlich dabei, manche von denen machen das schon seit Jahren und wie du siehst, klauen sie inzwischen mit roher Gewalt, vielleicht hast du Glück."

„Immerhin engt das unser Zielgebiet ein. Das Virus hat für Ausfälle im Personal gesorgt. Da hab' ich keine Hundertschaften mehr, um wenigstens einen Teil von denen zu schnappen. In unseren Problemvierteln *Son Banya, Corea* und *La Soledat* sorgen sie ja nach wie vor dafür, dass uns die Arbeit nicht ausgeht."

„Ach ja, *La Soledat*. Finde ich mutig, was der Deutsche da vorhat. Bis jetzt ist es ruhig an dieser Front. Ein Drogenviertel weniger. Dafür schöne Wohnungen."

„Du kennst doch die Mechanismen. Die ziehen woanders hin. Kaum hatte man vor, *Son Banya* plattzumachen, triffst du da die Altbekannten aus *La Soledat*."

115

„Ich habe Vertrauen in euch. Und ich hoffe, der Tourismus erholt sich wieder so, dass man solchen Typen ihre Grenzen aufzeigen kann. – Das habe ich in den letzten Jahren schätzen gelernt: Wo die Welt echt zu Gast ist, nimmt die Kriminalität ab."

„Tu nicht so. Dafür nimmt sie an anderen Orten zu. Diese Brut stirbt nicht aus."

Eduardo lachte auf. Und Miguel kannte bereits seinen nächsten Satz, den er prompt mitsprach:

„Du willst ja nicht arbeitslos werden."

Sie tauschten noch ein paar ihrer üblichen Floskeln aus und Miguel versprach zum Schluss wieder, demnächst bei ihm vorbeizuschauen. Dann drückte er das rote Symbol und wollte zahlen. Gabriela hatte er ganz vergessen. Ohne dass er etwas bemerkt hatte, stand sie aber mittlerweile hinter ihm und legte ihre Hände auf seine Schultern. Ihre Daumen an seinem Nacken. Sie konnte nicht nur Kaffee tragen, dachte er und schloss die Augen. Mit jedem Druck ihrer Daumen glaubte er ein Knacksen aus den Tiefen seines Genicks zu vernehmen. Sie kontrollierte derweil den Betrieb in der Bar.

„Erzähl mal!", forderte sie ihn auf und er antwortete mit immer noch geschlossenen Augen:

„Eigentlich gibt es nicht viel zu erzählen. Ich hab' sie jetzt nach Hause gefahren, sie ins Bett geschickt und ihr einen Tee hingestellt. Jetzt bin ich wieder hier."

Die Feinheiten, die er Eduardo berichtet hatte, musste sie nicht erfahren, warum wusste er allerdings auch nicht.

„Ich meinte, bezüglich dir. Ist doch scheiße, oder?"

Miguel konnte nur leicht mit den Schultern zucken. Also versuchte er es so kurz wie möglich zu erklären:

„Im Nachhinein kam es nicht überraschend. Ich hab' wohl immer ihre Vergangenheit missachtet und daher ein zu forsches Tempo vorgelegt. Ich glaube, sie wollte

116

im Endeffekt eine Freundschaft, die – nun ja – ein bisschen mehr durfte – mehr nicht." Miguel brach ab und fragte sich, wie viel Wahrheit in seiner Antwort steckte. Immerhin hatte Inés nun einen neuen Freund – vielleicht war es tatsächlich nicht so ernst –, aber dafür einen neuen Arbeitsplatz und eine neue Wohnung. Im Grunde war ihr ganzes Leben umgekrempelt. Gabriela streifte mit ihren Daumen seinen Hals am Genick vorbei bis zur Kuhle unterm Schädel hoch. Für einen kurzen Moment konnte er sich vorstellen, von ihr massiert zu werden, und lächelte deswegen.

Auch sein Leben wurde durch die letzten Wochen auf den Kopf gestellt. Vielleicht war es Einbildung, aber Gabriela würde sicher zusagen, wenn er sich mit ihr für einen Abend verabreden wollte. Er dachte an den Verlauf eines solchen, der vielleicht sogar noch in ihrem Sinne verlief. Aber bei ihrer Planung für die Zukunft hatte er schon Schwierigkeiten. Er zog die Stirn kraus und nur, weil er laut nachdachte, fragte er:

„Du willst Kinder?"

„Ich bin eine einfache Frau. Ist das nicht meine Aufgabe?", erwiderte sie und ihre Finger waren auf seinen Schläfen angelangt und massierten diese.

„Das ist doch keine Aufgabe, die du gestellt bekommst", antwortete er verwundert. Ihre Fingerspitzen glitten über seine Wangen über den Hals auf seine Brust hinunter. Spätestens jetzt müsste er ihre Hände festhalten. Tat dies aber erst, als sie wohl ihre Endposition erreicht hatten. Keiner der Gäste nahm von ihnen Notiz. Mitten in der Stadt rechnete niemand damit, solche Zärtlichkeiten sehen zu können.

„Ein wenig schon." Ihre Fingerspitzen kraulten die untersten Rippen. „Spaß dabei und später Kinder."

Sie stoppte, ließ ihn los und setzte sich ihm gegenüber, den Rücken zur Bar. Irgendjemand rief *pichoncita,*

Täubchen, aber sie hob nur abwehrend die Hand und rief etwas grob *¡Esperi!* Warte! Dann meinte sie:

„Ich fantasiere jetzt mal. Du bist, soweit ich weiß, neun Jahre älter als ich. Spielt ja keine Rolle. Aber irgendwann ist einer allein. Deine Freunde sind genauso alt, von denen wird sich keiner um dich kümmern. Denen ist es dann egal, wie es dir geht. Deine Kinder sind die einzige Chance, die du hast, wenn du einmal alt bist. Mit ihnen hast du jemanden, der sich um dich kümmert – hoffentlich. Allein das ist schon ein Grund, Kinder zu haben. Wenn du es jetzt noch schaffst, sie gut zu erziehen, wenn dir das gelingt, dann hast du doch einen Lotterie-Gewinn gemacht. Findest du nicht auch?"

Sie unterbrach sich selbst, stupste ihn mit einem Finger in einen Arm und fuhr fort:

„Mein Gott, jetzt bin ich schon wieder diejenige, die dir ganze Zeit die Ohren vollquasselt. Aber ehrlich gesagt, hab' ich grad auch niemanden. Das hier ist 'n Job." Sie wies mit einem Daumen hinter sich. „Und die da sind entweder Banker, die mir 'nen Scheiß verkaufen wollen oder Touristen, denen du egal bist, oder welche aus 'ner Verwaltung, die ihre Ruhe haben wollen. – Ich bin keine Jungfrau mehr. Das kannst du dir denken. Und ich hatte vielleicht mehr Männer in meinem Leben als du Frauen, das ist ja auch nichts Schlimmes. Liebe ist davon nicht abhängig, es ist immer die Vorstellung von Liebe, die einen dazu treibt, es zu tun. Nennt man auch Lust, glaub' ich. Und irgendwann passiert's schon mal und die löst sich in Luft auf. Aber wenn man dann mal einen gefunden und tatsächlich so richtig lieb hat, dann macht man es erst recht und viel lieber und dann kommen die Kinder von selbst. Also, warum nicht?"

An dem Tisch vor dem Eingang rief man wieder nach ihr. Dieses Mal etwas nachdrücklicher. Sie sah Miguel deshalb genervt an, schüttelte leicht den Kopf und erwiderte leise in einem nahezu vulgären Ton auf Mallorquinisch: *¡Deixa'm fer!* Lass mich in Ruhe! Und meinte zu ihm:

„Und du bleibst bitte noch fünf Minuten!" Mit einem Finger, den sie wie eine Pistole auf ihn richtete, gebot sie ihm, ihrem Wunsch zu folgen. „Ich hab' ja gesagt, 'nen Kaffee kriegst du immer von mir. Und einen trinken wir jetzt noch zusammen!"

Miguel schaute ihr hinterher. Okay, als Model für ein Cover würde sie nicht genommen werden, aber hässlich war sie nun auch nicht und wer sie abbekäme, hätte bezüglich Wärme, Fürsorge, Zuwendung und Liebe sicher keine Probleme mehr. Ihm fiel das Bild einer Gänsemutter ein, die immer dafür sorgte, dass ihre Truppe zusammenblieb und geduldig wartete, bis das letzte Küken wieder unter ihren Fittichen war. Es kam darauf an, was man von seinem Leben erwartete, ein Schaulaufen oder eines mit Familie, eines fürs Angeben oder eines mit gewissen Sicherheiten. Das eine hatte etwas Flüchtiges und konnte schnell vorbei sein, das andere hatte bessere Chancen anzudauern.

Leider sprachen die Polizeiberichte auch noch eine andere Sprache, denn genau diese Art von Frauen bekam nicht verständliche, zuverlässige und fürsorgliche Männer ab, sondern fand sich oft genug, nach nicht allzu langer Zeit, in einem Kreislauf von häuslicher Gewalt, Alkoholismus und sogar Kriminalität wieder. Die Statistiken sprachen also gegen sie und kündigten eher Unruhe, Unzuverlässigkeit und zumindest andauerndes Unbehagen an. Gabriela hatte anderes verdient, eine ehrliche Freundschaft mit ihr könnte ihr helfen.

Lächelnd und den Kopf etwas hin und her wiegend stieß er die Blätter zusammen und beschloss, nachher mit Pelleter zu sprechen. Vielleicht kannte er noch andere Punkte in der Stadt, die sie unauffällig überwachen konnten. Morgen früh wollte er sich jedenfalls mit Andreu die *Plaça Santa Eulàlia* mal näher anschauen und dort die Passanten beobachten. Die Cafés dort hatten teilweise schon am frühen Morgen geöffnet. Sie würden also irgendwelche Arbeitenden spielen und sich ein langes Frühstück gönnen.

Er sah Gabriela an einem Tisch mit drei jungen Kerlen mit weißen Hemden stehen. Einen kleinen Aktenkoffer hatte er zu Hause. Schmunzelnd betrachtete er die Unterlagen und beschloss, einen Bänker zu mimen. Andreu hatte seit ein paar Wochen eine neue Freundin. Er bräuchte nun sicher irgendeine Versicherung.

Eine Tasse Kaffee schob sich mit ihrer Hand in das Bild auf dem Tisch vor ihm. Ihre Finger waren sehnig und kräftig. Das erklärte die Kraft beim Massieren.

„*Una promesa es una promesa.* Versprochen ist versprochen", erklärte sie auf Kastilisch. Sie wusste ja, dass er mit Mallorquinisch seine Schwierigkeiten hatte, und setzte sich wieder ihm gegenüber.

„Kannste nich' öfter kommen? Du bist so einer, an den ich mich gewöhnen könnte. Nich' nur fürs Kaffeetrinken. – Meine Haare kann ich auch anders machen. Dann seh' ich nich' so schrullig aus."

„Tust du doch gar nicht."

Eine Hand von ihr flog über den Tisch und streichelte eine Wange von ihm.

„Ach, quatsch nich'! Ich weiß es besser. Ich seh mich jeden Morgen im Spiegel. So was wie dich krieg' ich nicht so schnell ab."

„Wo wohnst du eigentlich?"

Gabriela schaute ihn lange an. Wollte er sie etwa mal besuchen? Würde er sich tatsächlich auf so etwas wie sie einlassen? Zukunft? Liebe? Kinder? Und so? Schon eine bloße Freundschaft mit ihm schien ihr unerreichbar. Andererseits: Miguel war sicher einer, der es nicht auf ein schnelles dussliges Fummeln anlegte und deshalb Frauen besuchen würde, auch wenn das irgendwann dazugehörte, um sich noch besser kennenzulernen. Und wenn er lieb dabei war, auch gut. Aber eine flotte Nummer wollte sie nicht sein.

„In der Regel komme ich abends gegen 19 Uhr raus", antwortete sie: „*Carrer de Caro*. Ist gar nicht so weit von deiner *Jefatura*, eurer Burg, wie ihr sie nennt, entfernt. Vielleicht zehn Minuten. Ist nur 'ne kleine Einzimmerwohnung. Die kann ich mir gerade noch leisten, weil ich das Trinkgeld behalten darf. Fehlt mir natürlich für den letzten Monat. Scheiß Virus! Wir haben ja erst seit gestern wieder auf." Die Hoffnung, ihm den nächsten Kaffee bei sich zu spendieren, ließ sie wieder ins Reden kommen. „Willst du mich tatsächlich mal besuchen? Ich würde mich natürlich unheimlich freuen. Dann spendier' ich dir auch wieder 'n Kaffee, ganz klar. Brauchst auch nix mitbringen – außer dir. – Mein Gott, jetzt kennen wir uns schon so viele Jahre und plötzlich quatschen wir miteinander, als wenn's nichts anderes gäbe. Nicht nur über *Ich hätte gern* oder *Macht dreizwanzig*. Aber so ist das nun mal, Luis weg, Inés weg. Da fühlt man sich schon ein bisschen einsamer. – Aber ich glaub', du kommst nicht", lachte sie plötzlich und schlug sich eine Hand vor den Mund. „Ich lass dich ja nie zu Wort kommen. Oder tätest du dich doch trauen?"

„Das kann durchaus sein", meinte Miguel lächelnd und stand auf, „vielleicht nicht heute oder morgen. – Aber ..."

Gabriela nahm ihn in den Arm, küsste ihn überschwänglich auf die linke und rechte Wange und hielt ihn fest. Ja, sie müsste sich zuvor ein wenig stylen, ging ihr durch den Kopf. Die Haare waren fludrig. Die Nägel nicht lackiert. Die Klamotten abgetragen. Und die Finger sollte sie zumindest für die nächsten Tage von den ganzen *churros, pestinos* und Schokoladen weglassen. Zwei, drei Kilo weniger würden nicht schaden. Sie merkte, dass sie aufgedreht war und ihre Gedanken schon mit Miguel herumtobten. Prompt wurde sie rot.

„Lass dich wieder mal sehen und warte damit nicht zu lange", bremste sie sich selbst ab, „lass dein Geld für heute stecken. Komm lieber wieder, ja?"

„Mach ich! – Versprochen!"
Er rieb ihren Oberarm und dann über die Taille. Es fühlte sich gut an. Dann nahm er ihren Klaps auf eine Wange entgegen und ging. Er wusste, dass sie ihm hinterherschaute. Er wusste nicht, dass sie Tränen in den Augen hatte.

26. September, 13 Uhr 55

Pelleter hatte Zeit und bat ihn Platz zu nehmen. Der Fall auf seinem Schreibtisch konnte warten. Schmiergelder bei Immobilienverkäufen waren inzwischen zur Routine geworden. Selbst wenn es sich dabei um Millionen drehte. Ohnehin hatten sich in diesen Fall längst die Staatsanwaltschaft und die Kollegen der Steuerbehörde eingeschaltet. Dass er noch mit dem Fall zu tun hatte, lag an seiner Mitgliedschaft im Fußballverein, aus dem zwei der Spieler stammten, die in dem Fall verwickelt waren. Gute Beziehungen nannte man das wohl und erhoffte unproblematisch weitere Details.

„Was liegt an?", fragte Pelleter.
Und Sanchez Olivero erklärte ihm kurz, was er in Erfahrung gebracht und morgen früh mit Andreu vorhatte.

„Es könnte ja sein, dass wir so ein Treffen mitbekommen. Also eine solche Übergabe. Dann würden wir
schauen, wo diese Typen nächtigen und Verstärkung
anfordern. Wir blieben vor Ort, falls sich die Lage ändern sollte, um reagieren zu können. Ich geh davon aus,
dass in den Hotelzimmern oder deren Autos dann eini-
ges an Diebesgut beziehungsweise Geld zu finden ist."
Pelleter sah ihn länger an und wägte wohl das Für und
Wider ab. So erinnerte er Miguel an Gabrielas Blick
vorher im Café. Lächelnd wartete der nun Pelleters Reaktion ab.

„Schlimmstenfalls würden wir sie mit einer solchen
Aktion warnen. Dann zögen sie weiter. Ich weiß nicht,
ob die solche Sachen in den Hotels bunkern. Meistens
geht das ja noch mit Geldwäschetricks einher. Wiewohl
solche Typen ja manchmal glauben, ihnen könnte
nichts passieren. Sie kommen ja schon seit Jahren mit
ihrer Kleinkriminalität durch. Jetzt laufen denen nur
ihre Leute aus dem Ruder und fangen das Prügeln an.
Und bei Körperverletzung und Vergewaltigung hört der
Spaß auf! – Ja, versuchen Sie es mal, Miguel. Sie bekommen meine Rückendeckung. Aber kein Eingreifen ohne
die anderen! – Verstanden?"
Miguel lachte.

„Sie wissen, wann ich das letzte Mal eine Waffe in
der Hand hatte, und da habe ich erstens danebenge-
schossen und mir zweitens selbst eine Kugel eingefan-
gen."

„Deshalb habe ich es gesagt. Sie neigen hin und wieder zu eigensinnigem Handeln", lachte Pelleter zurück.
Minuten später saß Sanchez Olivero mit Andreu zusammen und schmiedete einen Plan.

„Wir brauchen einen dritten Mann", meinte Andreu,
„wir wissen nicht, wohin sie dann gehen, wo ihre Karre

steht, was sie vorhaben. Unser Wagen steht hier. Deren dort.“

Er deutete auf zwei verschiedene Punkte auf dem Stadtplan. Miguel nickte. Ein dritter Mann, der den oder diejenigen bis zu ihrem Karren verfolgen würde, um Typ, Kennzeichen und Fahrtrichtung durchzugeben, bis sie in ihren Autos saßen.

„Und wir fahren mit zwei“, erwiderte Miguel, „damit sie im Rückspiegel nicht immer den gleichen sehen. – Ich weiß, ist ein billiger Trick. Aber manchmal sind das die besten, oder?“

„Wen nehmen wir?“, wollte Andreu wissen und Miguel überlegte. Ivan fiel raus, der war in manchen Momenten zu impulsiv. Inés würde, bis sie in der neuen Arbeitsstelle anfing, sicher ausfallen. So wie sie ausgesehen hatte, war sie die nächsten Tage nicht zu gebrauchen. Plötzlich setzte er ein breites Grinsen auf.

„Vicenç“, war sein Vorschlag.

„Das kannst du nicht machen!“ Andreu war ehrlich fassungslos. „Wenn die das merken, schwebt der in höchster Gefahr. – Nein! Das geht wirklich nicht. Wie hieß der Typ, der Martínez erkannt hat? – Ruben oder so, stimmt’s?“

„Dann machen wir es mit den beiden. Noch besser. Noch unauffälliger. Vicenç macht ja ein Praktikum.“ Andreu verdrehte die Augen und Sanchez Olivero schob nach:

„Er will ja unbedingt zur Polizei. Unsere Computer kann er schon knacken. Im *Rocamar* konnte er gut Verstecken spielen. Wir müssen ihn nur genau einweisen.“

„*¡Madre mía!* Pelleter schmeißt dich raus, wenn er das erfährt.“

„Deshalb nehmen wir den jungen Polizisten noch dazu. Die zwei trinken auf dem Platz einen Kaffee, unterhalten sich oder spielen Fußball oder tun so, als gingen sie dann gemeinsam zu einem Studio. Irgend so etwas. Sporttasche auf dem Rücken ... du weißt, was ich meine. Ivan – alles schön und gut –, aber der ist manchmal überambitioniert. Inés liegt krank im Bett. Und die andern? Nee! Ricardo hat anderes zu tun. Der reißt uns den Kopf ab. Ist auch nicht seine Baustelle. – Also? – Ich ruf Vicenç gleich an und erklär ihm alles."

„Ich weiß von nichts. Ich sitz mit dir in einer der Bars und kauf irgendeine Scheißversicherung. Wenn was passiert, wirfst du dich am besten dann vor ein Auto oder ein startendes Flugzeug!"

26. September, 15 Uhr 20

Miguels Tee und das Schlafen hatten Wunder gewirkt. Fast. Immerhin hatte sie sich seitdem nicht mehr übergeben müssen. Nach einer guten Stunde war ihre Mutter gekommen und hatte ihr eine Brühe gemacht – und natürlich geschimpft. Wieder über ihren Lebenswandel lamentiert, ihr Vorhaltungen gemacht und sich darüber beklagt, keinen Dank für all ihre Mühen zu erhalten und ab der nächsten Woche auch noch im Stich gelassen zu werden.

„Mutter, erzähl doch keinen Blödsinn!" Inés war zwar noch nicht auf dem Damm, aber sie hatte jetzt die Nase endgültig voll. „Du weißt genau, dass wir dir alle sehr dankbar sind. Aber man muss auch Dank mal annehmen. Aber du moserst die ganze Zeit!"

„Weil ich in allem recht behalten habe. Jetzt kommst du sogar noch mit so einem bemalten Kerl hierher. Der könnte fast dein Sohn sein ..."

„... hör auf!" Inés' Stimme war schrill. „Ramon ist 27. Auch du solltest wissen, dass man mit acht keine Kinder kriegen kann. Ich kenn' Ehen, in denen der Mann zehn, ja sogar fünfzehn Jahre jünger ist als die Frau – und die halten seit Jahren!"

„Jetzt sprichst du sogar schon von Ehe. Hast du dein nächstes Kind etwa auch schon geplant?"

Das hatte gesessen. Inés strich sich über den Bauch. Die Tränen kamen von allein. Ihre Augen wurden zu Schlitzen. Ab nächster Woche hatte sie endlich eine andere Freiheit.

„Ab nächster Woche kannst du dich fragen, wie hoch dein Anteil daran ist, dass ich ausziehe", entgegnete sie wieder mit scharfem Ton, „und – ja – ich würde mich freuen, von Ramon ein Kind zu bekommen. – Zufrieden?"

Ihre Mutter nahm die Tasse mit dem Tee vom Schränkchen, stand von der Bettkante auf und schaute auf Inés hinunter. Ihre Blicke ähnelten sich. Dass sie Mutter und Tochter waren, ließ sich, wie so häufig zuvor in all den Jahren, nicht verleugnen. Doch mit der nun folgenden Reaktion ihrer Mutter hatte sie nicht gerechnet. Mit einer schnellen Handbewegung schüttete sie nämlich den noch sehr warmen Inhalt der Tasse über das Gesicht von Inés und verließ abrupt das Zimmer.

Zehn Minuten später war Inés angezogen und hatte ihren Jungs jeweils einen Zettel geschrieben und auf deren Kopfkissen gelegt. Dann ging sie in *ihr* Zimmer, nahm die vollgepackte Tasche und knallte hinter sich die Wohnungstür zu. Den Rest würde sie holen, wenn ihre Mutter wieder Karten spielte. Hier war Schluss.

~~~

Eine Dreiviertelstunde später saß sie auf dem Boden ihres neuen Schlafzimmers. Nur die Stoffdecken lagen darin. Die Luftmatratze hatten sie natürlich zurückgebracht. Es spielte keine Rolle. Eine Nacht konnte man auch auf dem Boden verbringen. Darüber wollte sie nicht klagen. Weinen konnte sie ohnehin nicht mehr. Nicht nur die Wohnung war ansonsten leer, sondern auch ihr Magen, der Kopf, die Seele und die Erinnerungen. Alles auf null heruntergefahren. Einen Reset nannte man das wohl.

Sie zog sich aus. Ließ ihre Kleider auf den Boden fallen und liegen, öffnete die Balkontür und ging in das Bad. Auch dort ließ sie die Tür offen und hörte so die Geräusche, die von draußen hereinkamen. Von dem Pool links unterhalb ihrer Wohnung kam fröhliches Kindergeschrei. Selbst vom Strand, vielleicht zweihundert Meter entfernt, glaubte sie Stimmengewirr zu vernehmen. Wie Salz oder Zucker in einen großen leeren Topf, wie der Sand in die leere untere Kammer einer Sanduhr, rieselte das alles in sie hinein und begann sie zu füllen.

Vor vierzehn Tagen, als sie sich abends die Wohnung angesehen hatte, hatte sie nichts davon mitbekommen. Sie wollte nur raus aus ihrem Zimmer, aus diesem Käfig, der sich aus Vergangenheit, Erwartungen und Vorhaltungen gebildet hatte und war – wie sie nun mit einem Lächeln feststellen durfte – in einem Paradies gelandet. In einem touristischen zwar, aber in einem Paradies. Diese neue Welt war wieder ein Extrem. Trotzdem würde sie es genießen wollen. Wie lange konnte sie nicht sagen, sie würde einfach abwarten. Wer weiß, was für Pläne folgen mussten?

Wieder betrachtete sie sich im Spiegel. Wendete ihren Kopf hin und her. Der fast heiße Tee hatte keine sichtbaren Spuren hinterlassen, lediglich ihr Innenleben verbrüht und es entscheidungsfreudig werden lassen. Ab sofort begann ein neues Leben. Hoffte sie. Sie ging näher an den Spiegel heran und forschte nach dem Aussehen ihrer Mutter, ob dieses wohl in ihrem Gesicht zu erkennen war. Aber die roten Haare, die andere Frisur machten es ausreichend anders. Obwohl nicht auszuschließen war, dass es in einigen Jahren dem ihrer Mutter gleichen könnte.

Mit den Fingern kämmte sie die Haare hoch. Zumindest ihr Hals war schlanker. Auch ihre Schulterpartie war schmaler, ihre Brüste kleiner. Sie strich sich mit den Händen über ihren Körper. Sie nickte und schloss die Augen. Er war noch da. Fühlte sich gut an. Ihrem Spiegelbild noch einmal zulächelnd ging sie wieder zurück in ihr neues Zimmer und öffnete die Schränke der Küchenzeile. Ein paar Packungen Kekse und Gebäck, der eingeschweißte Toast und Käse sowie Äpfel und auf dem Boden Wasserflaschen. Es reichte, morgen einkaufen zu gehen.

Eine Tüte Magdalenas aufreißend setzte sie sich wieder auf die Decke, lauschte dem Stimmengewirr draußen, das ganz anders klang als in der *Carrer de Cotlliure,* der Straße ihrer Mutter, und brach nur kleine Stückchen ab. Auch nach dem dritten rebellierte der Magen nicht. Plötzlich fiel ihr ihr Vater ein, den sie nicht kennengelernt hatte und von dem Mutter immer nur in knappen Sätzen erzählte. Es konnte alles bedeuten. Jetzt, nach dieser Tasse Tee, kam ihr in den Sinn, dass sie ihn vielleicht genauso behandelt hatte und er deshalb irgendwann gegangen war. Warum hatte sie in all den Jahren nicht hartnäckiger nachgefragt? Es gab meist doch zwei Wahrheiten. Bei ihr war es doch nicht anders gewesen. An ihrem eigenen Schicksal war sie genauso schuld wie Juan. Hätte sie genauer hingesehen und in sich hineingehört, wäre nichts passiert.

Ein warmer Windhauch wehte herein und krabbelte über ihre Haut. Langsam ließ sie sich nach hinten sinken und streckte alle viere aus und ließ den Hauch über ihren Körper streichen, genoss seine Wärme und atmete ihn förmlich ein. Nichts in ihr rebellierte mehr. Sollte Ramon nachher kommen, würde sie ihn nicht abweisen müssen. Vorher wollte sie nur duschen, den Tee und Dreck abwaschen. Sich für ihn schön machen.

Stattdessen nickte sie ein.

Ein langes Klingeln ließ sie aufwachen. Sie musste sich orientieren, dann ging sie nackt, wie sie war, an die Sprechanlage.

„Yo. Ich", tönte Ramons Stimme im Hörer und sie drückte erfreut den Summer. Noch schläfrig blieb sie hinter der geschlossenen Tür stehen, bis sie im Treppenhaus seine Schritte hörte und öffnete. Eventuell fremde Blicke waren ihr egal und sie fiel ihm um den Hals.

„Ich muss dir so viel erzählen", meinte sie.

„Und ich weiß schon alles. Dicke Luft", erwiderte er und rieb ihren Rücken. „Die Jungs packen gerade und kommen morgen nach. Unten habe ich einen kleinen Laster stehen. Ich habe uns allen wenigstens neue Betten gekauft. Waren billig und tun es für die erste Zeit. – Komm und hilf mir. Zieh dir aber vorher was an." Ramon grinste, streichelte über ihren Po und küsste eine Brustspitze.

„Du bist verrückt", meinte sie und fing an zu weinen, „ich kann dir das nicht so schnell bezahlen."

„Ist das jetzt wichtig? Also komm, sonst schreiben mich deine Kollegen auf."

Nach einer halben Stunde waren alle Teile oben, nach einer weiteren stand in jedem Zimmer ein Bett. In ihrem ein weißes französisches Doppelbett. Ein Meter sechzig breit. Mit Matratze und daneben sogar ein Faltschrank aus Stoff. Alles einfach, aber schön. Flugs hatte sie sich wieder ausgezogen und rücklings auf das Bett fallen lassen. Es quietschte nicht, es wackelte nicht, es war gemütlich. Kein Vergleich zu dem wie ein Kasten wirkenden Bett in ihrem Jugendzimmer. Und es war sicher nicht nur für die *erste Zeit.*

„Keiner kann uns sehen, keiner wird lauschen, schnell runterfallen werden wir auch nicht, das muss gefeiert werden", lachte sie und war über ihre neue und unbeschwerte Lust selbst erstaunt. Er würde ihre Seele reparieren. Das mit dem Tee musste er nicht wissen.

26. September, 18 Uhr 35

Die Sonne und der Saharawind hatten den Wagen aufgeheizt. Aber auch die Natur litt fürchterlich. Die Bäume auf dem Parkplatz waren nur noch mit spärlichen Blättern versehen. Wie gut, dass sie heute pünktlich war und der alte Twingo ein Faltdach hatte. Länger war das ohne Fahrtwind nicht auszuhalten. Doch kaum schloss sich die Tür hinter ihr, wurde ihm noch heißer. Ihm wurde bewusst, dass er sie heute Morgen ja nicht gesehen hatte. Verwundert atmete er tief durch. Sie hatte nichts Weiteres an als ein langes übergroßes hellblaues Jeanshemd, das ein kurzes Kleid mimen sollte. Der Saum war an den Seiten rundgefasst, hoch geschlitzt und die oberen drei Knöpfe geöffnet. Ihre Beine darunter bis zum Ansatz ihres Pos gut zu sehen. Ein Bikini hätte mehr versteckt.

Kurz dachte Miguel daran, Elena hätte vielleicht vergessen, eine Hose anzuziehen. Sie schaute prüfend in den Himmel, schob ihre riesige Tasche auf den Rücken und setzte sich ihre überdimensionale Sonnenbrille auf. Miguel seufzte und wischte sich automatisch über die Stirn. Dann guckte er an sich herunter. Heute konnte er nicht mithalten. Er hoffte, das, was er in den Kofferraum gepackt hatte, würde dafür entschädigen.

Absichtlich langsam kam sie in ihren Flipflops auf ihn zu und ließ ihn genießen. Die Brille versteckte dabei das halbe Gesicht. Doch der Mund darunter lächelte nicht nur, sondern grinste. Elena wusste, wie sie in ihren Sachen auf ihn wirkte und er seufzte ein weiteres Mal. Sofort stellte er den Plan für den Abend um. Morgen musste er früh raus, er würde ihr vorschlagen durchzumachen. Zumal es in der Wohnung ebenso heiß war und sie allein deswegen nicht schlafen könnten.

Er stieg aus, als sie die andere Straßenseite erreicht hatte, legte die Arme auf das Dach, stützte den Kopf auf den Unterarmen ab und schaute ihr dabei zu, wie sie näher kam. Mit einem unveränderten Grinsen öffnete sie die Tür und stieg ein.

„Gewonnen", stellte sie fest, als sie saß und den Sitz wie üblich nach hinten stellte. Die Lehne klappte nach hinten und Miguel saß neben ihr und sah sie an.

„Gefährlich?", fragte sie.

„Heiß", antwortete er ehrlich, „verdammt heiß."
Er schob das Faltdach ganz nach hinten.

„Dann ist ja gut", meinte sie und gab ihm einen Kuss. Das Hemd rutschte an der Seite hinunter und ließ die stofffreie Seite des Pos hervorscheinen. Miguel rätselte, was sie sonst noch anhatte und Elena erriet seine Gedanken und lüftete das Geheimnis. Es war ein Bikini-Slip mit hohem Beinausschnitt.

„Früher waren meine Blusen und Hemden bis oben-hin zugeknöpft. Und ich trug nach diesem beschissenen ersten Mal nur noch Hosen. Aber allein für deine Blicke lohnt es sich für mich, immer wieder solche Sachen an-zuziehen. So wie du hat noch nie ein Mann geguckt", lachte sie nun.

„Und deine Kollegen?", lächelte er sie neugierig an, „die schneiden bei so einem Anblick doch daneben."

„Jiménez Vilanova und seine Spezies? Die gucken wie dieser Vasquez, damals im Labor. Jeden Tag min-destens drei nackte Patienten auf dem OP-Tisch, aber bei mir tropft der Speichel. – Blöde Affen! – Rate mal, warum ich im Krankenhaus andere Klamotten trage." Das klang entrüstet. Sie nahm seine Hand, legte sie bei sich auf den Oberschenkel und meinte:

„Fahr los! – Weg von hier! – Bei einem jungen Mann haben sie sich heute Morgen während einer Unterleibs-OP über seine Erektion lustig gemacht. – Echt. Das sind wirklich die letzten Idioten!"

Miguel zog langsam die Hand wieder weg und erwi-derte:

„So geht's leider nicht. Die brauch ich jetzt zum Schalten."

Dann fuhr er los. Das Ziel, das *Santuari,* stand seit ges-tern fest. Es würde eine Zwischenstation für ein Pick-nick werden. Denn fünfhundert Meter südlich von Tol-leric, eine gute Autostunde von dort entfernt, gab es an der Küste eine schwer zugängliche kleine Bucht. Dort würden sie den Rest der Nacht bis circa drei verbringen, bevor er sie nach Hause fahren musste, um pünktlich zu seinem *Einsatz* zu fahren. Er schaute auf die Uhr und grinste. Über acht Stunden sollten reichen.

26. September, 21 Uhr 10

Jetzt war kaum noch ein Flieger zu hören. Lediglich etwas mehr als einen Kilometer entfernt landeten und starteten sie. Ohnehin viel weniger als noch vor einigen Wochen. Der Tourismus kam erst langsam wieder in Gang. Langsamer als viele hofften. Die Nähe des Flughafens war ihr an dem Abend der Wohnungsübergabe gar nicht aufgefallen. Zu viel sollte sich von da an ändern. Was spielte ein Flughafen dann für eine Rolle? Auch das Stimmengewirr von draußen hatte sich verändert, war zu einem Murmeln geworden. Ruhiger und stiller, nicht unbedingt rücksichtsvoller, gerade so, als würde es lauschen wollen. Sie stellte sich die Leute vor, wie sie unten beieinanderstanden, nickten, das Gesicht verzogen und grinsten und zu ihnen nach oben deuteten. Nun hörte sie ein Lachen, eines, das nichts mit ihr, mit den Minuten zuvor zu tun haben konnte. Es war entspannt und stammte somit aus dieser anderen Welt. Hier, in dieser, wurde der ansonsten allzu oft graue Alltag in einem Paradies versteckt. Sie müsste sich daran gewöhnen. Bei ihrer Mutter, in der *Carrer de Cotlliure,* wusste sie, wer was über einen sprach, was an Gerüchten in die Welt gesetzt wurde, wer ein guter und wer ein schlechter Freund, Vater oder Ehemann, wer Alkoholiker, wer einsam, wer krank war.

Klischees, die hier nicht sein sollten, waren in dieser Straße, wie in so vielen anderen, selbstverständlich. Zum Beispiel im Haus gegenüber ihrer Mutter, da wohnte auch eine alleinerziehende Mutter, die ihre Kinder liebevoll großzog und – wie Inés dachte – es ohne Probleme hinbekam. Man kannte sich deshalb und unterhielt sich bisweilen über die Alltäglichkeiten des Lebens. Darüber, wie man Kinder in dieser Welt noch einigermaßen groß bekam, obwohl die Alltäglichkeiten häufig genug Widrigkeiten waren. Darüber, wie man als Frau in dieser Gesellschaft zu kämpfen hatte, weil die Erwartungen so hoch waren. Auch über Männer und das, was danebengegangen war. Man kannte die Probleme, man war vertraut. So erfuhren sie von Parallelen, nickten, schauten zusammen in den Himmel, räusperten sich, schwiegen, zuckten nahezu schicksalsergeben mit den Achseln und verabschiedeten sich oft genug mit Tränen in den Augen.

Bis Inés eines Tages herausbekam, dass Maria Pilar sich und ihren Körper verkaufte. Die Frau, etwas älter als Inés, immer auch etwas verhärmter wirkend, sah wohl eine ungewohnte Reaktion in Inés' Gesicht, biss sich auf die Unterlippe und ging dieses Mal mit gesenktem Kopf grußlos weiter. Von da an vermied sie, so gut es ging, Inés zu begegnen. Doch am Ende ist so etwas auf Dauer nicht zu verhindern. In dieser Straße hockte man zu eng aufeinander. In dieser Straße machte man so etwas nicht. Und doch war in dieser Straße der eigentlich verheiratete Friseur von Inés' Mutter *Kunde* von Maria Pilar. Das Gerücht einer *ganz komischen* Freundschaft und Beziehung war mit einem Mal da. Leise und still. Inés' Mutter erzählte davon, von der *golfa,* der Schlampe und *ihrem* Friseur. Inés hasste dieses Gequatsche hinter vorgehaltener Hand und wollte es genauer wissen.

„Ich dachte, er würde mich lieben. Obwohl ich wusste, dass er verheiratet war. – Aber als die 50 unter dem Lämpchen klemmten, war alles besprochen und ich konnte meiner Tochter neue Schuhe kaufen", erzählte Maria Pilar, als sie einer Einladung von Inés zu einem Kaffee nicht mehr ausweichen konnte, und hatte damit mehr erklärt als ihr lieb war.

Es war das einzige Mal. Danach sah man sich nur noch sporadisch. Und eines Tages nicht mehr. Aber vor ein paar Wochen traf sie Maria Pilar an einer Kasse des *Carrefours* – als Kassiererin – abends um halb zehn. Und sie zuckte mit der Schulter.

„Irgendwann glaubt eine elfjährige Tochter dir das nicht mehr mit Freundschaften, die nichts werden, irgendwann denkt sie sonst, Männer sind scheiße."
Wieder zuckte sie mit der Schulter und fügte hinzu:

„Also hab' ich mir zu meinem Job als Helferin morgens in einem Heim und dem einer Putze noch einen anderen für abends gesucht. Jetzt kann sie wenigstens auch mal bei mir vorbeischauen. Gut, dass es für unsereins solche Arbeitsplätze gibt. – Macht vierundzwanzig siebzig", meinte sie noch zu Inés.
Dann kam dieser Virus. Als Helferin wurde sie nicht benötigt, als Putze erst recht nicht und der Supermarkt war geschlossen. Die Kosten liefen weiter. Das Mädchen war inzwischen zwölf und wuchs aus allen Sachen heraus. Mutters Friseur kam nicht mehr, aber Inés sah neulich nachts den Marktleiter des Eroski-Marktes. Die Gerüchte hatten von einem Tag auf den anderen neue Nahrung. Gerüchten waren Schicksale egal. Gerüchte sind das Gemurmel derjenigen, die nicht in den Urlaub fahren können. Maria Pilars Mädchen würde es schwer haben.

Hier an der Playa gab es so etwas nicht. Dachte man. Die Discotempel waren keine Freudenhäuser. Dachte man. Dort einer fremden Frau an den Hintern zu greifen, hatte nichts damit zu tun. Das war ein selbstverständlicher Standard. Für zwei, drei Wochen fiel so etwas unter den Aspekt von Dienstleistung und man war daher nicht Teilhaber einer solch verdorbenen Welt. Man erfand einfach neue Ausreden.

Sie strich sich über den Bauch. Zehn Tage waren ihre Tage nun überfällig. Und sie versuchte mit jedem einen Grund zu finden, es ihm nicht zu sagen, versuchte sich zu erinnern, wann es diese *Unregelmäßigkeit* schon einmal gegeben hatte, versuchte sich selbst mit solchen Gedanken von der wahrscheinlicheren Tatsache abzulenken. Sie war auf ihre Weise nicht besser als andere. Sie suchte nach Ausreden. Hatte sie Angst? Furcht, ihn vor den Kopf zu stoßen? Ihn zu verlieren? Sie hatten *dabei* nicht daran gedacht. Hatten so etwas schon gar nicht geplant. Nicht einmal darüber geredet. Sie drehte ihren Kopf zu ihm und schaute ihn an. So wie er es wohl die ganze Zeit schon bei ihr gemacht hatte. Ohne eine Reaktion von ihr abzuwarten, fragte er:

„Worüber denkst du die ganze Zeit nach?"

Die Träne, die ihr aus dem Auge lief, ärgerte sie. Und sie hoffte gleichzeitig, dass sie nichts verraten würde. Auch nicht ihr Blick. Für das Kind war noch keine Zeit. Immer noch nicht. Sie würde ihm das mit der Tasse Tee erzählen. Sie setzte sich auf und schaute zur geöffneten Balkontür hinaus. Von irgendwo fiel Licht auf das Geländer. Ein Fliegenschnäpper saß genau in dem hellen Schein und flog immer wieder los und kehrte mit einer Fliege oder einem Falter auf seinen Platz zurück. Jeder Flug war ein Erfolg.

Inés fragte sich, ob man sie draußen gehört hatte. Ob das Licht ausgereicht hatte, um an der Abtrennung vorbeizuschauen und sie zu sehen. Darüber nachdenkend, wie sie Ramon das mit dem Tee erzählen könnte, stand sie auf und ging nackt, wie sie war, auf den Balkon und lugte vorsichtig hinter die Trennwand zur nächsten Wohnung. Die war dunkel und der Balkon leer. Wahrscheinlich verhinderte das Virus noch diverse Belegungen. Dann kehrte sie zurück, setzte sich neben ihn und begann mit einem der letzten Sätze ihrer Mutter. Der war provokativ, vielleicht würde ihm dazu etwas einfallen:

„Weil ich in allem recht behalten habe. Jetzt kommst du sogar noch mit so einem bemalten Kerl hierher. Der könnte fast dein Sohn sein …", begann sie deshalb und wartete seine Reaktion nicht ab, denn erst nach über einer Stunde endete ihr Bericht. Ramon ahnte, wie wichtig es ihr war, und hatte sie nicht einmal unterbrochen. Er war nicht einmal aufgestanden, um etwas zu trinken zu holen oder sich anzuziehen.

„Ich weiß", endete Inés, „wir haben ihr viel zu verdanken. Ohne sie hätte nichts mehr funktioniert. Und sie hatte es sicherlich nicht einfach gehabt mit uns. Trotzdem ging mir ihr Meckern und Besserwissen allmählich auf die Nerven. Irgendwann habe ich dann den Absprung versäumt und wir uns immer häufiger miteinander gestritten und verkeilt. Und jetzt bin ich hier gelandet, wohin andere für eine kurze Zeit im Jahre flüchten, um Abstand zu gewinnen. Mit dem Unterschied, ich mache hier keinen Urlaub, sondern werde hier leben – wollen. Sie weiß nicht mal, wo wir gelandet sind. Größer kann der Abstand dann wohl nicht werden?!"

„Vielleicht braucht ihr genau *den* für eine Weile, um wieder zueinanderzufinden. Dann lädst du sie ein und sie wird zufrieden sein."
Inés sah in zweifelnd an.

„Ich weiß nicht, ob wir jemals auf einer Linie waren. Damals, nach Juan, hatte ich das Gefühl, dass ihre Hilfe wie ein Triumph für sie war. Diego hat einmal gemeint, eine Großmutter, wie andere von ihrer erzählten, war sie nicht. Deshalb waren Rafael und er auch so häufig wie möglich unterwegs. Diego hätte niemals Luisa mit nach Hause nehmen dürfen – dafür."

„Wer darf das schon? So etwas macht man nicht. War bei mir nicht anders. Das erste Mal habe ich mit einem Mädchen morgens um drei an einem Strand erlebt. – Und Minuten später durften wir feststellen, dass wir nicht allein waren. Kann lustig sein. War es aber nicht. – Wir haben uns fürchterlich geschämt. Andere fahren, wenn sie schon einen Führerschein haben, irgendwo hin. Besonders romantisch ist das fürs erste Mal genauso wenig. – Aber wer hat schon mal eine sturmfreie Bude?"

„Miguel hat Diego seine Wohnung dafür gegeben."

„Nobel. – Bist du dir sicher, dass er nicht einen guten Vater abgeben würde?"

„Ich fand das scheiße", erwiderte sie ein wenig aufgebracht, weil sie glaubte, Ramon verbündete sich darin mit Miguel, „er hätte wenigstens vorher mit mir sprechen können."

Ramon hob eine Hand, lächelte mild und streichelte ihr eine Wange.

„Und dann hättest du es erlaubt?"

Inés reckte den Kopf hoch und sah ihn wie unter einer Brille hindurchschauend an.

„Paktierst du etwa mit ihm?" Ihre Augen waren zu Schlitzen geworden und sie hielt seine streichelnde Hand fest. Ramon grinste hingegen. Das war wohl die Seite, die sie von ihrer Mutter geerbt hatte. Besser eine von denen. Sicherlich kämen im Lauf der Zeit noch mehr zum Vorschein. Alles musste einigermaßen kontrolliert ablaufen – durch sie. Das machte bisweilen streng und autoritär. Und führte zu den üblichen Zusammenstößen. Was sagte sein Vater immer? Zwei Leute können ein Flugzeug in den Urlaub fliegen, aber wenn sie ein Kind erziehen, sollten sie vor dem Start schon wissen, wo sie landen wollen.

„Besser als an einem Strand und dabei erwischt werden. Findest du nicht auch?"

Inés atmete tief durch und schnaubte.

„Ich hätte sie wenigstens vorher gerne besser kennengelernt."

Ramon ließ seine Hand sinken, stand auf und zog sich seine Shorts an. Der Abend war noch lang genug, um sie wieder auszuziehen. Dann ging er vor ans Fenster. Erst schaute er in den Nachthimmel prüfend nach oben, dann drehte er sich um und lehnte sich gegen den Rahmen. Ein teiltätowiertes und braun gebranntes Monument, frisch vom Laufband, dachte Inés, erinnerte sich an ihren ersten gemeinsamen Tag und lächelte. So eines, wie sie es früher eigentlich nicht leiden konnte, mit dem sie aber nun nicht nur schlafen, sondern sogar auf unbestimmbare Zeit zusammenbleiben wollte. Fünfzehn Jahre? Bis die ersten Falten und die Hormone einen Strich durch die Rechnung machten? Und sie seine Lust nicht mehr stillen konnte? Männer wollten natürlich ein Heim, gut essen, Platz für die Füße, aber auch eine Frau ... Noch so ein Spruch ihrer Mutter. Sie beobachtete ihn dabei, wie er nun seine Arme verschränkte und sie etwas angriffslustig anschaute.

„Besser? – Ich verstehe dich ja. Du bist Mutter. Man sorgt sich. Möchte, dass die eigenen Kinder nicht das erleben, was man selbst mitgemacht hat. Aber immerhin wolltest du mich am ersten Tag mit auf dein Zimmer nehmen. – Was ist besser?"

Inés sah hoch. Was sollte das werden? Eine Lehrstunde in Erziehung? Sie war eine erwachsene Frau. Sie war alt genug, über ihre Wünsche, Erwartungen und Ziele zu reflektieren. Sie hatte genug Erfahrungen gesammelt, sammeln müssen. Jetzt durfte sie entscheiden, wann sie genau diese Wünsche, Erwartungen und Ziele kundtat.

„Ich hoffe, ich bin nicht nur eine Ablenkung", führte Ramon seine Gedanken fort: „Okay, so etwas kann dir helfen, den Kopf frei zu kriegen. Jeder von uns hat etwas erlebt, über das er nicht gern nachdenkt, Abweisungen, Misshandlungen, tragische Unfälle. Aber manchmal könnte so etwas auch ein Hinweis auf Angst oder gar Depressionen sein. Ich kenne das aus der Wirtschaftspsychologie."

„Du glaubst also, ich hab' 'ne Meise?!", konstatierte sie. Schon war sie aufgestanden, stellte sich ihm gegenüber und hob schwungvoll eine Hand. Doch er sah die Bewegung und hielt lächelnd ihren Arm fest.

„Was für ein Erfolg. *Primero el amor, luego la guerra.* Erst Liebe, dann Krieg. – Jetzt hättest du mir fast eine gescheuert."

Ramon hielt ihre Hände fest, zog sie an sich heran und umarmte sie. Fest und fixiert. Vermied dabei ihre Wehrlosigkeit und Nacktheit auszunützen. Dann meinte er:

„Morgen kommen deine Jungs. Vielleicht sollten wir darüber sprechen, welche Rolle ich dabei und danach noch spielen soll."

Inés versuchte sich zu befreien. Schob und drückte ihren Körper gegen seinen. Wand sich in seinen Armen und begann leise und unverständlich etwas zu schimpfen, bis sie fast schrie:

„Was soll das? Lass mich los!"

Als müsste er einem gefangenen Tier die Freiheit schenken, öffnete er seine Arme, warf sie regelrecht zur Seite und blieb am Türrahmen gelehnt stehen. Inés hingegen stieß sich mit beiden Händen von ihm ab, schlug ihm dabei gegen die Brust und sah ihn nun mit fast zwei Meter Abstand böse an. Ihre Hände waren zu Fäusten geballt, die vor ihrem immer noch nackten Körper orientierungslos hin und her schwangen.

„Wirtschaftspsychologie. – *¡Qué bárbaro!* Super! Ist das alles, was dir zu uns einfällt?", warf sie ihm mit scharfem Ton an den Kopf.

Ramon zog die Augenbrauen hoch und verschränkte reflexartig wieder die Arme. Mit schief gelegtem Kopf und schmal gewordenen Augen sah er Inés an. *Schön sieht sie aus, wenn sie wütend ist,* dachte er. Aber die Situation konnte er noch nicht einschätzen. Normalerweise war das der Moment, sich anzuziehen und zu gehen. Aber so leicht wollte er sich dieses Mal nicht geschlagen geben. Nicht bei ihr.

„Immerhin sprichst du noch von uns", erwiderte er zögerlich und beobachtete sie weiter.

Ihr Körper schimmerte in dem schwachen Licht von außen und ihre Augen begannen trotz dieser Dunkelheit zu glitzern. Tränen. Die Fäuste sanken hinunter. Gerne hätte er sie noch mal in den Arm genommen, um sie zu trösten, um sie aus dieser Kurve, die sie ständig aus dem Leben hinauskatapultierte, herauszuholen. Inés war innerhalb von Sekunden zu einem anderen Menschen geworden. Nein, er korrigierte sich, kein anderer Mensch, sie hatte heute nicht nur wie sonst ihren Körper, sondern auch ihr Inneres entkleidet und ihm nun gezeigt. Er ahnte die ganzen glücklosen Jahre. Die Kämpfe, die sie eher gegen sich selbst ausfocht.

Ihre Mutter konnte nicht helfen. Sie stand zu nah dabei und hatte schon zu Beginn verloren. Inés wollte kein Korrektiv, sondern Anerkennung darin, die richtigen Schritte unternommen zu haben. Was sie meckern und mosern nannte, waren die Hilfestellungen ihrer Mutter. Ihr Leben war ohne Mann sicher nicht leichter gewesen. Er wusste zwar keine Details. Noch nicht. Aber ständig das Spiegelbild des eigenen Lebens in dem der Tochter zu sehen, war sicher eher belastend.

Und Diego und Rafael waren in ihrer Entwicklung ihr davongeeilt. Vielleicht hatten sie intuitiv gespürt, dass sie auch ohne Inés, ihre Mutter, zu belasten, groß werden konnten. Was blieb ihnen auch anderes übrig? – Doch was blieb dabei für Inés übrig? Diego fand die Liebe. Inés vorheriger Freund half ihm sogar, ohne nachzudenken, und Inés fühlte sich ein weiteres Mal übergangen. War sie doch selbst auf der Suche nach Liebe. Miguel wurde mit seinem Tempo also zur nächsten Kurve. Und je schneller sich die anderen vorwärtsbewegten, riss sie die vermeintlich letzten Fetzen des Lebens an sich und duldete keinen Widerspruch: neuer Job, neue Wohnung, neue Beziehung. Liebe wollte er trotz des Wolfes an ihrem Arm noch nicht dazu sagen.

„Was hältst du davon, wenn wir uns anziehen und runter an den Strand gehen. Dahin, wo wir uns kennengelernt haben?", fragte er und nahm sie nun doch in den Arm.

26. September, 21 Uhr 10

„Für Jugendliche ist gewöhnlich alles ganz easy und jederzeit machbar. Jeder Horizont ist erreichbar. Man sieht ihn ja auch dauernd. War bei mir nicht immer so", Elena biss in eine *empanada* und zeigte nach vorne.
Ein leichter Lichtschimmer, als würde in weiter Ferne ein Fußballstadion beleuchtet, erhellte den nächtlichen Himmel hinter Manacor und der *Serra de Levante.* Dahinter lagen die Strände von Porto Cristo, Portocolom und Cala Murada. Zwar nicht gerade Partyhochburgen, aber dennoch hell erleuchtete Urlaubsorte. Durch die ungewöhnlich klare Luft war die Bergkette dadurch heute besonders gut erkennbar.

Seit fast zwei Stunden saßen sie auf dem Mäuerchen am Ende des Parkplatzes der *Ermita de Bonany* und waren allein. Keine weiteren Autos, keine Jugendlichen, niemand mit lauter Musik.

„Aber den Horizont erreichst du nie. Kannst du ja auch nicht", fuhr Elena fort, „und was man im Kopf an Ideen hat, bleibt zu neunundneunzig Prozent im Kopf. Eine Vorstellung zu haben ist ja ganz nett, sie bleibt aber im Endeffekt unsichtbar, solange du dich nicht äußerst. Tust du es, kann das, was folgt, wie ein Mord wirken." Sie aß das letzte Stück *empanada*, wischte sich ihre Finger etwas unfein an ihren Oberschenkeln ab und sprach mit vollem Mund weiter: „Ich wollte mal Musikerin werden. Meine Eltern haben nur den Kopf geschüttelt. Musik und Malerei waren für sie brotlose Kunst. Ich war achtzehn und hatte einen Freund. Der brachte mir Gitarre bei. Ich war nicht besonders gut. Trotzdem tingelten wir abends durch Madrid und ich versuchte mir mein Studium zu verdienen. Immerhin konnte ich Klavier spielen. So eines steht in Wohnungen, wie wir sie hatten, rum. Man will ja nicht bieder oder durchschnittlich wirken, wenn Gäste kommen. Mein Vater gab dann auch immer genau das eine Stück zum Besten, das er extra dafür einstudiert hatte. Musik durfte dennoch oder gerade deswegen nichts mit meiner Lebensplanung zu tun haben."

Die Stellen an ihrem Oberschenkel glänzten und Miguel musste darüber schmunzeln. Zumal Elena wieder wie ein junges Mädchen neben ihm saß, das trotz der ganzen zurückliegenden Erfahrungen, voller Anzüglichkeiten und Grapschereien, kein allzu großes Schamgefühl kannte. Das Hemd war nur noch, um gemütlicher sitzen zu können, mit zwei Knöpfen über dem Bauch geschlossen und zusammengerafft.

„Und als mein Vater begann mich anzutatschen, fehlte mir jegliche Fantasie für eine andere Zukunft. Du sitzt dann wie in einem Käfig. Entweder du schaffst es und kommst raus, dann bekommt er Ärger oder du sitzt da drin und die Gitterstäbe sind zu deinem Horizont geworden. Also hab' ich die Augen zugemacht, die ein zwei Nächte im Monat mit ihm ausgehalten, mich ins Lernen gestürzt und später Medizin studiert. – Wie er. Nur um meine Ruhe zu haben und zu gefallen. – Damit es weniger wehtat. – Und ich habe mir vorgestellt, dass er ein normaler Mann war. – So konnte ich dieses Schamgefühl ausblenden und er war nur ein Mann, der auch meine Mutter bumst. So etwas soll ja auch öfter passieren, als man denkt. Aber so war er nur eines dieser gewöhnlichen Arschlöcher. – Trotzdem scheiße! Ich weiß. Aber frag mal Inés, welche Ausreden sie für sich hat gelten lassen, um das mit ihrem Mann zu überstehen."

Miguel stutzte. Nicht nur, weil sie Inés nannte. Elena erzählte immer wieder neue Details und ließ ihn heute besonders an ihren Gefühlen teilhaben. Prompt sah sie ihn an. Mit einem warmen Lächeln und meinte:

„Ein Arschloch bist du nicht. Und ich weiß deshalb nicht, was bei euch schiefgegangen ist. Soll mir aber egal sein. Zum ersten Mal habe ich mich nicht nur verknallt, sondern verliebt."

Miguel lächelte. Nein, ein Arschloch war er nicht, nur ein schweigsamer Kerl. Ein Satz und er hatte bislang das Gefühl, alles berichtet zu haben. Mehr war nicht nötig. Auch eine Art Flucht, dachte er, nicht alles kundzutun, nicht alles zu erwähnen, nicht über alles zu sprechen. Inés hatte sich immer darüber beschwert, irgendwann aufgegeben und er es nicht bemerkt. Das wollte er nun nachholen.

„Mit meinen Eltern habe ich mich eigentlich immer gut verstanden. Sie erwarteten nicht, dass ich Medizin studieren würde. Ich war auch kein guter Schüler, hab' mich immer ein wenig durchgeschummelt. Mein Bruder hat das dann sozusagen übernommen und arbeitet jetzt in Alicante als Rechtsmediziner. Vor allem meinen Vater hat das gefreut. Da dachte ich, ich arbeite ihm mal zu und werde Polizist. – Damals hatte ich auch keine Freundin. Zumindest nicht für länger. War eine in Aussicht, kam eine Versetzung. Das macht keine mit, wenn die Liebe, oder was es einmal werden soll, noch frisch ist. Núria, die Einzige, mit der ich mir eine Zukunft vorstellen konnte, schüttelte allerdings auch den Kopf. Die viereinhalb Monate mit mir waren ihr einfach zu kurz für eine gemeinsame Zukunft. *Palma?! Gibt's da auch Spanier? Komm, lass besser. Eh wir uns alles versauen, nur weil wir uns dann zwischen all den Touris und den hübschen fremden Weibern auf die Nerven gehen,* meinte sie. Also kam ich hier alleine an."

„Und du hattest die ganzen Weiber für dich. Mann, bin ich froh, dass das mit denen und Inés danebengegangen ist", lachte Elena, trank einen Schluck Wein aus der Flasche und beugte sich zu ihm rüber. Fast wäre sie dabei vom Mäuerchen ins Gebüsch unter ihr gefallen. Also setzte sie sich auf das Ding wie auf einen Pferderücken. „Ich will auch gar nicht wissen, warum. Das mit dem Scheusal in dir will ich selbst herausbekommen." Plötzlich wurde sie ernst. Sah zu dem Lichtschein über den Bergen hinter Manacor, schniefte und wischte sich mit dem Handrücken unter der Nase durch.

„Mit jedem Freund dachte ich tatsächlich, auf einfache Weise diesen Mist hinter mir lassen zu können. Weg von diesem Vater. Allein hatte ich keine Kraft dazu. Ich war an manchen Tagen wie paralysiert. Mit einem netten Kerl wäre es doch eine billige Lösung gewesen. Und mich herzugeben, war nach dem Debakel mit diesem Vater auch nicht schwer. Wenn der Junge, den ich kennengelernt hätte, wenigstens noch nett gewesen wäre ..."

Wieder schniefte sie, lehnte sich nach hinten und stützte sich mit den Händen auf den Steinen ab. Dass sie sich dabei für das Gesagte im Grunde genommen unpassend präsentierte, spielte für sie keine Rolle. Das hellblaue und in der Dunkelheit nur noch hell schimmernde Hemd rutschte an ihren Beinen zur Seite und Miguel konnte gar nicht anders als hinschauen.

„... nur deshalb passierte das mit Ruiz Castedo. Aber der war genauso ein Arschloch. Aber im Nachhinein ist man immer schlauer. Und gewollt hätte ich den dann auch nicht. – *¡Pucha!* Ich hab' es dir ja gesagt, ich verknall mich immer so schnell, weil ich kein Maß kenne. Und weil es auch kein Verlieben ist. Sondern nix anderes als 'ne Flucht. Okay, Vorsicht kenn ich schon. Zweifel. Und eine gewisse Angst hab' ich auch. Aber wenn mich eine Situation einengt, dann hakt irgendwas in mir aus. Dann will ich nur noch auf Teufel komm raus aus der ... Egal wie. – Scheiße! Ich hab' dir so viel noch nicht erzählt."

Sie machte wieder eine Pause, hob einen Arm und ließ ihn stumm mit ausgestreckter Hand von links nach rechts schwingen, als wenn sie das nächtliche Schauspiel vor ihnen zur Seite schieben wollte, um ein anderes Bild einzustellen oder weiterzublättern. Was hatte die Vergangenheit jetzt noch in ihrem Leben zu suchen? Von den letzten vielen Tagen und Abenden längst berichtigt. Diese Geste musste reichen.

Miguel rollte derweil die Schultern nach hinten, streckte sich und setzte sich wie sie ihr gegenüber auf die niedrige Mauer. In die hatten unzählige Liebespaare vor ihnen ihre Namen und Daten eingeritzt. 10. Februar 75, las er, lang her, und hinter sich Milena mit einem Herz. Dann nahm er die Flasche und trank auch einen Schluck. Dabei standen Gläser zu ihren Füßen. Aber sie waren in ihrem Film an einer Stelle gelandet, die solche Feinheiten überflüssig machte.

Solche Gespräche hätte er früher gerne mit Inés geführt, aber beschweren brauchte er sich dennoch nicht. Er war nicht besonders erfolgreicher, und wie Elena sagte, Gott sei Dank kein Arschloch dabei gewesen. Einfühlsam, hoffte er bislang. Trotzdem wies sein Liebesleben keinerlei Erfahrungen auf. Bis auf die wenigen und kurzen, die er zum Teil als potenzieller Vater vorweisen und den Sex, den er nun neu bewerten konnte. Elena war in dieser Hinsicht ganz anders als Núria oder Inés. Schauten ihn die Kollegen nun an manchem Morgen an, sah er an ihren Blicken, dass ihre Fantasien weitergingen, als zum Beispiel Inés an solchen in den Nächten überhaupt zugelassen hätte. Wären sie verheiratet gewesen, hätte durch die Entwicklungen in den letzten Monaten, trotz der Nacht im Hostal, vielleicht eine Eheberatung ihr Eingreifen verlangt. An Núria konnte er sich hingegen kaum noch erinnern. Außer ihrer lockigen schwarzen Mähne, die sie frech aussehen ließ, war ihr Bild aus seinem Gedächtnis verschwunden.

Andererseits gab es viel zu häufig Frauen, die um ehrliche Zuneigung kämpfen mussten – und das war die beschönigende Version für Dinge, die ihn anwiderten. Tagtäglich hatten sie auf irgendeine Weise mit solchen Fällen zu tun. Diese reichten von einem fast schon als lapidar zu bezeichnenden Klatschen eines Betrunkenen auf den Po einer Bedienung über solche Typen wie Elenas Vater bis zu den unvorstellbaren Fällen, wie dem Mädchenhandel, den er im letzten Jahr aufzuklären hatte. Diesen Idioten hätte er am liebsten immer die Fresse poliert. Also auch einem Juan oder Elenas Vater oder Vasquez, dem Virologen in dem Labor. Und erst recht diesem Ruiz Castedo. Aber selbst dafür fehlte ihm im Endeffekt der Mumm. Die Gerichte nahmen ihm die Arbeit ab und entschieden glücklicherweise hart.

Er sah Elena an. In diesem Moment war sie bereits aufgestanden und setzte sich, die Beine an seinen Seiten vorbei, dicht vor seinen Schoß.

„Aber du musst mir glauben, bei dir ist es inzwischen wirklich anders. Dich hab' ich scheißlieb. Weißt du das? Was hast du eigentlich heute noch vor mit mir?", fragte sie mit fast nörgelndem Ton und machte sich an seinem Gürtel und Reißverschluss zu schaffen.

„Ich kenne da eine kleine Bucht, in der um die Zeit niemand mehr sein sollte. Wir können ohnehin die Nacht durchmachen. Ich muss früh raus. Diebe fangen gehen." Er musste wieder lachen, weil Elena trotz der vielen schlechten Erfahrungen einfach weitermachte und mit der Hand schon in seine Unterhose geschlüpft war. Aber niemand war zu sehen. Niemand kam. Die Straße und der Weg, die sie einsehen konnten, waren leer. Es war alles in Ordnung. Es war alles klar. Für eine Sekunde schloss er die Augen.

„Sollte niemand sein, sagst du. Und wenn doch?", hauchte sie: „Klingt nach zu vielen Konjunktiven. Hier ist niemand!"
Ihre Hand war erfolgreich und sie umarmte ihn.

„Ich mache Sachen mit dir, die ich mich früher nie getraut hätte", meinte Miguel.

„Ich mache Sachen mit dir, die mir früher sicher keinen Spaß gemacht hätten", flüsterte sie, rutschte weiter vor und korrigierte nur etwas ihre Position.

26. September, 23 Uhr 50

Die erste Stunde, vielleicht sogar länger, hatten sie keinen Ton gesagt, sondern nur auf das funkelnde Meer geschaut, das behäbig und fast schon faul vor ihnen lag. Sie hatten zwei Stühle, die am *Balneario 11* herumstanden, genommen und sich direkt an die Wasserkante gesetzt. Die Beine der Stühle waren mittlerweile gute zehn Zentimeter im Sand versunken. Wie Inés' Füße, die sie unablässig hin und her drehte und dadurch bis über die Knöchel auch versinken ließ. Manchmal hörte Ramon ein Grunzen oder Fetzen eines Selbstgesprächs, sah er eine wirbelnde Hand, solange sie aber nichts zu ihm sagte, wollte er sie in Ruhe lassen. Er war schon froh, dass sie, seit sie ihre neue Wohnung verlassen hatten, aufgehört hatte zu weinen. Ihr Mienenspiel zeigte, dass die Gedanken in ihrem Kopf brodelten.

„Du sagst gar nichts mehr", meinte sie plötzlich und wollte eine Sekunde später wissen: „Liebst du mich, die *niña repipi,* noch ein bisschen?"

„Mehr als dir vielleicht recht ist. – Als bloße Zwischenstation will ich jedenfalls nicht fungieren."

„*¡Está bueno!* Dann ist gut", erwiderte sie, ohne ihn anzuschauen, als gäbe sie an einem Postschalter ein Paket auf und würde den Bestimmungsort nennen: Barcelona, Sevilla oder Alicante.

Er grinste in sich hinein und wollte sich rüberbeugen, um ihr einen Kuss zu geben. Unterließ es aber. Nach wie vor konnte er ihr Verhalten nicht einschätzen und ihren Blick nicht deuten, der unverwandt ernst aufs Meer hinausging. Auf ihrer Stirn dieselben Wellen wie auf dem Meer vor ihnen, mal tief, mal flach. Mit einer unerwarteten Bewegung könnte er eventuell eine unerwartete Flut auslösen.

„Hab' ich zu schnell gehandelt? Überreagiert? Mich noch mehr in die Scheiße geritten?", wollte sie mit einem Mal wissen und sah ihn, von ihren eigenen Gedanken verwirrt, an. Ramon erwiderte einige Sekunden still ihren Blick. Bevor eine Antwort unehrlich klingen würde, meinte er:

„Nein. Nein. Nein. – Du hast gleich drei Fragen auf einmal gestellt. – Ich würde sagen, du hast gehandelt, endlich reagiert und dich alles andere als in die Scheiße geritten. Hättest du das, würden morgen deine Jungs nicht auf der Matte stehen und hier mit dir zusammen wohnen wollen. Zugegeben, hier lässt es sich leben, aber einfacher wird es sicher nicht, nur ruhiger."

„Nicht einfacher?", sie runzelte die Stirn: „Dann war die Entscheidung doch falsch."

„Warum? – Nur, weil sich hier die Welt trifft, um Urlaub zu machen, während du da drüben …", er zeigte mit einem Daumen hinter sich, „… deiner Arbeit nachgehst? – Einfacher wird es deshalb nicht, weil ihr euch hier eine neue und vor allem ungewohnte Heimat schaffen müsst. Bei deiner Mutter, in der Stadt, in eurer Straße, seid ihr unter euch. Hier seid ihr unter Touristen. Allwöchentlich gibt es neue Mitspieler. In deren Augen seid ihr die Fremden, die Betreuung, das Personal. – Und dadurch seid ihr ein wenig mehr auf euch allein gestellt. – Aber ich finde das nicht schlecht. Wie willst du sonst Abstand gewinnen. Das bekommst du nur hin, wenn du ganz verschwindest. – Anderer Ort. Andere Stadt. Am besten aufs Festland."

Die Zeit schien stillzustehen, als sie ihn anschaute und über seine Antwort nachdachte.

„Und du?"

„Ich habe gestern mit meiner Firma, die das Studium mitfinanziert, telefoniert. Das Virus hat alles durcheinandergebracht …" Der Versuch zu lächeln misslang. Dennoch hoffte er, seine Antwort würde sie freuen. Er holte tief Luft, weil die eigentliche Antwort sie wahrscheinlich verstört hätte: „… sie hatten vor, mich nach Mexiko zu schicken …" Weiter kam er nicht. Inés sprang auf und wäre fast hingefallen, da ihre Füße immer noch im Sand feststeckten. Es sah lustig aus, wie sie mit ihren Armen ruderte, um das Gleichgewicht zu halten. Ramon schmunzelte und sie schrie:

„Nein! – Das können sie nicht machen! – Mexiko. – Wie denken die, soll das mit uns weitergehen?"

Ramon schmunzelte immer noch. Ihre Antwort war mehr, als er erhofft hatte. *Mit uns weitergehen.* Inés hatte wohl nicht vor, sich auch von ihm zu trennen.

„Sie machen es auch nicht", begann er und sah grinsend zu, wie Inés versuchte aus dem Sand herauszukommen, „auf absehbare Zeit wird niemand nach Mexiko oder sonst wohin geschickt. Ich werde in Spanien bleiben. Wahrscheinlich sogar in Palma. Ich habe ihnen die Situation erklärt ..." Wieder kam er nicht weiter.

„Verdammt noch mal, hol mich hier raus", schnaubte sie, streckte ihre Arme nach ihm aus und platschte nun doch in den Sand und in eine kleine Welle. Am Boden liegend schüttelte es plötzlich ihren Körper durch und Ramon hörte ihr Schluchzen, bückte sich und griff ihr unter die Arme. Kaum stand sie, holte sie nach, was sie oben in ihrer Wohnung schon machen wollte, und schmierte ihm eine.

„Und du Idiot erzählst mir nichts davon! Einen ganzen Tag lang! Stattdessen erzählst du mir was über Wirtschaftspsychologie", bellte sie ihn zwischen Lachen und Weinen, zwischen Freude und Angst an, „bist du noch zu retten? – Mexiko. Wie wäre ich dahin gekommen?" Jetzt folgte sogar noch ein Boxhieb auf seine Brust, dass ihm kurz die Luft wegblieb. Dann presste sie Ramon an sich. Wer von der Promenade aus zusah, suchte sicher eine Kamera, weil er dachte, Dreharbeiten zu einer kitschigen Szene für einen Film zu sehen.

„Du Scheißkerl!", schluchzte sie noch passend dazu, an seinen Hals geschmiegt. „Auch das war etwas, was mich all die Tage umtrieb, weil du mal gesagt hast, du wüsstest nicht, wo du mal landen würdest, wegen deiner Firma." Es folgte noch ein Boxhieb auf seinen Rücken. „Mexiko. – Idiot! – Weißt du, wie lieb ich dich hab'? Du Scheißkerl!"

„So noch nicht", antwortete Ramon und fing sich den nächsten Hieb ein. Dann einen Schubser und er landete rücklings im Wasser. Morgen hätte er sicher ein paar blaue Flecken.

„Ich möchte jetzt mit dir schlafen", sagte sie breitbeinig über ihm stehend und die Hände in die Hüften gestemmt. Es sah drollig aus und es klang eher wie ein Befehl, als nach einem zärtlich gemeinten Wunsch.

27. September, 6 Uhr 25

Sie hatten wohl einen Volltreffer gelandet. Die zwei Osteuropäer erhoben sich draußen von ihrem Tisch und bedankten sich übertrieben höflich bei drei dunkelhäutigen Männern, die sicher von sich wieder behaupten würden, sie kämen aus Algerien – wenn sie die drei festnähmen und befragten. Leider mussten sie die laufen lassen, um eine Chance zu haben. Aber so viel wussten sie inzwischen, Schwarzafrikaner waren nicht die typische Bevölkerung von Algerien. Sie waren also entweder abhängige und erpresste Migranten, die gefälligst diesen beiden zu dienen hatten, oder gehörten sogar schon länger zu deren Söldnern.

Einer der beiden blieb mit einer Schachtel draußen am Tisch, während der andere hereinkam, mit einem kurzen Blick an ihrem Tisch vorbeilief, jedoch nichts anderes sah, als dass Miguel Andreu ein Schriftstück zum Unterzeichnen hinüberreichte. Der Typ zahlte und ging wieder zur Tür. Beim Hinausgehen ließ er sich unmerklich mehr Zeit und schaute durch die Spiegelung der Glasscheibe wieder nach innen. Doch Andreu setzte nur eine Unterschrift ans Ende des Blattes und Miguel missachtete ihn und sah auf die Stelle, an der Andreu unterschrieb. Nach einem leichten Kopfnicken verließ der Typ die Bar nach rechts, der andere mit dem Karton den Platz nach links. Der nach rechts lief langsam an den Fenstern vorbei und schielte nach innen. Miguel ahnte den Trick und gab Andreu wieder ein Papier.

Drei Minuten später standen sie auf dem Platz und sahen Vicenç links in einem Fußballtrikot an einem anderen Tisch sitzen. Neben seinem Stuhl eine Sporttasche und ein großes Skateboard. Vor ihm ein aufgeklappter Laptop und eine kleine Flasche Wasser.

„Was machst du denn hier?", wollte Sanchez Olivero verblüfft wissen. Vicenç hob lässig eine Hand und drückte sich mit dem Finger der anderen etwas ins Ohr. Plötzlich meinte er, ohne Miguel anzugucken:

„Dann war's der Richtige. Ich hab' ihn vor mir. Kannst wieder zurückkommen. Lass uns 'ne Cola trinken."

Vicenç schaute auf und grinste.

„Nachdem du gestern angerufen hast, war ich so aufgeregt, dass ich heute Nacht nicht schlafen konnte, also habe ich einen Plan gemacht. Auch weil ich mich nicht über den Haufen schießen lassen wollte, wenn's ernst werden sollte. Deshalb hab' ich etwas ausprobiert heute Nacht. Ich wusste, ich musste noch irgendwo so 'n Ding haben ..." Er klopfte gegen das Display des Laptops, „... nennt sich GPS-Tracker, kannst du in dein Auto tun und du weißt, wo du bist, wenn du die richtige Software und Karte hast. Ist ganz klein ..." Er hob eine Hand und drückte wieder etwas ins Ohr, „... ja, ich hör dich, okay, sie fahren los. Mit 'nem anderen? – Zwei? – Scheiße!"

Miguel wedelte mit zwei Händen. Das Ganze war wohl doch nicht so gut gelaufen. Ruben – oder wie auch immer – sollte warten.

„Kann ich mich irgendwie einschalten?", fragte er Vicenç.

„Ja! – Nein! – Ja. – Sprich da rein!" Er zeigte auf sein Ohr und Miguel stutzte. „Ja, das klappt. Keine Sorge!"

„Hallo?! Hören Sie?", Miguels Stimme war eindeutig zu laut, deshalb wedelte Vicenç nun mit den Händen.

„Kannst leise sprechen!", meinte er und schüttelte den Kopf.

„Also ... lassen Sie den Wagen mit der Beute stehen. Was ist das überhaupt für einer?"

„Ein alter Renault Espace", flüsterte Vicenç.

„Ah! – Gut." Sanchez Olivero streckte einen Daumen hoch, er hatte kapiert, wie die Kommunikation funktionieren sollte: „Mit was fahren die los?"

„Einer in einem BMW X7, neuestes Modell ... blau-metallic ... Bicolor-Alufelgen, kostet sicher 100.000 ... der andere ... Peugeot 5008 ... weiß ... Erstes Kennzeichen ... ja, ich schreib mit ... KC 75 und so weiter ... zweites ... JW 32 und so weiter ... Augenblick!" Er hob seinen Kopf und schaute Sanchez Olivero an. Der pustete, zog seine Stirn in Falten, sah auf den Laptop, dann zur Bar, in die Straße daneben, zu Vicenç, zu Andreu und rieb sich den Nacken. Jetzt könnte Gabriela wieder tätig werden, schoss ihm durch den Kopf, neigte den Kopf langsam nach links und rechts, bis es knackste und fuhr sich mit den Händen nervös über den Schädel. Alles zusammen dauerte keine drei Sekunden, dann meinte er im Befehlston:

„Er, Ruben, soll den Peugeot verfolgen! – So unauffällig wie möglich. Wir versuchen es mit dem BMW und Andreu kümmert sich um den Renault. Der hat keine Eile. Den verfolgen wir mit dem Ding da. – Wenn's klappt. – Was hat das für eine Reichweite?", fragte er Vicenç.

„Reicht bis Sydney?", grinste der: „Die Batterien sind eher das Problem. Die sind in drei, vier Stunden leer. Ich hatte keine besonders neuen ..." Wieder landete ein

Finger auf dem Stöpsel im Ohr. „¡*Vale!* Du bist auf der *Rosselló* ... Richtung Norden ...“

Miguel tippte Vicenç auf die Schulter und bedeutete ihm aufzustehen.

„Läuft das Ding auch in meinem Wagen?“, fragte er und zeigte wieder auf den Laptop.

„Ja, doch! – Außer du fährst 'ne Bleikammer.“

„Also. Auf!“, meinte Miguel, dann zu Andreu gewandt: „Wir geben dir durch, wenn der Renault in Gang gesetzt wird, falls du nicht rechtzeitig da sein solltest. Ruf von unterwegs in der Zentrale an, die sollen für alle Fälle Leute bereitstellen. Lass die Karre aber erst zum Zielort fahren. Nicht schon vorher ...“, er unterbrach, sah den Jungen an und wollte wissen: „Wo steht der Wagen überhaupt?“

„Oben. Auf der *Plaça de Sant Antoni,* direkt neben der Rampe zur Tiefgarage“, erwiderte Vicenç, gab Miguel das Skateboard und packte gleichzeitig seine Sachen zusammen. Miguel war verblüfft und schüttelte mit hochgezogenen Brauen den Kopf. Die Gewaltenteilung hatte sich geändert. Im Auto hoffte er mehr zu erfahren. Allerdings wusste er jetzt schon, dass dieser Morgen wohl mehr bereithielt, als er gestern noch dachte. Er sah wieder Andreu an und fuhr fort:

„¡*A ver!* Also, kein Zugriff an der Tiefgarage. Mal sehen, wo die hinfahren. Wer weiß, vielleicht ist das sogar eine Lagerhalle und die ist voll mit geklautem Zeugs. Was weiß ich.“

Jetzt grinste er und klopfte Andreu auf die Schulter.

„¡*Lo haré!* Mach ich!“, erwiderte der knapp und ging los. Keine fünf Minuten später warf Vicenç seine Sporttasche in den Kofferraum des Twingo und Miguel legte das Skateboard dazu. Wieder nur wenige Minuten danach waren sie von der *Plaça de Sant Francesc* über die *Carrer de Temple* und *Carrer d'Antoni Planas i Franch* auf der *Avinguda de Gabriel Alomar* Richtung Flughafen unterwegs. Sanchez Olivero und Vicenç hatten in dieser Zeit vor lauter Anspannung kein Wort mehr gewechselt. Der Junge gab lediglich hin und wieder die Koordinaten von Ruben – oder wie der junge Polizist hieß, Miguel wollte einfach nicht der Name einfallen – durch: *Plaça d'Espanya,* also der zentrale Busbahnhof, *Plaça de Santa Elisabet,* das nördliche Ende dieses Viertels, die Auffahrt zu *Vía Cintura* – nein, doch nicht, er fuhr die Straße weiter nach *Es Pont d'Inca.*

„Was hast du vor?", fragte Vicenç und ließ einen bestimmten Punkt auf dem Bildschirm seines Laptops nicht aus den Augen.

„Der BMW ist eine so auffällige Karre, wenn der Typ – wie ich glaube – tatsächlich in irgendeinem Hotel an der Playa untergekommen ist, sollten wir ihn nach einem bisschen Suchen finden. Klingt zwar wie nach einem schlecht geschriebenen Krimi, aber manchmal hat man auch Glück damit. Und wer weiß, vielleicht überholen wir ihn sogar."

Nun grinste er, klopfte auf das Lenkrad seines betagten Twingo und knüpfte an den ersten Gedanken an diesem Morgen an:

„Jetzt erklär mir mal, wie du darauf gekommen bist."

„Ich hatte echt keine Lust mich abknallen zu lassen, weiß ich, was du vorhast? Leiden kannst du mich ja nicht besonders, stimmt's? – Auf jeden Fall dachte ich, wenn du nur einen verfolgen willst, ist das doch eine tolle Lösung. Der fährt vor uns her und wir können uns Zeit lassen. – Tut mir leid. Ich hab' aufs falsche Auto gesetzt."

„Wie bist du auf den Renault gekommen?"

„Wie gesagt, ich hab' nicht pennen können, dann fiel mir dieses Teil ein und meine Bluetooth-Hörer, die ich mal … na ja … und hab' getestet, ob's noch funktioniert. Mit den Batterien hat's dann geklappt. Aber ich kannte die Reichweite nicht. Also hab' ich meinen Laptop gestartet und bin heute Morgen von zwei bis vier durch die ganze Stadt Skateboard gefahren. Zu Hause auf dem Bildschirm konnte ich dann meine Strecke aufrufen. Und die hat auf den Millimeter gestimmt. – Nun ja, fast. Aber echt extrem genau. Das war's."

„Quatsch! Und der Renault?"

„Ach so. – Ja. – Okay. – Er ist im Übrigen jetzt kurz vor Marratxi", unterbrach er seine Schilderung, bevor er weitererzählte: „Das war schon einfacher. Alles zusammengepackt bin ich hierher. Auf dem Skateboard geht das ja flott. Und erkennen tut dich auch keiner. Prompt bin ich um Viertel vor fünf an diesen drei Kerlen vorbeigefahren – wie hast du gesagt? – manchmal hat man Glück? Jedenfalls dachte ich, die könnten es sein, die hatten auch 'nen Karton unterm Arm und zwei Plastiktüten. Ich kenn' mich ja ein bisschen in der Gegend aus, als die in die *Sindicat* abgebogen sind, bin ich zur *Ferreria* weiter und dort bis zum *Plaça de Sant Antoni.* Und was soll ich dir sagen? Ein paar Minuten drauf kamen die auch. – Mit vollem Gepäck. Haben aber nur die zwei Tüten rein. Die Schachtel haben sie wieder mitgenommen. – Und ich hab' gewartet und das Ding mit 'nem Magnet unten drangeheftet. Dann bin ich zu Ruben und wir haben den Rest durchgesprochen. – Ich glaub', das war's jetzt."

Mittlerweile waren sie an der Ausfahrt zum Flughafen angekommen und er bog nach Can Pastilla ab. Sanchez Olivero schüttelte vollkommen perplex den Kopf. Der Junge hatte ihn schlichtweg beeindruckt. Seine Aktion war fehlerfrei. Im Gegensatz zu seinem eigenen Plan.

„Ich habe keine Ahnung, wie ich das Pelleter beibringen kann", meinte er und kassierte einen erschrockenen Blick von Vicenç.

„Warum? Hab' ich Scheiße gebaut?"

„Alles andere." Miguel bremste ab und hielt gegenüber von einem Gebrauchtwagenhändler an, dann drehte er sich zu Vicenç und meinte:

„Nee, mein Junge, das war großartig. Nichts anderes. Pelleter wird eher mir den Kopf abreißen. Er hat es im Prinzip schon angedroht. Ich bin ihm manchmal zu eigenwillig. Und er hat recht. Wenn wir heute nur einen von denen schnappen, ausquetschen können und nebenbei auch noch von dem Geklauten etwas sicherstellen können, haben wir das nur dir zu verdanken. Ehrlich. Ich gratuliere dir jetzt schon! Das war durchdacht! – Eigentlich hätte so etwas von mir kommen müssen. Aber denken krieg ich zurzeit wohl nicht hin."

Vicenç schaute ihn mit feuchten Augen an und zog die Nase rauf.

„Du hast noch nie *Mein Junge* zu mir gesagt. Ganz bestimmt nicht so."

Wieder drückte er an seinem Ohr herum.

„Er steht auf dem Parkplatz vom Factory-Outlet und der Typ steigt nicht aus. Was soll er machen, fragt er." Er zog noch mal die Nase hoch. „Mein Junge. – Ehrlich. – Geil."

„Er soll die Kollegen anrufen. Er braucht Verstärkung. Dann Zugriff. Auf keinen Fall allein. – Hörst du?" Miguel hob eine Hand und wuschelte durch Vicenç' Haarschopf.

„Und ich sag dir: Echt unglaublich."

Miguel fuhr wieder an und versuchte nebenbei Andreu zu erreichen. Nach dem zehnten Klingeln legte er auf.

Sie hatte es ihm wieder nicht gesagt. Nach so einer Nacht war das nicht möglich. Ein Bett in dieser Größe war zum Schlafen gut geeignet. Für das, was sie miteinander taten, nicht. Zweimal waren sie dabei heruntergefallen. Irgendwann hatten sie die Decke auf den Boden gelegt. Sie schlang ihre Beine um seinen Körper und presste ihn an sich. Mit einem Brummen bestätigte er ihren Wunsch und drang wieder tiefer in sie ein. Ihre Antwort waren ein zufriedenes Gurren, ein Knuff und ein zärtlicher Biss in seinen Wolf am Arm. Bald würden sie sich zurückhalten müssen. Dann wären ihre Jungs hier und sie müsste auch wieder Mutter sein und nicht mehr ganz so häufig Liebhaberin. Und nächste Woche hatte sie auch wieder als Polizistin zu funktionieren. – Besser als in den letzten Tagen. Weiter kamen ihre Gedanken nicht, denn Ramon verstand es, sie erfolgreich abzulenken und ihre Lust neu zu entfachen. Sie sog die Luft scharf ein und hielt sich eine Hand vor den Mund.

Ihn dann an ihren Schenkeln herabrinnen zu spüren, mochte sie besonders und ließ es wieder für einen Moment mit geschlossenen Augen zu und verfolgte die noch warme Spur auf ihrer Haut, als sie im Bad vor dem Spiegel stand und sich waschen wollte. Einmal mehr rätselte sie darüber, woher dieses bisher für sie unbekannte Gefühl kam. Diese Lust. Ja, manchmal sogar Gier. Früher hatte sie genau das fast mit Abscheu in Miguels Bad mit einem Stück Toilettenpapier beendet, obwohl sie auch jetzt behaupten würde, es mit ihm genossen zu haben. Aber irgendwas hatte sich im Laufe der Zeit geändert und Ramon den Blick auf alles gänzlich verändert.

Mit einem zufriedenen Lächeln stützte sie sich auf dem Waschbecken ab und verfolgte mit leicht geöffneten Schenkeln weiter die Tropfen. Als sie die Augen öffnete, stand Ramon hinter ihr, betrachtete ihren nackten Körper und ihren Blick im Spiegel. Er hatte sich bereits angezogen. Für einen kurzen Moment bedauerte sie das und erwiderte seinen Blick mit einer gewissen Enttäuschung. Als sie sich umdrehen und ihn umarmen wollte, war er ihr schon zuvorgekommen und tat dies, ohne sie im Spiegel aus den Augen zu lassen. Seine kühle Gürtelschnalle berührte eine Stelle an ihrem Rücken und ließ sie erschauern und wieder die Augen schließen. Schon begannen seine Hände auf ihrer noch feuchten Haut von den Oberschenkeln über ihren Unterleib und Bauch auf ihre Brüste zu gleiten. Dort blieben sie für einige Sekunden zärtlich streichelnd liegen. Sie sog einmal mehr die Lippen ein, denn sonst hätte sie gestöhnt oder ein Keuchen von sich gegeben. Einen Augenblick konnte sie dem noch widerstehen, dann meinte sie mit einem Glucksen in der Stimme.

„Du hast Macht über mich. Weißt du das?"
Diese Nacht und Ramons Art hatten sie eine Frau werden lassen und nicht wie vor Jahren durch Juan zu einem Lustobjekt oder nur zu einer Mutter. Die Gefühle überwältigten sie und sie drückte ihren Po an ihn. Selbst jetzt spürte sie durch den Stoff der Hose seine Männlichkeit und sie war versucht, ihn ein weiteres Mal mit sich zu belohnen. Doch mit einem leisen Lachen schob er sich sacht von ihr weg und meinte:

„Ich werde es nicht ausnützen, sondern jetzt zur Uni gehen und dann noch ein paar Besorgungen machen."
Nun drehte sie sich doch um und schaute ihn mit zusammengekniffenen Augen fragend an.

„Besorgungen? Was hast du vor?"

„Die nächsten Tage werden anders sein als alle davor. Du ahnst es vielleicht, bist aber nicht vorbereitet. – Ich besorge Farbe, Putzzeug und ein paar Lebensmittel. Das ist es. Dann können wir alle zusammen loslegen."

„Und ich dachte schon ..."

„Das besorgt man nicht. Das tut man. – Lieben."

Inés nickte und sah sich wieder im Spiegel an. Seine Gürtelschnalle kühlte wieder dieselbe Stelle über ihrem Po. Mit einer Hand griff sie hinter sich, schloss die Augen und strich über die Beule in seiner Hose. Dann meinte sie:

„Ich will nicht wie meine Mutter werden." Plötzlich fummelte sie hektisch und ungeduldig an seinem Reißverschluss herum. „Nimm mich jetzt. Hier. So. Und hart. Ich will deinen Blick dabei im Spiegel sehen."

Im selben Moment brach sie in Tränen aus und drehte sich doch wieder um und presste sich an ihn.

„Bitte entschuldige! Ich benehme mich wie ein dummes Ding. – Ich hab' manchmal vor so vielen Sachen Angst. – Dabei ist das doch Blödsinn. Ich versuche hier ein bisschen aufzuräumen. Und dann geh ich zu meinen Kollegen und anschließend zu meiner Mutter. Vielleicht können wir, bevor alles zu spät ist, miteinander reden."

Sie ließ ihn los und ging zurück in ihr Zimmer. Bevor er etwas erwidern konnte und aus dem Bad kam, hatte auch sie sich schon angezogen, lächelte ihn mit zitterndem Mund an und lief nervös hin und her, als würde sie etwas Wichtiges suchen. Dabei strich sie sich über ihren Bauch. In ihrem Inneren gluckste es.

„Wann wirst du wieder hier sein? Nur dass ich rechtzeitig zurück bin", fragte sie ihn.

„Am frühen Abend. Denke ich."

Sein Blick forschte in ihrem Gesicht.

„Alles in Ordnung?"

Inés nickte fahrig und stumm und kämmte sich durch die Haare. In ihrem Bauch grummelte es immer mehr. Hoffentlich passierte nichts, solange er jetzt noch da war. Mit schief gelegtem Kopf ging er auf sie zu und küsste sie auf die Stirn.

„Ich schäme mich nur ein wenig. Entschuldige!"

„Und ich versuch' so schnell wie möglich alles zu erledigen und schreib dir eine Nachricht, wenn ich auf dem Weg bin. – Mach dir keine Gedanken."

Kurz darauf schloss sie schnell, aber noch hinter ihm her winkend die Wohnungstür, musste würgen und stürmte sogleich ins Bad. Ihr war schwindelig und schlecht. Am Türrahmen schlug sie deshalb hart mit dem Kopf an, konnte den Schmerz nicht lokalisieren und erbrach sich in einem Schwall, noch bevor sie die Kloschüssel erreicht hatte. Dann verlor sie das Bewusstsein.

27. September, 8 Uhr 50

Seit nahezu zwei Stunden waren sie langsam die Straßen parallel zur Küste entlanggefahren und hatten in jede Querstraße hineingeschaut. Bislang waren sie ein halbes Dutzend Mal ausgestiegen, weil sie dachten, sie hätten dieses metallicblaue Ungetüm in einer solchen stehen sehen. So in der *Carrer de Neopàtria,* sogar gleich bei Inés um die Ecke, der *Carrer d'Atenes,* der *Carrer d'Acapulco* oder wie gerade eben in der *Carrer de Sant Ramon Nonat.* Der Name Ramon schien ihn selbst in solchen Momenten zu verfolgen. Miguel schüttelte leise seufzend den Kopf und überlegte, bei Inés kurz zu klingeln. Vielleicht würde sie sich über Vicenç freuen, verwarf aber im nächsten Moment den Gedanken.

Vor ein paar Minuten waren sie nahe am *Balneario 4* abgebogen und fuhren nun auf der *Avinguda de Fra Joan Llabrés* wieder Richtung Palma.

„Schade", meinte Miguel und sah Vicenç an, der etwas traurig zurückschaute, „wäre jetzt schön gewesen, aber jetzt hat es keinen Sinn mehr. Gleich geht hier der Trubel los. Und ich wette, der wird die nächsten Stationen anfahren. Ich kann mir nicht denken, dass der nur in Palma tätig ist. Der fährt sicher die restlichen Strände ab. Peguera, Cala d'Or, Cala Millor. Was weiß ich. Da gibt's überall feine Taschen und volle Geldbörsen."
Vicenç zuckte mit der Schulter und schaute zur Seite hinaus.

„Ja, schade. – Vielleicht steht der auch in einer Tiefgarage. Aber von denen gibt es sicher Hunderte", erwiderte er nur kurz, um im gleichen Augenblick zu rufen: „Da! – Sieh nur! – Da steht die Karre. – Halt an! Das ist sie. – Das Kennzeichen stimmt. – Schau! – *¡Mola!* Wahnsinn!"
Sanchez Olivero bremste scharf ab, setzte zurück und parkte – wie üblich – schief und schräg gute dreißig Meter hinter dem BMW am Straßenrand. Dann öffnete er das Handschuhfach und legte den ominösen Zettel auf das Armaturenbrett.

„Was ist das?", wollte Vicenç wissen.

„So eine Art Freifahrtschein. – Lass uns aussteigen und Vater und Sohn spielen. Autos angucken wird ja wohl erlaubt sein", grinste er den Jungen an und knuffte ihn in die Seite. Vicenç wurde rot und schaute gerührt in den Fußraum. Miguel strich ihm wieder über den Kopf und fragte:

„Sind in der Sporttasche noch andere Klamotten?"

„Ich glaube, nur ein dreckiges T-Shirt."

„Zieh das mal an. Wer weiß. Der Typ kommt und erkennt dich wieder ..."

„Dich aber auch. So wie der geguckt hat."

„Du hast recht."

Sanchez Olivero streckte bestätigend einen Zeigefinger in die Luft, zog sein Hemd aus. Es war warm. Das Unterhemd musste reichen. Zusätzlich setzte er seine Sonnenbrille auf. Und im Kofferraum musste er noch eine Wollmütze haben, fiel ihm ein, während der Junge in den Fond kroch und unter der Kofferraumabdeckung in seiner Tasche kruschtelte. Dann stieg Miguel aus und öffnete die Klappe. Vicenç fand noch eine kurze Hose, zog sich auf dem Beifahrersitz um und warf die anderen Sachen zusammen mit Miguels Hemd in seine Tasche.

„Wenn der reingucken sollte, sieht er es sonst womöglich", schlussfolgerte er und erhielt den nächsten anerkennenden Blick von Miguel. Dessen Handy in diesem Moment klingelte. Andreu. Sofort setzte er sich auf die Kante des Kofferraums.

„Was liegt an?" Sanchez Olivero war aufgeregt.

„Ich weiß gar nicht, wo ich anfangen soll. Aber wir hatten keine Zeit, vorher anzurufen. – Wir haben den zweiten." Es glich einer Verkündigung mit hörbarem Stolz. Andreu machte eine Pause, bevor er fortfuhr: „Ist nicht aus Osteuropa. Jesus Angel Organza Acosta. Kolumbianer. 47. Der Renault und der BMW sind Mietwagen. Wurden ohne Ausweise, nur mit Führerscheinen am Hafen gemietet. – Bis heute! Ich hab' die Kennzeichen überprüfen lassen. Du hattest einen guten Riecher."

Miguel prustete. Von wegen guter Riecher. Und das mit den Kennzeichen, sie nämlich überprüfen zu lassen, hatte er auch nicht gemacht. Noch ein Minuspunkt. Zurzeit sammelte er sie kräftig.

„Super gemacht! Ich kann noch nicht so viel vorweisen. Aber Vicenç ist auch der Hammer. – Warum sagst du wir?"

„Nun ja. Irgendwie war mir klar, dass ich das nicht allein hinkriege, als ich hier in Marratxi ankam und der irgendwann mit ein paar Typen herauskam. Die Kollegen vom Einsatzkommando waren dann schon da und haben zugegriffen, als sie wieder in dem Schuppen verschwanden. Ging alles sehr schnell. Ich geh grad durch das Gebäude. Ich sag dir: Für mich sieht es so aus, als wenn die heute noch weiterziehen wollten. Die Bude steht nämlich ansonsten leer. Eine verlassene Halle. Gibt ja ein paar von denen in der Umgebung. Sind ja genug Firmen pleitegegangen. Und so eine Tür bekommst du ja heutzutage leicht auf. Aber man sieht, dass sie etwas abgestellt haben. Kartons oder Taschen. Vielleicht auch eine kleine Maschine.“

Miguel hörte die Autotür, drehte sich um und sah, wie Vicenç die Straße überquerte und sich dort ein weißes Cabrio anschaute. Von dort sah er zurück, deutete auf das weiße Auto und reckte einen Daumen in die Höhe.

„Wir sind an der Playa“, erklärte er, „der BMW steht ein paar Parkbuchten vor uns. Ich glaube, ich sollte auch die Kollegen ...“

„Auf alle Fälle! Mach das! – Wenn mein Gefühl nicht gelogen hat, wollten die wirklich heute noch türmen. Ist doch egal, wenn's falscher Alarm gewesen sein sollte. Weißt du schon was von dem Peugeot?“

„Steht in Cala Bona auf einem Parkplatz.“

Der Junge war weitergegangen und sah durch den hohen Palisadenzaun auf das riesige Gebäude des Hotels, das sich dahinter befand. Kurz sah er zu Miguel und zog die Schultern hoch.

„Was macht der Kleine?“

„Blamiert mich, ohne es zu wissen“, gab Miguel zurück, winkte Vicenç und setzte sich das schwarze Käppi auf. Dann schloss er den Kofferraum und ging langsam los. Der Kleine – Miguel musste schmunzeln, Vicenç würde genau das nicht gerne hören wollen – setzte sich auch wieder in Gang und ging ein paar Meter später auf die andere Straßenseite zum BMW rüber und schaute durch die Seitenscheibe nach innen. Seine Hände als Schutz vor der Sonne davorgehalten. Ein Junge interessiert sich für das neueste Modell und nickt anerkennend mit dem Kopf. Ein paar Sekunden. Nicht zu lang. Anschließend einmal um den Wagen herum, die Auspuffrohre zählen und dann recht zügig an dem Zaun entlang bis zum Hotel *Occidental*. Dort querte er ein drittes Mal die Straße und verschwand im Foyer. Miguel hatte Mühe, gleichzeitig zu telefonieren und mitzukommen.

„Er blamiert dich?! Das wäre ja was ganz Neues.“

„Wir haben den BMW gefunden. Und er inspizierte ihn gerade. Aber jetzt ist er in einem der Hotel-Bunker verschwunden. Keine Ahnung, was er vorhat.“

„Fragen, wem die Karre gehört“, lachte Andreu: „Kann ich dir aber auch sagen. Juan Jaider Santos Donez. Auch Kolumbianer, wenn die Miet-Papiere stimmen sollten. 35. Ich dachte, er hätte älter ausgesehen. Aber so ein Leben geht ja nicht spurlos an einem vorbei. In unseren Karteien ist nichts über die beiden zu finden. – Kann alles heißen.“

„So, wie die arbeiten, stimmen die Papiere nicht. – Ich geh mal rein. Sobald ich was weiß und kann, sag ich dir Bescheid. – Was habt ihr überhaupt gefunden?“

„Wie gesagt, in diesem Lager so gut wie nichts. Nur das Auto war komplett vollgestopft. – Ich kann es dir aber nicht sagen. Die vom Kommando haben es mitgenommen und nur gemeint, Rauschgift, geklaute Handys und so weiter. Ziemlich blöd, wenn du mich fragst. Keine Schusswaffen. Nur Klappmesser und Ähnliches. – Vielleicht wollten die das noch in Kartons packen?!“

„Und dann mit einer Fähre rüber aufs Festland. Außer einem Ticket brauchst du ja nichts. – Also! Ich
melde mich."

Sanchez Olivero drückte auf das rote Symbol, schaute
an sich herunter und dann an der Hausfront hoch.
Schon der Eingang war zu monumental. So konnte er
das Hotel jedenfalls nicht betreten. Kurz ging er an dem
gläsernen Eingang vorbei und schaute durch die riesige
Scheibe an der Seite ins Foyer. Vicenç saß gegenüber
der Rezeption in einem Sessel und versank fast in diesem. Vor ihm eine Zeitschrift, die er langsam durchblätterte. Miguel überlegte, was er tun sollte, und ging zur
Straße zurück. Dann kreuzte er die Straße und joggte
zu seinem Wagen. Er beschloss, doch das Hemd wieder
anzuziehen, und dachte über die nächsten Schritte
nach. Ohne ein gewisses Risiko käme er aus der Situation sicher nicht heraus.

Zehn Minuten später stand er wieder vor dem Eingang und ging lächelnd hinein. Direkt auf Vicenç zu. Er
setzte sich in einen der riesigen Sessel ihm gegenüber.
Den Rücken zur Rezeption. So sah man von ihm am wenigsten.

„Und?", fragte er den Kleinen und schmunzelte ein
weiteres Mal.

„Nichts", entgegnete Vicenç lapidar, sah weiter in
die Zeitschrift und blätterte um. Sanchez Olivero
beugte sich vor und hob die Zeitung hoch. *Maxi Tuning.*

„Passt ja", stellte er fest.

„Das weiße Cabrio ist ein ganz schönes Geschoss",
wieder klang der Junge ganz beiläufig, „auch ein BMW.
Ein 650 i. Hat 367 PS. Unbezahlbar. Und vollkommen
idiotisch für die Insel."

„Warum bist du hier rein?"

„Das andere Hotel hat auf dieser Seite keinen Eingang. Ich hatte die Wahl zwischen dem *Iberostar* und

diesem. Das hier hat ein gläsernes Foyer. Das andere nicht. Nur eine breite Glastür. Also hab' ich mich für das entschieden. Wenn die Bullen kommen, sieht er das vielleicht und verschwindet hinten raus. Richtung Strand. Zu seiner Karre kommt er, ohne zu irgendeiner Tiefgarage zu müssen. – Ich kenn' solche Tricks. Hab' ja lang genug immer wieder im *Rocamar* leben müssen. – Hast du schon angerufen?"

„Wir wissen doch nicht, ob er hier ist." Miguel runzelte die Stirn und Vicenç zuckte mit den Achseln.

„Risiko. – Mit wem hast du telefoniert? Inés?" Der Junge schaute ihn von unten an und Miguel schüttelte den Kopf.

„Andreu. Sie haben den im Renault. Also den mit den Tüten. Das Sonderkommando hat übernommen."

„Klasse! – Oder?"
Sanchez Olivero nickte.

„Vielleicht sollte ich anrufen und den BMW da draußen überwachen lassen. Nicht dass der Typ schon weg-will."

„Geh du. Ich bleib hier und geb' dir 'n Zeichen."
„Mit was?"
Vicenç hielt sein Handy hoch.

„Ganz blöd bin ich ja nicht. – So kannst du die anrufen und abwarten, bis sie kommen. Ich sag' dir, der ist hier."

„*¡Hombre!* Vicenç", schnaubte Sanchez Olivero, „ich kann meinen Dienst an den Nagel hängen, wenn das alles stimmt."

„Und der Peugeot?", fragte der Junge, ohne darauf einzugehen.

„Steht in Cala Bona. – Ruben – so heißt er doch, oder?" – Vicenç nickte – „hat inzwischen zwei Leute von der *Policía Local* bei sich. – Was soll er machen?"

„Reingehen und den Kerl rausholen. Ist doch klar, dass die unter einer Decke stecken. In Cala Bona haben die sicher ein Lager für die ganzen geklauten Sachen von der Ostküste. Vielleicht hat er Wind bekommen und sich bei dem Typen hier schon gemeldet. Wirst sehen, dauert nicht mehr lang. Der will sicher abhauen."

Miguel hob die Augenbrauen und überlegte schon, wie er das alles erklären sollte, wenn Pelleter ihn fragen würde. Dann stand er auf, machte nur ein Zeichen, dass er rausgehen würde. Der Junge nickte wieder nur und meinte plötzlich recht laut:

„Ist gut, Papa. Ich warte so lange."

Nun verdrehte Miguel die Augen.

~~~

Mit einem Mal ging alles schnell und unverhofft. Die Kollegen waren wie verabredet und schon nach kurzer Zeit mit drei zivilen Fahrzeugen eingetroffen und noch keine fünf Minuten da, als Miguels Handy klingelte und Vicenç durchgab, dass der Typ nun kommen würde. Allerdings, wie er es sich schon gedacht hatte, nicht durch den Eingang.

Kaum hatte er die Nachricht weitergegeben, verteilten sich die sechs Männer, als seien sie auf einem Spaziergang und gingen die *Carrer dels Trobadors* und weiter vorne die *de las Canyas* entlang. Zwei blieben etwas versetzt gegenüber dem Eingang auf der anderen Straßenseite stehen und taten, als wenn sie sich unterhielten. Einer von ihnen hatte sich eine Sporttasche mit speziellem Equipment umgehängt.

Kurz darauf kam der Typ die *dels Trobadors* hoch. Eilig und etwas nervös wirkend. In einer Hand einen kleinen Koffer, in der anderen ein Handy, in das er laut hineinsprach. Miguel ging, in das Nachbargrundstück hineinschauend, auf ihn zu. Noch konnte er nichts verstehen. Es klang nach Flüchen. Als er nah genug gewesen wäre, beendete der Typ allerdings das Gespräch und passierte mit einem taxierenden Blick ihn und die zwei Polizisten, die unbeteiligt taten und lachten. Sanchez Olivero indessen winkte wie zum Abschied und ging langsam in die gleiche Richtung wie der Typ.

An der *Fra Joan Llabrés* angekommen warteten sie ab, bis er seinen BMW erreicht hatte. Bevor er einsteigen konnte, erfolgte der Zugriff. Unmissverständlich, hart, kompromisslos. Er hatte nicht den Hauch einer Chance. Keine Minute später hatten sie den Wagen auf den Kopf gestellt und seinen kleinen Koffer geöffnet. Einer von ihnen, ein Comisario, hielt ein Bündel Geldscheine in die Höhe und meinte tonlos:

„Schauen Sie sich das mal an. Wir haben unseren Job verfehlt. Mindestens 30.000. Und wir haben höchstens für 2000 Euro Anzeigen vorliegen. Bin auf dessen Erklärungen gespannt. – Gut gemacht, Sanchez!"
Er packte den Kerl am Kragen und riss ihn hoch. Ohne einen Zweifel daran zu lassen, wer hier das Sagen hatte, ließ er einen seiner Wagen vorfahren und warf ihn regelrecht in den Fond. Dort wurde er von zwei bewaffneten Polizisten empfangen. Erst jetzt begann er zu zetern. *¡Qué chimba! ¡pendejo lambón! ¡güevón! ¡pichurría berraco! ¡que estúpido gamin!* Und das waren noch die harmlosen Varianten. Weil er mit seinem Kopf herumboxte, hatte einer der Polizisten kurz darauf eine blutende Nase und er als angemessene Antwort eine Faust im Gesicht. Sekunden später war Ruhe.

Im Kofferraum des BMW ein ganzes Arsenal, fast dreißig Stück, geklauter Handys und leerer Verpackungen, mit denen der Kerl die Handys wieder zu Neuware machen wollte.

„Ich sag Ihnen, die sind nicht unbedingt von irgendwelchen Leuten geklaut oder aus dem Internet ersteigert, sondern können auch aus Geschäften mitgenommen sein. Die tauchen zu zweit auf. Einer lenkt geschickt ab und der andere greift zu. Oft genug merken die Ladenbesitzer es nicht einmal oder erst Tage später, wenn sie ihre Handys verkaufen und verpacken wollen." Plötzlich grinste er: „Manche wollen es auch gar nicht merken, weil sie selbst über dubiose Kanäle an die ganzen Sachen rangekommen sind."

Er hielt Miguel ein iPhone hin.

„Gucken Sie sich's mal an! Weder neu noch von einem Ihrer Discobesucher geklaut."

Der Comisario tippte ein bisschen auf dem Display herum und das Handy funktionierte.

„Hier ein Kratzer und da einer. Wenn man so ein Ding als 2. Wahl für 200 verticken kann, freut sich der Kunde. Neu kostet es zwischen vier- und fünfhundert. – Gute Gewinnspanne, wenn ich es für null hab mitgehen lassen können. An der Playa gibt's mindestens ein halbes Dutzend Secondhandläden für solche Apparate."

Jetzt warf er das Smartphone wieder zurück in die Tasche. Plötzlich stand Vicenç wie vom Himmel gefallen neben Miguel und grinste.

„Muss ich noch Papa sagen?"

Sanchez Olivero grinste auch und klopfte ihm auf die Schulter.

„Nee, geht schon. Darf ich vorstellen?! Vicenç. Wäre ziemlich stolz, wenn's tatsächlich mein Sohn wäre. – Er macht zurzeit eine Art Praktikum bei uns und sollte mich auf einem eigentlich harmlosen Kontrolleinsatz begleiten. – Hat aber nebenbei mit seinem Kopf bei der Auflösung geholfen. – Falls Sie fragen sollten: Den behalten wir selbst. Keine Leihgabe möglich."

Es folgte sein lautes Lachen und ein weiteres Schulterklopfen. Vicenç sah ihn vollkommen verblüfft an.

„Scheiße! Ich glaub, ab heute sag ich doch weiter Papa zu dir", meinte er nur und schüttelte vor lauter Stolz und etwas fassungslos den Kopf. Miguel ließ seine Hand auf der Schulter des Jungen liegen und zog ihn dichter zu sich.

„Den Rest machen Sie dann wohl?", fragte er den Comisario, der nur nickte, die Beifahrertür öffnete und beim Einsteigen meinte:

„Ja. Pelleter wird Ihnen alles Weitere sagen. Der Ermittlungsrichter braucht ja einen detaillierten Bericht. Den werden Sie schreiben müssen."

27. September, fast zur selben Zeit

Mit insgesamt acht Mann waren sie dann in das Haus in Cala Bona eingedrungen. Jeweils zu zweit von vier Seiten. Ruben mit einem der Männer der *Policía Local*. Und der andere Polizist mit weiteren Kollegen aus Manacor. Es lief nicht ganz reibungslos. Man hatte sie erwartet. Jedoch nicht von vier Seiten. So gab es nur eine Schlägerei, die beinahe noch zu einer Schießerei geführt hätte. Doch die drei abgefeuerten Kugeln hobelten nur den ohnehin renovierungsbedürftigen Putz an einer Wand ab, bevor der Südamerikaner mit einem Schlag von hinten zu Boden gestreckt wurde. Seine beiden Kompagnons hatten da schon Bekanntschaft mit den Einsatzkräften aus Manacor gemacht. Am Boden liegend trat er einem Polizisten noch ins Gesicht und zwischen die Beine. Der Getroffene wusste dann nicht, was ihn mehr schmerzte, die Platzwunde am Auge oder seine schmerzhaft schwellende Männlichkeit.

Der Gang durchs Haus erklärte dann die Menge der auch hier gefundenen Schachteln. Das Diebesgut kam zum Teil mit der Fähre von Menorca und dem Festland. Die Auswirkungen des Virus waren genutzt worden, in leer stehenden Häusern das Ganze aufzuarbeiten und für einen umsatzträchtigen Export fitzumachen. Je mehr solcher Häuser zur Verfügung standen, desto mehr konnte ohne großes Aufsehen gebunkert werden.

Ruben gab durch, dass sie nahezu einhundert weitere Schachteln sichergestellt hatten. Die meisten waren für die Bedruckung vorbereitet. Ein knappes Dutzend war entweder fertig oder es handelte sich um Originalschachteln. In einigen Wochen, vielleicht auch nur in ein oder zwei, hätte es wieder einen Schwung fast nagelneuer Handys in den Shops gegeben.

Man arbeitete international. Eine Struktur, die dem Drogenhandel auffällig ähnelte, bediente sich neuer Süchte, nämlich beim Telefonieren immer ein möglichst neues Modell in Händen zu halten. Nur war der Absatz mit einem Mal schwieriger geworden. Das Virus hatte sich außerhalb seines gewöhnlichen Gefechtsfeldes eine neue Funktion ausgesucht. Es versaute nun auch einigen Kriminellen das Geschäft.

Miguel lauschte Rubens Bericht am Telefon und musste an den Comisario des Einsatzkommandos denken, mit dem er sich dann noch eine Weile privat unterhalten hatte und der davon berichtete, dass sich in Manacor, also dort, wo er als Polizist normalerweise tätig war, und anderen nicht so touristischen Orten auf Mallorca inzwischen Unmut breitmachte, weil der Tourismus an den Küsten fast ohne Einschränkungen wieder auf Touren kam, während seine Frau immer noch in Kurzarbeit war und die Kinder weder in die Schule noch in den Kindergarten durften.

„Ich kann gut verstehen, wenn einige Gruppierungen nun erst recht verlangen: *Tourist go home.* Für die werden die Deutschen und die anderen, die nun wieder an die Strände strömen, zu sehr hofiert. – Egal, wie unsere Wirtschaft tickt. Da fühlen sich einige als Bewohner zweiter Klasse. – Nur weil wir ein neues Auto haben und in Can Picafort auf einem Großparkplatz standen, haben sie auch uns einen Aufkleber, *Aquest cotxe sobra,* dieses Auto ist zu viel, hinten draufgeklebt." Miguel sah ihn an und dann auf den Boden. Er musste zugeben, dass ihm das alles nicht besonders aufgefallen war, außer er ging zu Raul oder Gabriela und hörte deren Beschwerden über die Entscheidungen der Stadtoberen, die wohl das Virus benutzten, um alte ordnende Ideen bezüglich Restaurants nun endlich umzusetzen.

Dazu kam natürlich seine Gefühlswelt, die es verbat, solche Dinge wahrzunehmen, obwohl die Tageszeitungen täglich voll davon waren. In Gedanken rechtfertigte er sich mit seiner Sorge um Elena für seine Unempfindlichkeit.

„In Palma kleben sie die Dinger auch schon überall ran. Und trotz der Verbote meinen sie, demonstrieren zu müssen", erwiderte Miguel, „bis einer von denen das Virus hat und erkennen darf, dass er wiederum einige angesteckt hat. Manche haben nun mal ein anderes Leben – mit anderen Spielregeln. Selbst gemachte."
Er klopfte aufs Wagendach und der Comisario ließ losfahren.

27. September, 10 Uhr 25

Das Erste, was sie wahrnahm, war der scharfe Geruch. Das Zweite das Pochen in ihrem Kopf. Inés versuchte sich aufzurichten und rutschte mit ihrer Hand in etwas

Glitschigem wieder weg. Einen Zusammenstoß mit der Wand und ihrem lädierten Kopf konnte sie gerade noch verhindern. Dann saß sie endlich und sah im Licht der Badlampe Erbrochenes und Blut. Mühsam richtete sie sich auf und lehnte sich gegen die Wand. Sie schaute auf das Handgelenk, auf das Regal über dem Waschbecken, auf das kleine Sims über dem Spülkasten. Nirgendwo eine Uhr. Dann schaute sie zur Tür in den kleinen Flur. Das Licht in diesem war hell. Sie glaubte sogar einen Sonnenstrahl auszumachen. Trotzdem hatte sie kein Zeitempfinden und geriet deshalb ein wenig in Panik. Sie spürte etwas von ihrem Kopf heruntertropfen, riss sich zusammen und stand auf. Ihr Spiegelbild erschreckte sie, das Gesicht darin erkannte sie kaum.

Sie öffnete den Wasserhahn, beugte sich runter und klemmte ihren Kopf unter den Wasserstrahl. Im Abfluss verschwanden getrocknetes und frisches Blut und Reste des Erbrochenen, der Geruch verursachte ein weiteres Mal Übelkeit und sie musste deswegen wieder würgen und husten. Nach der Seife tastend wusch sie anschließend ihr Gesicht, die Haare und den Kopf. Ein Handtuch hatte sie nicht, stellte sie danach fest, und wischte sich das Wasser, so gut es ging, vom Kopf. Als sie das Bad verlassen wollte, fühlte sie den feucht klebrigen Boden an ihren Füßen. *„Quin oi!"*, fluchte sie leise und zog meterweise Klopapier von der Rolle.

Nach einer Stunde war das Bad wieder begehbar. Nur der Geruch noch nicht entfernt. Das lag aber wohl an ihren Kleidern. Kurzerhand stellte sie sich, so wie sie war, in die Dusche und ließ das Wasser laufen. Zog sich aus, wusch so gut es ging das Shirt, die Hose und Unterwäsche. Wieder zu spät, fiel ihr ein, kein Handtuch zu haben. Auch begann die Wunde am Kopf wieder zu brennen und zu bluten. Schniefend und am Ende ihrer Kräfte und Nerven setzte sie sich in die Ecke, ließ das

Wasser auf sich und die Wäschestücke prasseln und wartete, bis es nur noch kalt aus der Leitung kam.

Über ihre Tränen wunderte sie sich nun nicht mehr. Der Monat drohte zu einem Desaster zu werden. Wenn er nicht schon eines war. Schwangerschaftsübelkeit, die sie von früher nicht kannte, stand dabei auf dem ersten Platz, dass sie Ramon von ihrem Zustand noch nichts gesagt hatte, auf Platz zwei, es folgte die Situation mit ihrer Mutter, der vielleicht überhastete Umzug, ihr Benehmen gegenüber Miguel und dem neuen Job und die Vernachlässigung ihrer Jungs. Jetzt noch die erklärungswürdige Platzwunde auf ihrer Stirn und die sicher bald nicht mehr zu verheimlichenden Speiattacken.

So würde Ramon schnell die Lust an ihr verlieren, denn sexy oder begehrenswert war sie dann bald sicher nicht mehr. Sie musste nicht an der Universität vorbeifahren, um zu wissen, dass es dort jüngere und allein schon deswegen attraktivere *guapas* gab als sie, und dann säße sie ganz schnell hier in diesem Urlaubscamp fest. Vielleicht noch zur Freude ihrer Söhne, aber im Prinzip am Arsch der Welt. Mit einem Arbeitsplatz, der sich meist um Schlägereien und Besoffene zu kümmern hatte. Mein Gott, was hatte sie nur in den letzten Wochen geritten? Statt sich zu befreien, hatte sie ein neues Kapitel voller Halbwahrheiten und weiterer Selbstbetrügereien in ihrem Leben aufgemacht.

Mit den Fingern strich sie sich das Wasser vom Körper, ging noch etwas tropfend zur Küchenzeile und nahm sich dort das Geschirrtuch, mit dem sie sich abtrocknete. Dann wrang sie die Kleidungsstücke aus und hängte sie über die Brüstung des Balkons ihres Zimmers. In ein, zwei Stunden spätestens würde die Sonne dort scheinen und die Sachen trocknen können. Sie kehrte ins Bad zurück und schaute sich die Wunde auf der Stirn an. Direkt unterhalb des Haaransatzes klaffte eine gut zwei Zentimeter lange Wunde. In ihrer Tasche fand sie ein Pflaster, klebte es auf und sinnierte doch wieder über die nächste Halbwahrheit und Ausrede. Sie war beim Saubermachen gegen die Türkante gestoßen, würde sie behaupten und sagte sich den Satz schon selbst vor: *So ein Mist! Ich wollte mich umdrehen, um den Boden hinter mir sauber zu machen, und hab' die offen stehende Tür übersehen. Tut aber nicht weh.* Sie strich über das Pflaster und nickte sich im Spiegel zu. Ja. Genau so würde sie es ihm sagen. Das mit dem Baby musste einen weiteren Tag warten. Sie zog sich frische Wäsche an und fing an, die Wohnung zu putzen.

27. September, 13 Uhr 10

Miguel legte das Handy wieder zurück auf den Schreibtisch. Andreu war dran gewesen. Er würde später kommen. Sie hatten in einer Werkstatt begonnen den Wagen auseinanderzunehmen. Einer der Polizisten, der sonst am Flughafen arbeitete, meinte, vielleicht wäre in unzugänglicheren Hohlräumen noch etwas versteckt. Es war ein weiterer Volltreffer, wie sich herausstellen sollte. Andreu war vollkommen aufgedreht. Fünf Kilo hatten sie bislang gefunden. Wert bis zu einer halben Million.

„Das macht die ganzen bescheuerten Handys zur Nebensache, sag ich dir. Stell dir vor, wir finden jetzt noch mehr ..."

„Vielleicht wollten sie die Handys gar nicht so verkaufen, sondern mit einer Füllung von dem Zeugs. Statt Akku ein Beutel Rauschgift", erwiderte Sanchez Olivero. „Ich schätze, Kokain für 1000 Euro, also zehn, elf Gramm, bekommst du sicher auf diese Art unter. Den fehlenden Akku kaufst du dann in einem dieser Second-handläden. – Wenn du den nach dem Kiffen überhaupt noch brauchst."

Sein Lachen klang nicht belustigt.

„Viel schlimmer. Das Handy wird in einem der Läden verkauft, nachdem die Beutelchen rausgenommen worden sind und wieder durch Akkus ersetzt wurden. Ganz falsch liegst du also nicht."

„... und irgendwann geb' ich der Polizei einen Tipp und werde so lästige Konkurrenz in meinem Vertriebssystem los. – Liegt so ein Fall schon vor? Weißt du schon was?"

„Nein. Aber in den letzten Wochen haben drei Läden zugemacht und jeder dachte, wegen des Virus."

„Dem müssen wir dann wohl mal nachgehen." Miguel schnaufte.

„Deshalb komme ich später."

„Dann gehe ich jetzt einen Kaffee trinken und sinniere darüber, wie ich anschließend Pelleter Bericht erstatte."

„Das mach mal. Wenn ich was Neues weiß, melde ich mich bei dir. – Wie sieht es in Cala Bona aus?"

„Da stellen sie gerade auch das Haus auf den Kopf. Fast hätte es eine Schießerei gegeben. – Ich habe allerdings den Verdacht, dass in Cala Bona nur eine zweite Garde am Werk war."

„Von unseren Leuten?"

„Nein. Von den anderen. Ich will nichts gegen Ruben sagen, aber es ging dann doch ziemlich reibungslos."

„So wie bei dir. – Soll ich dank Vicenç sagen?"

Andreus Lachen klang provozierend.

„Oh! *¡Gracias por las flores!* Danke für die Blumen", stellte Sanchez Olivero trocken fest.

~~~

Sie hatten ihre Taktik geändert. Jetzt saß ein auffallend hübsches Mädchen statt des Mannes rechts vorne an der Brücke auf einem Kissen und an das Geländer gelehnt. Dunkle, lange und glänzende Haare. Ihr Gesicht mit dunklem Teint und buschigen, aber gepflegten Augenbrauen. Sie war sicher noch keine achtzehn. Mit gesenktem Kopf schaute sie sich schüchtern um. Ihr langer, blau-weiß gestreifter Rock mit Schlitz war provokativ zwischen die Beine gerutscht und hatte eines ihrer schönen Beine freigelegt. Genau vor diesem stand eine kleine weiße Schachtel, in der vielleicht einmal ein Handy gewesen war und nun ein paar Münzen lagen.

Sofort änderte Miguel ein wenig seine Richtung, ging ein paar Schritte zur Seite und zog, von den Säulen-Zypressen verdeckt, seine Geldbörse heraus. Schielte währenddessen genau auf das Bein und zog aus der Börse erst einen Fünfeuro-, dann einen Zehneuroschein. Ansprechen brauchte er sie nicht. Sie war hübsch genug, wahrscheinlich die Tochter des Bettlers von gestern und der wusste, sie würde an einem solchen Platz mehr Geld eintreiben. Vor allem, wenn sie genau den Mut hätte, Bein zu zeigen. Miguel wusste allerdings auch sofort, dass weder ihr mutmaßlicher Vater noch sie, noch die anderen, die in der Nähe ihre Plastikbecher oder Pappschachteln den Passanten entgegenstreckten, irgendwo gearbeitet hatten, sondern von Schleusern dazu verdammt worden waren, auf diese Weise Geld einzutreiben, um ihre angeblichen Schulden zu begleichen. Er legte den Schein hinein. Das Mädchen zuckte nur kurz mit den Augenlidern, schaute mit einem schwachen Lächeln hoch und wieder an ihm vorbei. Miguel lächelte zurück und ging weiter.

Nach einem Meter, vielleicht auch zwei, hatte er das Mädchen bereits vergessen, denn Gabrielas schwingender Zopf war auf dem Weg nach innen. Gerade hatte sie wohl einen Tisch abgeräumt. Er blieb, noch mitten auf der Brücke, stehen und schaute ein paar Sekunden in das trübe Rinnsal des breiten *torrente*. Dann auf die hohe moderne Häuserfront, deren schiebbare Fensterläden für Schatten sorgten, und die, statt der alten Stadtmauer, den Blick auf die Altstadt verstellte. Fünf Minuten später saß er, eine Tasse Kaffee vor sich, in der Ecke und hatte für zwei, drei Sekunden ihre Hand auf dem Oberschenkel, bis irgendeiner wieder despektierlich *pichoncita*, Täubchen, rief, weil nichts in dessen Leben schnell genug ging. Auch das Zahlen nicht.

Gabriela kam wieder zurück und setzte sich neben ihn, verschränkte ihre Arme und beobachtete den trotz allem noch nicht zurückgekehrten Trubel alter Zeiten. Das Virus hinterließ überall seine Spuren.

„Zurzeit bekomm ich das mühelos alleine hin“, erklärte sie die Situation und zeigte auf die Tische, „das wird auch noch 'ne Weile so bleiben. Da machen sich ein paar vollkommen falsche Gedanken. Die trinken alle nur 'nen Kaffee und das war's. Immer bloß schnell weg. Könnt ja was im Essen sein, was Durchfall macht. Crêpe hab' ich heute nämlich noch nicht eine gemacht. – Willst du? Ich spendier' dir eine.“
Schon war sie aufgestanden. Ihr Zopf pendelte wie ihr Po und Miguel musste grinsen.

„Was hast du heute noch vor?“, rief sie, hinter der Theke stehend, ihm zu und er zog die Brauen hoch.

„Nachher geh ich zu meinem Chef, einen aktuellen Fall durchsprechen. Das kann – je nachdem – länger dauern ... deshalb dachte ich ... ich geh vorher ...“

„Gut gemacht … *mi corazoncito* … man muss die Gedanken und das, was man sagen will, ja vorher sortieren. Toni kann da nicht helfen, der quasselt dir nur die Ohren voll. So hast du wenigstens ein bisschen was von mir und deine Ruhe." Ihr Lachen klang wie ein drolliges Knarren. Belustigt über sich selbst schüttelte sie den Kopf, der Zopf flog hin und her, und sie hantierte gekonnt mit dem hölzernen Teigverteiler. „… mit der ist es aber gleich wieder vorbei. Und ich weiß ab morgen, warum du nicht mehr zu mir kommst."

Mit zwei Tellern kam sie wieder an den Tisch zurück und setzte sich neben ihn, gab ihm einen Kuss – viel zu nah am Mund – sagte: *Ist eine nur mit Zucker, damit du heute auch was Süßes bekommst* – und verteilte das Besteck. Mit dem ersten Bissen fing sie dann auch an:

„Weißt du … das mit meinem ersten Mann war scheiße. Okay, kann passieren. Ist nicht weiter schlimm. Keine Kinder oder so. Aber Luis und ich hatten eigentlich eine gute Zeit. Wenn auch nur fast sechs Jahre. Doch euch Männer treffen die Nachteile des Alters nicht. Guck dir die vielen alten Säcke an, die junge und hübsche Hüpfer abbekommen haben. Mit glatter Haut, schlanken Beinen bis zu den Ohren und ohne Spuren von Leben im Gesicht. Es kann unmöglich immer nur das Geld sein. Und dann guck mich an. Noch bin ich zweiunddreißig. Aber hier schon ein Fältchen, da ein Polster. Morgens hab' ich Ringe unter den Augen. Und manchmal keine Lust. Zu oft für einen Kerl, der nicht weiß, wohin mit seiner Energie. Luis ist kein schöner Mann – behaupte ich – sieht aber auf seine Art jugendlich verwegen aus. Ist einfach ein interessanter Typ – gewesen. Könnte auch ein Abenteurer sein und Geschichten erzählen. Das fand ich an ihm klasse. Vielleicht hat er so auch seine Neue kennengelernt. Aminata. Klingt natürlich besser als Gabriela. Und wie gesagt, der Hintern von der ist unglaublich. Klein, knackig, genial geformt. Scheiße! Hab' ich nicht. Dafür Dellen. Und er arbeitet an der richtigen Stelle. In der Verwaltung der Schulbehörde. *¡Vaya!* Das Leben ist nicht nur ein Liebesroman oder Krimi. Es ist kompliziert. Ziemlich sehr sogar. Da ist es nicht leicht den Überblick zu behalten. Guckst du nach links, verpasst du vielleicht was Wichtiges auf der rechten Seite. Und schon ist dein Leben umgekrempelt. Von einer Sekunde auf die andere. Ist nicht immer geplant. Denn an Silvester futter ich um Mitternacht zwölf Weintrauben, weil es Glück bringen soll, und hab rote Unterwäsche an. Nix hat es gebracht. Jetzt hab' ich wieder ganz billige an. Interessiert ja keinen mehr. Oder? Jetzt heißt's wieder auf Suche gehen. Und was ist die Gefahr dabei? Ich guck auf die Uhr und seh', wie schnell die Zeit vergeht. Peng! Ist wieder ein Jahr vergangen und hab' immer noch keinen abbekommen. Für einen Mann ist das nichts. Ihr findet noch mit achtzig eine, die euch – wenn nötig – im Rollstuhl durch die Gegend schiebt. Ihr habt jemanden und sie ist nicht allein. Mutterinstinkt oder so ähnlich. Damit bin ich bei dem Spiel wieder auf Anfang zurück und Luis schon in der nächsten Runde. Ich glaub', es ist seine siebte. *¡Hombre!*"

Gabriela stand auf, nahm die Teller und Tassen, ging hinter die Theke, stellte alles ab, kam wieder am Ende der Theke zum Vorschein, zupfte einen Zettel aus der Kasse, stand im nächsten Augenblick neben einem der Tische draußen unter der Markise, lächelte das Pärchen brav an, versenkte das Geld in der Geldbörse, kurvte wieder um das Eck der Theke, öffnete eine Schublade, füllte wohl zwei Gläser, kam zu ihm, stellte sie vor ihm ab und saß wieder neben Miguel, der leise lachend den Kopf schüttelte und sich über den Kopf strich. Er hatte mitgezählt. Eine Minute und neunundvierzig Sekunden Ruhe. Er drehte den Kopf und Gabriela nahm ihn zwischen die Hände und gab ihm wieder einen Kuss.

„Ich bin wirklich zu blöd. Immer quatsche ich dich voll. Dabei wolltest du deine Ruhe haben. Tut mir wirklich leid …" Ein weiterer Kuss landete auf seinen Lippen, dann nahm sie die beiden Gläser, gab ihm eines und meinte: „*Hierbas.* Soll gut für die Verdauung sein. Hilft vielleicht auch bei meinem Geschwätz. Das musst du ja auch erst mal verdauen. Ich hoffe, ich seh' dich irgendwann mal wieder. Dann massiere ich dir nur deinen verspannten Nacken. Ohne ein Wort. Versprochen! Ehrlich!"

27. September, 15 Uhr 45

Nach einer knappen halben Stunde hatte er das Wichtigste berichtet. Aber bereits nach einer Viertelstunde schnaubte Pelleter nahezu jede Minute, schüttelte den Kopf, tippte sich fassungslos an die Stirn oder klopfte mit einem Seufzer mit der flachen Hand auf seinen Schreibtisch. Natürlich, vor allem, wenn Miguel Vicenç ins Spiel brachte. Unterschlagen wollte er sein erfolgreiches Mitwirken keinesfalls. Als er fertig war, sah Pelleter ihn an. Sein Blick sprach Bände.

„Sie wissen, was Ihnen droht, wenn ich das nach oben so weitergeben müsste?"

Miguel Sanchez Olivero nickte.

„Aber trotzdem gute Arbeit. Und ich sage Ihnen, Miguel, die Kombi aus euren Aussagen wird die Lösung sein. Hat Ricardo schon etwas berichten können?"

„Sie meinen wegen Marratxi? Leider nein. Aber er ist dabei. Sie haben den Boden der Halle in Quadrate aufgeteilt und aus denen jeweils den Staub zusammengefegt. Er geht auch davon aus, dass das Rauschgift umgepackt werden sollte. Allerdings haben wir weder im Renault noch in Cala Bona oder dem BMW bislang passendes Material gefunden. – Wenn jedoch in Marratxi etwas gefunden werden würde …"

„… dann wäre das schon ein Schritt in diese Richtung", unterbrach ihn Pelleter und schaute an die Decke. „Was macht – wie heißt er? – Juan Jaider Santos Donez? – dieser Kolumbianer – an der Playa de Palma? Nur wohnen? Okay, vielleicht ist er der Chef, dann kann er es sich leisten. Aber in diesem Zusammenhang kommt mir das komisch vor. Playa de Palma im Westen, Marratxi mitten in der Insel, Cala Bona an der Ostküste. Und Marratxi war eine Halle."

„Sie denken an eine Sammelstelle."
Pelleter kämmte sich durch die Haare, nickte und Sanchez Olivero wendete ein:

„Aber das gefundene Zeugs fanden wir bislang nur in Pkws und nicht in einem Laster."

„Das eine schließt das andere nicht aus. Vielleicht kurvt ein solcher noch über die Insel. Oder steht in der Nähe der drei Orte. Wird schwierig werden, den zu finden. Einsame Lieferwagen stehen zurzeit eine ganze Menge auf der Insel herum."

„Der sollte ja dann in der Nähe – zum Beispiel von der Halle – zu finden sein. Außer es gäbe noch einen vierten oder fünften Ort. Solange Ricardo nach Spuren sucht, könnten wir mit ein paar Männern …"

„An was für einen Radius denken Sie?" Pelleter kämmte sich wieder durch die Haare: „In Marratxi wird er wahrscheinlich auf dem Parkplatz stehen. Wenn … Da wurde umgeladen. In Cala Bona in einer der Nebenstraßen, um das Zeugs schnell unterzubringen. Ich befürchte, an der Playa wird es schon schwieriger. Vielleicht tatsächlich noch in der Straße, in der auch der BMW stand. Wenn der Junge recht hatte mit dem Hotel und den möglichen Fluchtwegen, sollte der Lieferwagen ... was suchen wir überhaupt? ... ich denke, es wird tatsächlich eher ein kleiner Kastenwagen sein. Ohne Fenster."

„Ich rufe unseren jungen Polizisten – Ruben – an, der soll sich mit zwei Männern von der *Policía Local* umschauen. Ricardo ist noch in Marratxi und ich versuch mein Glück an der Playa. Mit Ihrer Erlaubnis nehme ich unseren Praktikanten noch mal mit."
Pelleter kämmte sich zum dritten Mal durch die Haare, schnaubte und schaute Miguel an. Dann nickte er.

27. September, 15 Uhr 55

„Jesus Angel Organza Acosta." Sanchez Olivero nannte einfach den Namen, anstatt Eduardo zu begrüßen. Er hoffte, eine verwertbare Antwort zu erhalten.

„Abschaum", erwiderte der postwendend und genauso knapp, aber so, wie Miguel es hoffte. Für einen Moment war alles gesagt. Dann meinte Eduardo:

„Hast keine schlechte Arbeit gemacht. Gratuliere! Der Typ ist allerdings nur aus dem starken Mittelbau der Organisation. Die nennt sich selbst *teso,* starker Mann. Der Chef sitzt in Medellín und hat einige Europäer, Afrikaner und Turcos um sich geschart. Letztere stammen aus Kolumbien, sind aber Nachfahren der Osmanen, die dorthin geflüchtet sind. Haben bei uns in der Regel keinen guten Ruf. Wie die Schwarzen bei euch oder in den USA. Dieser Jesus ist selbst Mulatte. Deshalb die dunkle Hautfarbe, weswegen ihr vielleicht dachtet, er käme aus Nordafrika, und weshalb er weiß, was es heißt, der Arsch zu sein. Sie sind international unterwegs. Überall dort, wo man mit Flüchtlingen Geschäfte machen kann ...“

„... die für diese ... Organisation ... arbeiten sollen?!“

„Genau! Unter Druck gesetzt und auf vielfältige Weise abhängig gemacht.“

„Drogen, Erpressung. Misshandlung, Prostitution.“

„Warum rufst du an? Du weißt doch schon alles.“

„Du weißt noch mehr“, behauptete Miguel.

„Ja, dass ihr auch Juan Jaider Santos Donez eingebuchtet habt ...“ Plötzlich dröhnte wieder Eduardos typisch knallendes Lachen durch den Hörer. „... der wird ihnen wehtun. Der war für mehr gedacht. Hat wohl gemeint, das Virus hätte euch genügend dezimiert und er könnte in Ruhe arbeiten. – Sollte Stellvertreter der Organisation in Spanien werden und war für Geldwäsche zuständig. *Teso* hat ein paar Läden auf der Insel, die sie größtenteils mit Hehlerware betreiben ...“

„... du weißt wieder alles so genau, dass ich mich manchmal frage, warum du nicht von dir aus bei uns anrufst und alles vorher sagst“, unterbrach ihn Sanchez Olivero. Und Eduardo lachte wieder.

„Ich beantworte generell nur Fragen. – Und zwar deine. Wenn du sie also richtig stellst, kannst du viel erfahren. Aber ich verstehe dich, du kannst ja jetzt nicht schon wissen, was du nächste Woche von mir wissen willst.“

„Du könntest mir solche Sachen *vorher* sagen, meinte ich, dann könnten wir solche Läden dichtmachen.“

„Was habt ihr davon? Dann wird der Mist anders vertrieben und ihr kommt nicht an die Lieferanten, Mittelsmänner oder solche Dummköpfe heran. Einige Abteilungen in eurem Haus leben davon, solche Firmen laufen zu lassen. – Frag mich, wie das Wetter wird, und ich sage dir, ab dem Wochenende ist Schluss mit der Wärme. Der nächste Regen kommt, dann kannst du dich nicht mehr nachts an die Strände schleichen. – Oder wie der Präsident von Kolumbien heißt und ich sage dir: Iván Duque Márquez. – Dann erzähle ich dir seine Geschichte. – Die ist nicht hasenrein. – Allein seine Vita hat er zum Teil aus Lügen zusammengesetzt, und dass er den Friedensvertrag mit der FARC kritisiert, ist auch so ein Ding. Ich sag dir, der will wie Uribe, einer seiner Vorgänger, bei den ganzen Geschäften mitmischen. – Das endet in Krawall."

„Das heißt", Miguel kam wieder auf sein Problem zurück, „sie beklauen nicht nur Touristen, Discobesucher und ein paar Läden, sondern verschieben auf diese Weise noch Ware untereinander. Laden eins zeigt einen Ladendiebstahl an. Laden zwei verkloppt das angeblich gestohlene Teil. – Das fällt spätestens nach dem zweiten oder dritten Mal auf."

„Nicht, wenn du einen Laden in der Nähe der touristischen Hotspots hast. Dort ist Ladendiebstahl allwöchentlich. – Ich gebe zu, zurzeit haben sie alle Schwierigkeiten. Nach dem Virus läuft alles nur schleppend an. Die Touris bleiben aus. Es wird noch Jahre dauern, bis alles wieder normal läuft. Also greifen sie zu neuen Mitteln. Aber die wenigen Touris, die kommen, haben die Unverschämtheit, sich zu wehren. Gottlob auch die Frauen und die haben immer öfter Erfolg damit."

„*Teso*, der starke Mann, hat noch mehr Leute auf der Insel ..." Sanchez Olivero ließ die Aussage unvollendet.

„Ja." Wieder gab es nur eine knappe Antwort von Eduardo.

„Haben wir den Kopf der Truppe?"

„Nun ... sie haben ... werden sich neu aufstellen müssen. Santos Donez ist so schnell nicht ersetzbar. Er hat auch dafür gesorgt, genug Migranten für den dreckigen Teil des Geschäftes anzuheuern. Also für die Diebstähle vor Discos, Supermärkten oder am Strand. Viele von denen haben ein Scheißleben hinter sich – das weißt du nur zu genau – und mussten lernen, sich mit Schummeln, Lügen und Stehlen durchzuschlagen. Wiederum einige von denen wissen, wie man das unauffällig macht. Die hat er unter seine Fittiche geholt und abhängig gemacht. Im Grunde genommen sind das aber alles arme Schweine und meist liebe und sich kümmernde Familienväter. Trotz des ganzen Mists unbescholten. – Doch leider kommen immer mehr … vielmehr, die Situation erlaubt denen, ihr Personal billig aufzustocken."

„Du meinst, mit einer Knarre am Kopf."

„So in etwa. Ihr seid ja damit beschäftigt, diese Übeltäter aufzuspüren und wieder zurückzufliegen."

„Du weißt noch mehr", stellte Sanchez Olivero fest und Eduardo lachte dieses Mal leise.

„In Kolumbien habt ihr keine polizeilichen Möglichkeiten – leider."

„Gib mir einen Namen. Einen Anhaltspunkt. Dann können wir den Rest etwas schneller erledigen, bevor das Ausmaß zu groß wird. Wir alle brauchen einen störungsfreien Tourismus. Sonst können wir die Insel dichtmachen. Mallorca ist nicht *Son Banya*. Und ich behaupte, es geht hier nicht nur um Handys, sondern Rauschgift und neue Vertriebswege. Gerade weil sich die ganzen Rahmenbedingungen geändert haben."

Eduardo lachte nicht mehr und zögerte. Dann:

„Eine Garage in der *Germà Bianor*. – Das muss reichen. Das verschafft euch Luft. – So viel mehr weiß ich tatsächlich auch nicht."

„Ich will gar nicht wissen, woher du das alles weißt und wie die Verbindungen sind. – Das klingt für mich gefährlich durchschaubar und offensichtlich."

Eduardo holte tief Luft und seufzte. Sanchez Olivero sah ihn vor sich, wie er über seine Aussage, die Eduardo auch als Verdacht gegenüber ihm verstehen konnte, nachdachte. Vielleicht sogar überlegte, nun doch aufzulegen, dann aber an die Decke schaute und von dort zu dem Bild an der Wand, gemalt von Joan Raset, gegenüber dem schweren Sofa, auf dem er gewöhnlich saß, und das Valentina, Eduardos Frau, als junge dunkelhaarige Schönheit in einem dünnen gelben, lässig angezogenen Kleid auf einem Korbstuhl darstellte. Sie sah zufrieden sinnierend, umgeben von Blumenbouquets auf einem Tisch mit zwei Kaffeetassen, hinaus aus dem Fenster auf die Landschaft davor.

„Das, was du für durchschaubar und offensichtlich hältst, ist die Tarnung für das Verwirrende dahinter. Der Köder für euch. Das Geflecht im Hintergrund ist so kompliziert – ich will euch nicht zu nahetreten –, dass ihr es nicht durchschauen könnt. Selbst ich schaffe es nicht. Ich würde behaupten, die selbst blicken nicht immer durch und gefährden dadurch ihre eigenen Organisationen und den Frieden, der viele Jahre lang zwischen denen geherrscht hatte. Rate mal, warum dein *Son Banya* sich so hartnäckig am Leben hält. Seit Jahren reißt ihr es schon ab und es ist immer noch da. Und wenn ihr es dann einmal tatsächlich oder das nächste Viertel zur Seite geräumt habt, tauchen die Figuren woanders noch stärker wieder auf. – *La Soledad, Son Oliva, Rafal Vell* und auch in Magaluf. – Soll ich noch mehr Brennpunkte nennen?"

„Du hast *Tolo Cursach* nicht genannt. Den hauseigenen Paten von Mallorca …", seufzte nun Miguel.

„Einer der größten Trickser, die ich kenne. Egal, was ihr vorhabt, ihm tatsächlich etwas nachzuweisen, wird schwer. Der besticht nicht nur erfolgreich Politiker, Polizei und Behörden, sondern nimmt auch mich auf den Arm. – Und ich habe Branchenerfahrung.“

„Keine Sorge. Der ist mir eine Nummer zu groß“, lachte Miguel zurück, „der Ermittlungsrichter hat schon genug mit ihm zu tun und ich befürchte, er wird sich die Zähne an ihm ausbeißen. Seit letztem Jahr ist er ja schon wieder auf freiem Fuß ...“

„... und die Million Euro Kaution hat er auch zurückbekommen. Feiner Zug, bei so vielen Vorwürfen. – Aber es steht mir fern, dazu etwas zu sagen. Solange die hohen Herren, mit denen er intensive Gespräche geführt hat, nichts zu diesen Vorwürfen – auch denen gegen sie selbst – etwas sagen, bleibt er nun mal ein freier Mann und Nutznießer der Szene. Und damit denke ich an die hiesigen politischen Umstände“, meinte Eduardo und es klang, als würde er diese bejammern.

„Diese gibt es leider überall auf der Welt. Du weißt, wir hatten schon einen Bürgermeister, der es liebte, junge Mädchen nicht nur zu missbrauchen, sondern währenddessen – und würde es ihr Leben kosten – zu quälen.“

„Wenn ich bei eurer Aktion damals dabei gewesen wäre, hätte ich das Arschloch mit Genuss über den Haufen geschossen.“

27. September, 20 Uhr 20

Eine Garage in der *Germà Bianor.* Es gab ein halbes Dutzend. Ein paar mit Lamellentüren. Er würde warten, bis es richtig dunkel wäre, und versuchen, durch diese mit

seinem Handy Bilder zu machen. Sanchez Olivero erhoffte sich dadurch ein erfolgreiches Ausschlussverfah-
ren. Dann schaute er auf die Uhr und überlegte, wie er
die nächste Stunde verbringen könnte. Die neue Wohnung von Inés war in der Nähe. Neugierig wie er war,
wollte er wissen, wo sie hinziehen würde. Er kehrte zu
seinem Wagen zurück, fuhr durch die *Germà Bianor* zur
Diego Zarforteza und schmunzelte. Alle Straßen hatten
irgendwie mit seinem Leben zu tun. Jetzt Diego.

Keine fünf Minuten später stand er in der *Carrer del
Sargàs.* Er schaute auf den von dieser Seite nüchtern
wirkenden Block. Dritter Stock. In dem Zimmer mit
dem kleinen Balkon brannte Licht. Sie war zumindest
zu Hause. Er stellte den Wagen gute hundert Meter entfernt am Straßenrand ab und stieg aus. Das Haus war
von einem hohen Zaun umgeben und der Zugang mit
einem Code-Schloss gesichert. Er schaute sich um und
ging zur *Neopàtria* vor. Dort verwehrte ein anderer
Wohnblock die Sicht. In der *d'Acaia* hatte er Glück.
Nach einigen Metern, zwischen Bäumen, Sträuchern
und weiteren Gebäuden hindurch, konnte er wieder auf
das Gebäude sehen.

Mittlerweile war es schon dunkler geworden. Auch
auf dieser Seite war das Licht in ihrer Wohnung ange-
schaltet. Er glaubte Schatten oder Gestalten zu erkennen und ärgerte sich. Ein Fernglas hatte er nicht dabei.
Wie ein Voyeur hätte er sonst von hier aus *zuschauen*
können. Er blieb eine Weile stehen und schaute sich
um, für die nächsten Sekunden war er allein und er bil-
dete sich ein, seine Augen würden alles, was sich dort
ungefähr fünfzig Meter vor ihm abspielte, heranzoo-
men. So glaubte er wirbelnde Arme zu sehen und wie
eine der Gestalten, er meinte Inés zu erkennen, sich von
der anderen wegdrehte. Plötzlich stand diese auf dem
Balkon und sah in seine Richtung. Automatisch machte

er einen Schritt zur Seite und duckte sich hinter einem Busch. Es war Inés.

Wieder sah er sich um. Von der anderen Seite kam ein Mann auf ihn zu. Noch gute dreißig Meter entfernt. Miguel tat, als schließe er Schnürsenkel. Stand auf. Ging auf den Mann zu und dieser öffnete eine stählerne Tür zu den Grundstücken. Miguel machte zwei, drei schnelle Schritte und schlüpfte mit ihm hindurch.

„Das ist ja ein netter Zufall", meinte er und bedankte sich, „ich wollte gerade klingeln."
Der Mann schaute mit gerunzelter Stirn zweifelnd an ihn herunter.

„Zu wem möchten Sie denn?"

„3a B, dritter Stock, Apartment B", log Miguel. Doch der ältere Herr nickte und meinte lediglich:

„Ah, zu Señora Garcia. Eine Verwandte?"
Señora. Die Dame musste also älter sein.

„Ja. Eine Tante. Ich bin zufällig in der Nähe. Ich komme so selten nach Palma. Aber jetzt dachte ich, ich besuche sie endlich einmal."

„Da wird sie sich freuen. Es kommt so selten jemand zu ihr, seit man ihr das Bein hat abnehmen müssen. Diabetes ist einfach eine blöde Krankheit. – Sind Sie der Neffe? Dann hat sie von Ihnen mal erzählt. Sie kommen aus Inca, stimmt's? – Ich sollte auch mal wieder bei ihr vorbeischauen. Aber Sie wissen ja … Sagen Sie ihr einen Gruß von mir. Vom alten Alvarez. Dann weiß sie schon Bescheid. – Sie wissen ja, vorne links. Einen feinen Abend dann noch" – und der alte Alvarez bog einen Eingang vorher ab. Miguel atmete auf und ging langsam den Weg weiter. Auf den Balkonen links von ihm war niemand. So ging er unbeobachtet weiter. Auf einem der Balkone hing ein elektrischer Insektenkiller. Alle Augenblicke krachte es von dort und ein Falter oder eine Fliege verbrannte an den Stäben. Miguel grinste. Gegen Mücken war das Ding wirkungslos.

Am Ende des Gebäudes, dessen untere Terrassen durch eine höhere Mauer vor Blicken geschützt waren, war ein kleiner Sandplatz mit ein paar Spielgeräten. Direkt unter ihrem Balkon. Der nun höchstens zehn oder fünfzehn Meter entfernt. Inzwischen war es ziemlich dunkel und ein Baum erschwerte trotz der spärlichen grünen Blätter den Blick auf Inés' Stockwerk. Durch das Geäst konnte er trotzdem eine Person auf ihm ausmachen. Inés. Er erkannte ihre Stimme. Sie sprach leise und klang etwas erbost. Nun gesellte sich eine männliche dazu. Ramon. Ruhig und gelassen klang er. Mit einem jugendlich wirkenden Tonfall.

„Die Jungs bauen ihre Regale selbst auf. Haben sie versprochen. Und die Faltschränke werden sicher in nächster Zeit erst einmal reichen. Ich werde den Hausmeister an der Uni mal fragen, ob er zwei alte Stühle und Tische hat. Die könnten sie ja dann als Schreibtische benutzen. Irgendwann geht die Schule sicher wieder los und dann können sie Hausaufgaben machen. Ich glaube, die sind fürs Erste glücklich, hier zu sein. Den Rest besorgen wir nach Möglichkeit. Mach dir also keinen Kopf."

Miguel sah, wie Ramon sich zu ihr beugte und sie in den Arm nahm. Dann zu sich drehte und sie küsste. Sie schien zu seufzen.

„Es ist nur ... nun ... es kommt gerade so viel zusammen. – Das überfällt mich plötzlich. Irgendwie. Vielleicht bin ich deshalb so komisch. Auf jeden Fall stehen wir ab heute unter Beobachtung", hörte Miguel sie antworten, „und ich weiß nicht, ob du ..."

„... darüber mach dir mal keine Gedanken." Ramon lachte leise. „Dafür haben wir im Notfall noch mein Zimmer – wenn du magst."

„Es könnte sein, dass ich heute Nacht ..."

Den Rest konnte sich Miguel denken. Ihre Stimme hatte nämlich mit einem Mal etwas Anzügliches erhalten. Etwas, was er so bei ihr noch nicht gehört hatte. Er schüttelte den Kopf, stand auf und ging langsam im Schatten des Baumes zum Weg zurück. Er hoffte, die inzwischen vorhandene Dunkelheit machte ihn noch unsichtbarer. Vorne am Tor angekommen, wollte er dieses leise schließen, doch es rutschte ihm aus der Hand und es schlug deshalb knallend zu. Kurz zuckte er zusammen, ging aber dann zu seinem Wagen zurück.

27. September, 20 Uhr 40

Sie hörte das Tor drüben zuschlagen und sah dahinter jemanden nach rechts davongehen. Ihr war, als hätte sie zuvor schon jemanden unten gesehen. Irgendetwas hatte von dort reflektiert. Im ersten Moment war es ihr nicht komisch vorgekommen und sie dachte an jemanden, der mit seinem Kind spielte, oder an Jugendliche aus den Appartements hier, die für sich sein wollten. Die meisten dieser Wohnungen waren nicht groß genug, um sich zurückziehen zu können. Sie gehörten Residenten oder wohlhabenderen Familien, die hier ihr Wochenende verbrachten, beziehungsweise leitenden Angestellten der Hotels. Nun war dort unten niemand mehr.

Inés küsste Ramons Wange, legte einen Arm um ihn und drehte sich wieder zur Meerseite. Durch den schmalen Korridor der Gebäude und der Grünanlagen der Hotels konnte sie ein Stück des im Nachtlicht glitzernden Meers sehen. Sie wollte so lange warten, bis derjenige vielleicht das kurze Stück an der Ecke zur *Neopàtria* zu sehen war. Aus irgendeinem Grund dachte sie trotzdem, Miguels Nähe zu spüren, und glaubte ihn nun gleich im Schein der Straßenlampen zu sehen. Tatsächlich tauchte dort hinter den Bäumen eine Gestalt auf, doch die Entfernung war zu groß. Aber die Bewegung, der Gang und die Haltung, es konnte niemand anderes sein. Miguel. Ramon umarmte sie von hinten und seine Hände streichelten ihren Bauch unter dem Shirt. Verwirrt schaute sie dem Mann nach, der nur kurz zwischen Büschen und Bäumen und dem Haus zwischen ihr und dem Hotel gegenüber zu sehen war, und wischte sich mit der freien Hand über die Stirn. Sie sah zu Ramon hoch. Wahrscheinlich wunderte er sich über ihren Blick. Daher meinte sie nur:

„Ja. Das ist eine gute Idee. Vielleicht nicht heute. Aber morgen könnte ich dich abholen. Und auf dem Weg hierher ... Heute Nacht werde ich leise dabei sein müssen. – Meinte ich." Sie versuchte zu lächeln.
Prompt stand Rafael neben ihr und sah über die Brüstung nach unten.

„Warum willst du heute Nacht leise sein?", fragte er und sein Ton zeigte nur Neugier und nicht, dass er etwas ahnte. Inés hielt die Luft an, sah wieder zu Ramon und meinte, ohne ihren Blick von ihm abzuwenden:

„Vielleicht ist die Wohnung etwas hellhörig. Und ihr seid sicher müde. Also werden wir uns leise unterhalten müssen, oder?"

„Quatsch!", erwiderte Rafael, „die Wohnung ist geil. Ich hab' 'n eigenes Zimmer. Hätte nie gedacht, dass das mal wahr wird. – Und wenn ich mal auf deinen Balkon will, kann ich ja klopfen. – Darf ich ein paar Poster aufhängen? – ¡Hombre! Wenn das Oma mal sieht. Echt der Wahnsinn!"
Rafael grinste sie an und stupste in ihre Seite. Dann verschwand er wieder nach innen. Inés schluckte und

klimperte mit den Augen, weil sich eine Träne auf den Weg machen wollte.

„Ich werde leise sein", sagte sie nur und sah in die Richtung, in die Miguel verschwunden war. Wenn es sich einmal ergeben würde – vielleicht, wenn sie den Esstisch oder andere schwere Möbel kauften und seine Hilfe bräuchten – würde sie ihn fragen, ob sie sich es nur eingebildet hatte. Sie sog die Lippen ein und schüttelte unmerklich den Kopf. Sie würde leise sein heute Nacht und dabei nicht an Miguel denken wollen. Und plötzlich wollte sie, dass es wehtat, und sie wusste, warum sie heulte, als endgültiger Schlussstrich. Sie strich sich über den Bauch und schüttelte wieder den Kopf.

„Ich versuch uns mal etwas zu essen zu machen", meinte sie nur, ließ Ramon los und ging, ohne ihn anzusehen, zurück in die Wohnung. In ihrem Kopf ein heilloses Durcheinander. In ihrem Zimmer sah sie nur ein Bett. Der Tisch für ein gemeinsames Essen fehlte.

„Wir werden auf dem Boden essen müssen", stellte sie fest.

„Es gibt Schlimmeres", antwortete Ramon von draußen. „Ich hab' auch ein paar Baguettes mitgebracht. Die können wir belegen, oder? Im Kühlschrank ist noch genug dafür. Und eine Küchentheke haben wir auch. Essen kann man auch im Stehen."

Inés nickte wie abwesend und versuchte ihre Gedanken zu sortieren. Endlich hatte sie ihre eigene Wohnung, einen neuen Arbeitsplatz, sogar eine neue Liebe, eine, die nicht nur einen Körper wollte, sondern den Menschen, der in ihm steckte, und wie es schien auch zufriedene Jungs. Und doch fühlte sie sich mit einem Mal leer und wie vor wenigen Wochen von allem überfordert. In der Küche stützte sie sich auf dem Rand der Spüle ab und guckte nahezu geistesabwesend vor sich hin. Zählte die Kacheln an der Wand, hörte Diegos Radio durch seine offene Zimmertür und ihn, wie er mitsang, *ella perrea sola ... ey, ey, ey ... ella perrea sola ...* Sie kannte das Video und sah in dem Mädchen, das nur sehr knappe knallrote Lackklamotten anhatte, Luisa und wie sie ihren Hintern nicht allein, *perrea sola,* sondern vor Diegos Augen in Miguels Wohnung hin und her schwang. Ihr wurde genau in dem Moment übel, als sie wieder Ramons Arme um sich spürte.

„Was ist los?", fragte er besorgt, „hypnotisierst du die Wände?"

Sie winkte ab und räusperte sich. Dann drehte sie sich um und nahm ihn gleich darauf mit gesenktem Kopf in die Arme. Hauptsache er sah ihr Gesicht nicht. Sie presste ihn an sich und erwiderte:

„Innerhalb von wenigen Tagen wurde mein Leben auf den Kopf gestellt. War vielleicht tatsächlich ein bisschen viel für mich. Manchmal wird mir sogar übel davon. Jahrelang hatte ich keinen Mut für einen Neuanfang. Und nun sehe ich mich manchmal vor einem Abgrund. – Vielleicht sollte ich auch ein paar Poster aufhängen?! – Mit alten Fotos von mir – als Warnung."

„Oder ich sollte dich mit deinen Jungs heute Nacht mal allein lassen?!"

Ines schaut ihn erschrocken an und er sah ihr viel zu blasses Gesicht.

„Nein! Auf keinen Fall! – Nein, nicht heute! Ich ... ich möchte, dass wir eine Familie werden, lass mich jetzt nicht allein. Was hätten die Jungs davon? Die sind die ganze Zeit ohne mich ausgekommen und freuen sich sicher, ihr eigenes Zimmer genießen zu können."

„Dir geht es nicht gut", stellte er fest. „Okay! Ich bleibe, damit jemand da ist ... falls ..."

„Wie? Falls? Was soll sein?", ihre Stimme bebte ein wenig und die Augen flackerten. Sie schaute über seine Schultern und meinte leise: „Die Jungs kommen sehr gut klar mit dir. – Wir essen jetzt die Bocadillos und dann ...", jetzt flossen Tränen, „... verdammt, warum muss ich dauernd heulen?"

Ramon sah sie aus schmalen Augen an. Ihre Hände ließen ihn nicht los. Krallten sich fast in seine Seiten. Gut, er würde heute Nacht bei ihr bleiben. Anders war es ohnehin nicht gedacht. Sie behüten – sozusagen. Er schaute noch mal in ihr Gesicht und zog die Augenbrauen hoch. Wahrscheinlich würde sie sich wieder übergeben müssen. Wahrscheinlich war das in den letzten Tagen tatsächlich zu viel.

„Wenn du morgen fit bist, gehen wir nach Santa Catalina, auf den Secondhandmarkt, samstags ist dort *Tira'm els Trastos*. Da finden wir sicher einen Tisch und vier Stühle. Wäre doch ganz nett. Ein alter Tisch und vier verschiedene Stühle. Was hältst du davon?"

„Dann sag ich Miguel Bescheid, dass er helfen kann. Er hat sich angeboten."

„Nicht nötig! Wir sind drei Männer. – Du hast zwei starke Jungs. Lass sie ihrer Mutter helfen und erwachsen sein."

27. September, 22 Uhr 35

Zu Hause sah er sich die Fotos an, sie zeigten nicht viel. Nicht, was er erhoffte. Nämlich Kartons voller Handys. In zwei der drei Garagen stand das, was hineingehörte. Einmal ein Fiat, in der anderen ein alter SEAT ohne Nummernschild. Wohl schon seit Jahren. Mit einer dicken Staubschicht. Nur in der dritten stand so etwas Ähnliches wie eine Maschine. Er hatte mehrere Bilder gemacht und konnte nicht erkennen, wofür sie nützlich war. Nun drückte er auf das Senden-Symbol und wollte

Andreu rätseln lassen, was wohl zu sehen wäre. Die anderen Garagen waren mit Rolltoren verschlossen. Und so wie die Gebäude aussahen, versteckten sich dahinter sicher teurere Autos als in den beiden anderen.

Während sein Handy die Verbindung aufbaute, ließ er den Moment unter Inés' Balkon Revue passieren. Was hatte er sich von dieser Aktion erhofft? Zeuge eines Streits zu werden, weil er wedelnde Arme gesehen hatte? Und dadurch Genugtuung zu erfahren? Er tippte sich an den Kopf. Bei ihm da oben drin stimmte wohl etwas nicht.

Weißt du wie spät es ist?, stand auf seinem Display und Miguel schaute auf die Uhr. Dass du im Bett liegst, muss um die Zeit andere Gründe haben, schrieb er zurück und grinste. Nein! Ich habe morgen noch eine Frühschicht. Solltest du eigentlich wissen. Miguel verzog das Gesicht. Was war nur mit Andreu los? Sechs Uhr in der Frühe war nicht Mitternacht. ¡Flojo! Weichei!, schrieb er zurück und wartete ab. Nach drei Minuten kam ein längerer Text. Ist eine Stempeldruckmaschine und vorne siehst du ein Laminiergerät. Das gehört nicht zur Maschine. Sieht insgesamt sonderbar aus, weil der Deckel offen steht. Mit so einer Maschine könntest du kleine Schachteln bedrucken. Wieder ein Volltreffer!

Jetzt weißt du, warum du Frühschicht hast! Wir treffen uns dort morgen früh. Vielleicht gibt's etwas, das wir verwenden können. – Ich sag Ricardo Bescheid. Gute Nacht!, war Miguels Antwort. Dann legte er das Handy zur Seite und schaute auf die Uhr. Wenn er morgen dort eintraf, käme Elena nach Hause und wäre sicher müde. Er würde ihr einen Zettel hinlegen und etwas zu essen hinstellen. Wenn alles gut ginge, wäre er am frühen Nachmittag wieder zurück.

Er griff noch mal nach dem Handy und schrieb auch ihr eine Nachricht. Dann machte er seinen Espressokocher startklar, setzte ihn auf die Herdplatte und stellte sich danach an die Balkontür und schaute in der Dunkelheit hinüber zu der schwach beleuchteten Bauruine. Auf der obersten Kante lief eine schwarze Katze entlang. Ansonsten war es ruhig. Seit der Zaun aufgestellt worden war, trieb sich dort von dieser Seite aus niemand mehr herum. Auch das Loch war seit Wochen wieder zu. Der Himmel zog langsam zu und er musste deshalb an Eduardo denken: *Frag mich, wie das Wetter wird, und ich sage dir, ab dem Wochenende ist Schluss mit der Wärme. Der nächste Regen kommt.* Wahrscheinlich würde er recht behalten. Das geeignete Wochenende für Zweisamkeit.

Das Brodeln unterbrach seine Gedanken und erforderte volle Konzentration. Er drehte den Kopf und lauschte dem Spucken, Glucksen und Zischen. Es klang gut. Alles war in Ordnung, alles gut, alles richtig. Auf dem Tisch lag die neueste Zeitung. Er schenkte sich eine Tasse Kaffee ein, setzte sich an den Tisch und blätterte die Seite mit den Horoskopen auf. Mit dem Finger glitt er zu seinem Sternbild und fuhr die Zeilen entlang. *Ihre Leidenschaft ist im Moment nicht zu bremsen und entfacht in Ihrer Partnerschaft einen Sturm. Aber ein alter Zweifel bedroht Ihre selige Zweisamkeit.*

Mit einem dicken Filzstift strich er den letzten Satz durch, runzelte die Stirn und umkringelte stattdessen den davor. Warum dachte er Zweisamkeit und da stand das Wort? Auf die Uhr schauend stand er auf, ging ins Bad und machte sich für die Nacht fertig. Eine halbe Stunde später war er bereits eingeschlafen.

28. September, 6 Uhr 20

Mit einer Taschenlampe leuchteten sie durch die Lamellen. Die Maschine stand noch genauso wie am Abend zuvor an ihrem Platz. Die Kollegen nickten sich zu und mit zwei, drei Schwüngen einer Brechstange hatten sie das Tor geöffnet. Die Flügel schwangen auf und gaben den Blick in eine lange Garage frei, in die leicht zwei Autos hintereinander gepasst hätten. Rechts in dem Raum der Stempeldrucker und links ein ganzes Arsenal kleiner fertiger Schachteln und Stapel von noch nicht zusammengefalteten Rohlingen. Hinten im Raum ein Tisch mit einigen leeren und halb vollen Flaschen. Bier, Wasser und Cola. Sowie fünf Tassen beziehungsweise Gläser. Eine Tüte vom Eroski-Supermarkt lag auf einem Plastikstuhl und neben diesem Burger-King-Verpackungen. Andreu ging zu dem Turm aus Schachteln.

„Das sind doch Hunderte?!", stellte er fest, zog sein Handy heraus und schaute es verwundert an, „vielleicht ist meines gar kein originales?"

„Die werden hier nicht nur für Mallorca produzieren. Das meiste verhökern die übers Internet. Da gibt's genug Portale für Secondhandapparate", meinte Ricardo, bückte sich und begann, die vorgestanzten Pappen durchzuzählen. Nach einer Weile gab er das Ergebnis bekannt:

„Sechsundsechzig. – Sah nach mehr aus. Und ungefähr achtzig Schachteln."
Einer der Polizisten, der mit der Brechstange, stieß Luft aus und rechnete ihnen vor:

„Also um die 140 Stück. Wenn Sie die mit guten Smartphones füllen, bedeutet das circa 60.000 Euro." Er schaute in eine der Schachteln. Die war unbeschriftet und leer. „Und nicht vergessen, die klauen ja noch Geldbörsen und Taschen. Manche von den Sachen finden Sie dann für zehn oder zwanzig Euro bei den Straßenhändlern und die behaupten dann, ohne mit der Wimper zu zucken, das sei zweite Wahl."

„Dann kann man sich so einen BMW leisten", gab Andreu mit hochgezogenen Brauen zurück.

„Der war ja nur für eine Woche gemietet", korrigierte ihn Miguel, „zurzeit 460 Euro. Ein Klacks."

„Wenn von denen nur ein Fingerabdruck auf dem Zeugs ist, kannst du dich freuen", lächelte Ricardo Miguel an.

„Oder wenn ein Haar von denen hier rumliegt", erwiderte der, ging in die Knie und schaute über den Boden, „hoffentlich."

„Wir werden wieder lange suchen müssen. Die Ausbeute in Marratxi wird dem Ermittlungsrichter vielleicht nicht reichen", war Ricardos Diagnose, nachdem er sich Handschuhe übergezogen und Teile der Maschine aus der Nähe angeschaut hatte. Er hielt beide Hände hoch. „Die haben auch hier mit Handschuhen gearbeitet", erklärte er, „rennt also hier nicht so durch die Gegend und haltet die Finger bei euch! Wenn ihr Glück habt, haben sie die Flaschen und das Zeugs auf dem Tisch mit ihren Fingern angegrapscht. – Am besten wartet ihr draußen. Oder geht zurück in die Burg. Ich gebe euch Bescheid. – Einer von euch sollte allerdings hierbleiben und im Falle eines Falles den Staat repräsentieren."

Ricardo grinste und Sanchez Olivero, Andreu und zwei Kollegen, die nicht zu Ricardos Leuten gehörten, schauten sich mit langen Gesichtern an und trollten sich vor das Tor. Dort meinte Andreu:

„Also gut. Bevor wir Streichholzziehen machen. Ich bleib hier. Ihr könnt dann abschieben. Nachher hol ich mir 'nen Kaffee vorne an der Promenade. Da hat sicher schon einer auf. Und ein paar schöne Joggerinnen gibt es sicher auch."

Mit einem frech grinsenden Gesicht und einem zwinkernden Auge schlug er Miguel auf die Schulter und ergänzte:

„Elena freut sich – vielleicht. Und ich komm morgen erst um neun oder halb zehn. – Ist das ein Angebot? – Dann kann ich auch mal ausschlafen." Er schlug eine Faust in die andere Hand und grinste wieder breit. „Oder so."

28. September, 7 Uhr 50

Miguel hatte tatsächlich kurz gezögert, aber er wollte keine Sonderrechte. *Sie wissen, was Ihnen droht, wenn ich das nach oben so weitergeben müsste?* Pelleters Feststellung konnte auch anders verwendet werden. Er grinste Andreu an und schlug ihm mit einer väterlich wirkenden Geste auf die Schulter. Natürlich würde er hierbleiben. Vielleicht fände er auch Hinweise, warum Eduardo diese Garage kannte. *Esto es muy raro,* dachte er, das kam ihm spanisch vor.

„Nein, alles gut. Ich sondier hier mal die Lage." Er zeigte auf den Berg der leeren Schachteln. „Aus dem Internet lädst du dir deine Bedienungsanleitungen herunter, druckst sie aus und dann gehst du in einen Secondhandshop und verkloppst dein angeblich altes Handy für 50. Der Händler freut sich. Schachtel und Schnellanleitung sogar dabei. – Aber man kann noch mehr daraus machen, wenn man selbst einen Laden hier hat. Aus 50 werden 100 und mehr. Die Gewinnspanne steigt dann natürlich immens und wenn du dann noch die Dinger mit entsprechendem Inhalt frisierst …"

„Dann freut sich Ximena", erwiderte Andreu, hörte schon nicht mehr richtig zu und verschwand mit zweien der Polizisten.

Zehn Minuten später saß Sanchez Olivero an dem Tisch über einen kleinen unscheinbaren Karton gebeugt und inspizierte dessen Inhalt. Mehrere Rollen dünne Plastikfolie. Zu Ricardo gewendet fragte er:

„Kann man so etwas verschweißen?"

Ricardo seufzte. Wäre ja auch ein Wunder gewesen, wenn seine Männer und er ungestört ihre Arbeit machen könnten. Er streckte den Rücken durch, kehrte noch irgendeinen Staub zusammen und sah zu Miguel.

„Du willst Tütchen daraus machen? Kein Problem. Da reicht dir genauso ein billiges Ding, wie es da vorne steht. Nämlich ein Folienschweißgerät. – Du musst nur sauber arbeiten. – Sehr sauber. Ich vermute allerdings, so sauber, wie es auf dieser kleinen Stempeldruckmaschine aussieht, haben sie die Tütchen irgendwo anders gefüllt –, wenn dein Verdacht stimmt."

Sanchez Olivero schaute mit schief gelegtem Kopf über die Oberfläche des Tischs, an dem er saß und zeigte darauf. Er erhielt ein Kopfschütteln.

„Marratxi?"

Wieder ein Kopfschütteln.

„Ich sagte doch, ich weiß nicht, ob das dem Ermittlungsrichter reicht. Deren Organisation ist kein Hobbyverein, die haben Anwälte, die mit allen Wassern gewaschen sind. Da is ein halbes Gramm auf 60 Quadratmeter ein gefundenes Fressen für die."

„Cala Bona?"

Ricardos Lächeln war künstlich.

„¡Cachondo! Scherzkeks."

„Also ein vierter Ort", stellte Sanchez Olivero fest.

„Was hältst du davon, dabei an die klassischen zu denken?"

„Du meinst Son Banya, Son Gotleu, Corea und La Soledat ..."

Son Oliva, Rafal Vell und auch Magaluf ... und die anderen bekannten Brennpunkte."

„Die sie jetzt klinisch sauber hinterlassen, nachdem sie Wind von unserer Aktion bekommen haben."

„Ich befürchte es. – Um das Zeug abzufüllen, brauchst du nicht viel. Ein paar loyale Leute – nicht mehr als zwei oder drei –, die auf Sauberkeit achten und die mobil agieren können. Örtlichkeiten gibt es im Moment genug. Ein sauberer Tisch reicht."

„Aber die Gerätschaften liegen hier." Miguel zeigte auf die Rollen. „Wenn das alles stimmt, kannst du mit einer Rolle über 200 Beutel herstellen. Das bedeutet, fast eineinhalb Kilo wandern so in die Handys. – Das hier sind sieben Rollen. – Handys klauen, Akkus organisieren, Schachteln basteln und was weiß ich. Ein ganz schöner Aufwand, wenn ich das Zeug schon säckeweise in Booten hin und her schippern kann. Abgesehen davon bräuchte ich um die 1500 Handys. Die klaust du nicht so schnell zusammen. Auch nicht auf Mallorca. – Ich überlege die ganze Zeit, was das soll."

Ricardo zuckte nur mit den Schultern und stieß einen Grunzlaut aus, während Miguel weiter laut nachdachte:

„... dann nehm' ich doch lieber ein kleines Sportflugzeug und stopf es voll. Flieg über die Grenze und dort nimmt man das Ganze auf einem Acker entgegen und verschwindet in alle Himmelsrichtungen. – Sogar per Post bekomme ich sicher eine ganze Menge verschickt."

„Aber nicht von der Insel", schränkte Ricardo ein, „an den Verkehrsflughäfen ist die Überwachung mittlerweile sehr effektiv."

„Ich sag dir, fünfzig Prozent der Sendungen – mindestens – kommen trotzdem durch."

„Das wäre dann ein klassisches Minusgeschäft",
kam von unten, denn Ricardo schaute nun tatsächlich
wie Sherlock Holmes mit einer Lupe den Boden an.
„Auf fünfzig Prozent verzichte ich ungern, wenn ich
eine besser funktionierende Idee habe."

„Und die wäre?"

Ricardo richtete sich auf und ließ seinen Kopf rollen.
Dann zog er den Mundschutz herunter und schaute Miguel an. Seine Stirn ein Faltengebirge.

„Ich bleib dabei. Du verteilst die Dinger auf mehrere
Autos und dann fährst du mit der Fähre aufs Festland.
Von dort geht es per pedes über die grüne Grenze. In
feinen kleinen Portionen. In zwei Smartphones sind bis
zu fünfzehn Gramm. Entspricht bis zu tausend Euro.
Wenn das mal kein verlockendes Geschäft ist. Drei sind
euch durch die Lappen gegangen. Fünf hast du hops-
nehmen können. Und mit einem Kleinlaster, in dem irgendwas drin ist – Gurken, Tomaten, Weinkisten … –
befindet sich ein großer Versandkarton mit Handys. Sagen wir 40 Stück. – Noch Fragen?"

„Für die grüne Grenze brauche ich nur eine dunkle
Nacht, einen vollen Rucksack und – schnelle Füße", er-
widerte Miguel. „Zehn Kilo. Eine halbe Million. – Nein.
Der Trick hat andere Gründe."

„Du vergisst die Handys. Für 40 Stück kassierst du
unter Umständen fünf- bis zehntausend. – Und das
zweimal, weil du es wieder klauen lässt."

„Ich renn doch nicht jedem, dem ich das Ding aus
der Tasche gezupft habe, hinterher. Nein. Ich bleib dabei. Da steckt etwas anderes dahinter."

Ricardo verzog das Gesicht und beugte sich wieder vor.
Mit einer Pinzette fummelte er etwas aus einem Riss im
Estrich heraus. Das erfordert seine ganze Konzentra-
tion. Miguels Problem war jetzt nur noch auf Platz zwei.

Der Inspector verfolgte Ricardos Tun mit wenig Interesse, stand auf und ging vor zum Garagentor.

„Und das mit den verschiedenen Ortschaften kapier ich auch nicht", murmelte er leise vor sich hin, „da miete ich mir doch lieber eine Ferienvilla für eine Woche, hab sogar Küche und Schlafzimmer und leg in aller Ruhe los."

Er hörte hinter sich ein Brummen.

„¡Hombre!", es klang eindeutig genervt, „du vergisst noch etwas. Es geht nicht um den großen Deal. Die suchen Wege zum Endkunden und – warte mal – wir reden die ganze Zeit von zehn oder elf Gramm, mach mal dein Handy auf und guck dir den Akku an und dann den Platz, den der einnimmt. Ich glaube, zwanzig, vielleicht sogar fünfundzwanzig Gramm Stoff bekommst du unter. Und falls du Ecstasy-Pillen schmuggeln möchtest, je nach Bauart, um die zwei Dutzend. Im Übrigen ist das Zeug billiger herzustellen."

„Das ist der erste gute Einwand. Logisch!" Überzeugt klang es trotzdem nicht. „Das ist auch die passende Kundschaft."

„Ich korrigiere mich. – Etwas. – Sie tauschen! Leere Handys gegen volle. Ein Pfandsystem. In den ganz normalen Läden. In ihren. Wo kannst du jetzt deinen Stoff besorgen? Auch als Tourist? In solchen Zeiten? Sind längst nicht so viele da. Trotzdem, auch die brauchen ihre Dosis. Aber die meisten Discos sind zu. Restaurants und Bars haben Auflagen und werden regelmäßig kontrolliert. Also gebe ich mein leeres – falsch! – kaputtes – Handy ab – sozusagen als Reklamation – und bekomme meinen Stoff – egal welchen – in einem neuen. Und das an allen Stränden des Mittelmeers. Zufrieden?" Vorne am Tor angekommen zog Sanchez Olivero die Augenbrauen hoch und drehte sich um. Für ein paar Sekunden sah er Ricardo an. Dann meinte er:

„Verdammt. Richtig. Jetzt hat es eine Logik. Weil die Dinger in Folie und Tütchen eingepackt und dann noch in Schachteln geschoben werden ...“

„... die auch in Folie eingeschweißt werden ...“

„... ist das ein so gut wie klinisch reines Geschäft.“

„Du sagst es. Ein so gut wie. Man kann es nur schwer erschnüffeln.“ Er hob den Arm und deutete auf die Pinzette. „Wenn mich nicht alles täuscht, könnte das der Rest der Schweißnaht eines Kunststoffbeutels mit Kokain sein. – Vielleicht haben wir also beide recht.“

28. September, 11 Uhr 00

„Pelleter hält Audienz“, empfing ihn Andreu.

„Weswegen?“

„Wenn ich das wüsste.“

„Jetzt?“

„Jetzt!“

Miguel wunderte sich und zog los. Sicher war er bezüglich der Aktion am Morgen neugierig. Miguel klopfte gegen die Scheibe, Pelleter stand sofort auf und schloss gleich hinter ihm die Tür.

„Ich hab' was“, begann Pelleter, ohne abzuwarten, und überreichte ihm zwei Blätter. Ausdrucke einer Mail. Oben ein hellblaues Wappen der *Policía de la Ciudad de Buenos Aires.* Das zweite Blatt unten von einer kurvenreichen Schrift unterzeichnet.

„Was ist daran so geheimnisvoll?“, fragte Miguel.

„Lesen Sie es!“, antwortete Pelleter und setzte sich wieder. „Sie werden mit ihr darüber sprechen müssen“, fügte er hinzu, „oder wussten Sie das alles schon?“

Miguel setzte sich ihm gegenüber und begann zu lesen. Es war der Bericht zu einer Befragung. Teilnehmer, *participantes,* Miguel wunderte sich über die Wortwahl, ein Inspektor und eine Inspektorin und Antonia Sanz. Jetzt runzelte er die Stirn. Antonia Sanz, die Frau aus Elenas Labor.

„Vielleicht sollte ich jetzt noch erwähnen", unterbrach Pelleter, „dass die Spurensicherung an einer Verpackung, allerdings auch nur an einer, ihre ...", er tippte an das erste Blatt, „... Fingerabdrücke gefunden hat, wie uns in einem anderen Schreiben nun von dort bestätigt wurde."

Miguel war zu verblüfft und schüttelte deshalb nur den Kopf.

„Davon haben Sie mir nichts erzählt?!"

„Wenn Sie es gelesen haben, wissen Sie, warum."

Befragung auf Grundlage des Dekrets 1993/2010 zur Einholung von Informationen bezüglich einer Anfrage usw. Miguel überflog die Paragrafen und suchte das, was ihm wichtig erschien. Señora Antonia Sanz, geboren in Buenos Aires, am 24. März 1986, gab bei dieser Befragung zur Anzeige, dass sie in den Jahren, in denen sie als Virologin im Institut des Enrique Alveda Vicario, gemeldet in Madrid, aber insbesondere ab dem Jahr 2018, von diesem mehrfach sexuell belästigt wurde. Nachdem sie im Sommer des laufenden Jahres, siehe oben, sogar fast einer Vergewaltigung zum Opfer fiel, sich aber noch vor Vollzug befreien konnte, hatte sie den Plan, sich an ihm zu rächen. Weitere Ausführungen machte die Befragte hierzu nicht. Stattdessen gab sie an, Madrid unmittelbar danach verlassen zu haben, um nach einem Erholungsurlaub auf den Balearen wieder in ihre Heimat nach Buenos Aires zurückzukehren. Von einem weiteren Vorgehen wird in diesem Zusammenhang abgesehen, da Señora Sanz von einer Anklage bezüglich der Übergriffe durch die Person von Enrique Alveda Vicario abgesehen hat. Hochachtungsvoll ...

„Haben Sie das gewusst?" Pelleter forschte mit ernstem Blick in Miguels Gesicht. Der legte die Blätter vor sich auf den Schreibtisch und kratzte sich am Kopf, um gleich darauf immer wieder mit einem Finger an seinem Haardreieck entlangzufahren. Dann atmete er tief ein und stieß die Luft mit einem Stoß aus.

„Ja", sagte er knapp und ließ ein paar Sekunden verstreichen, bevor er hinzufügte: „Elena hat wohl das Gleiche erlebt. – Aber ich verstehe nicht, er heißt Alveda und sie Muñoz. Ich dachte, es wäre ihr Vater. Also Muñoz Vicario."

„Andreu hat ein wenig in der Familiengeschichte geforscht. Ihr Vater Salvador Muñoz Díaz starb, als sie fünf Jahre alt war bei einem Autounfall. Die Umstände wurden nie ganz aufgeklärt." Pelleter zuckte mit den Achseln. „Er war der Gründer des Institutes und sehr erfolgreich. Allerdings gibt es nichts, was schon auf Unregelmäßigkeiten hinweisen würde. Das ist wohl alles untersucht worden. Ihre Mutter Alba Moreno Plaz heiratete bereits fünf Monate später."

Sanchez Olivero schaute schnaufend an die Decke. Nur ein Wort tauchte in seinen Gedanken auf: Warum?

„Sie hat mir nichts davon erzählt", stellte er fest.

„Wir werden sie befragen müssen", erwiderte Pelleter ernst, „die beiden könnten ja kooperiert haben. – Finden sie nicht?"

Schlagartig wurde Miguel blass und in seinem Kopf stürzte alles zusammen. Das Mosaik, das sich plötzlich zusammenfügte, durfte nicht passen, durfte nicht wahr sein. Elena zu Besuch in Buenos Aires. Die Sanz war dort umständlicher als in Madrid, hatte sie gesagt. Auch eine Beschreibung, wenn man erfährt, dass der eigene Vater sich nicht nur an der Tochter vergangen hat. Also schmiedet man zusammen einen Plan. Die eine infiziert und die andere kennt das Virus. Die eine macht Urlaub, die andere arbeitet dort im Krankenhaus. Nein! Es musste eine andere Lösung dafür geben. Dieses Bild war zu perfekt. Er spürte Tränen hochkommen.

„Erlauben Sie mir, dass ich nachher zu ihr gehe. Ich möchte mit ihr vorher allein sprechen."
Pelleter hob nur beide Hände und nickte. Dann meinte er:

„Ich weiß Ihre Loyalität zu schätzen, das wissen Sie."

28. September, 11 Uhr 15

„Du warst bei Pelleter?"
Miguel nickte und sah Inés, vom Gespräch mit Pelleter viel zu verwirrt, von oben bis unten an, als müsste er überlegen, wer sie ist. Das Einzige, was er wahrnahm, war: Ihre in den letzten Wochen oft getragene Uniform fehlte. Endlich mal wieder normale Kleidung, dachte er deshalb, und dass diese Frisur wirklich gut zu ihr passte. Nur nicht ihre Gesichtsfarbe. Sie war blass. Automatisch musste er an Eduardos Satz denken: *Du wirst dich um sie kümmern müssen.* Er legte den Kopf schief und fragte darum mit schmalen und forschenden Augen:

„Es geht dir gut?"
Inés nickte fahrig, ohne ihn anzuschauen, fuhr sich durch die Haare und schaute dann auf den Boden, auch, ohne auf seine Frage weiter einzugehen.

„Hast du fünf Minuten?" Es klang wie eine Bitte, die kein Nein dulden würde. Es ging ihr nicht gut und er hatte eigentlich keine fünf Minuten und – nickte trotzdem und ging vor ihr in den Gang zum Ausgang. Es war wahrscheinlich besser, wenn sie ihr *Gespräch* nicht hier führen würden. Wer weiß, was sie zu berichten hatte?

Welche Krise es nun galt, zu beheben? Mit einem leichten Griff an ihrem tätowierten Oberarm dirigierte er sie in Richtung zur *Simó Ballester*. Dabei schien ihm, als hätte ihr Wolf ein blaues Auge. Verwundert sah er auf den Fleck, der Umzug forderte wohl seinen Tribut.

„Ich bin Pelleter sehr dankbar für das, was er mir in den letzten Wochen ermöglichte", begann Inés, „auch für die Hilfe bei der Suche nach einer neuen Aufgabe." Pelleter hatte ihr geholfen? Auch davon hatte er Miguel nichts gesagt. Der hatte ihm gegenüber wohl mehr Geheimnisse, als es immer den Anschein hatte.

„Das sind jetzt quasi die letzten Minuten für mich in der Burg", sie lachte leise auf, „übermorgen bin ich dann an der Playa tätig und werde vermutlich Taschendieben und Saufbolden hinterherrennen."

„Übermorgen schon?!", entgegnete Miguel und tat dabei überrascht, denn durch das Gespräch mit Pelleter hatte er eigentlich ein ganz anderes Problem, als nun mit Ramon am Wochenende die letzten Möbel hin und her zu tragen. Doch er wollte zu seinem Wort stehen:

„Wann soll ich kommen? Wegen der Möbel?"
Inés blieb stehen und schaute ihn an. Kurz blitzte in ihrem Blick eine alte Vertrautheit auf. Dann war diese schon wieder verschwunden und sie ging weiter. An der Tür angekommen öffnete Miguel diese und Inés blieb in ihr stehen. Er wollte hindurch, doch sie machte keine Anstalten mitzukommen.

„Auch deswegen bin ich vorbeigekommen. Meine Jungs und Ramon haben die wichtigsten Sachen schon erledigt. Und bevor ich dir das am Telefon sage und einfach so absage, wollte ich wenigstens vorbeikommen und es mit einem *¡adiós!*, einem Lebewohl, verbinden."
Ihre Stimme brach und sie schaute zur Straße. Mit einem Mal ging es ihr dann nicht schnell genug. Jetzt bloß

keine Tränen! Sie strich sich über den Bauch und hüstelte. Nach einem Räuspern meinte sie lapidar:

„Wir bleiben ja in Verbindung und sind nicht aus der Welt. Wenn es was Neues und Wichtiges zu berichten gibt, melde ich mich. – Ich danke dir für alles!"

Damit machte sie einen Schritt auf ihn zu, drückte einen eher flüchtigen Kuss auf seine Wange und war schon an ihm vorbeigegangen. Keine Hand. Keine Umarmung. Keine letzte Zärtlichkeit. Auf der untersten Stufe der Treppe drehte sie sich noch einmal um und rief zu ihm hoch:

„Natürlich soll ich von Diego und Rafael schöne Grüße sagen."

Immerhin! Sie betrat den Bürgersteig und war nach wenigen Schritten rechts um die Ecke verschwunden. Miguel schaute ihr verwundert hinterher. So gehen also gemeinsame Wege zu Ende. Mit einem Danke und einen Gruß. Zugegeben, einen Kuss hatte er auch noch erhalten. Er schüttelte den Kopf und zuckte mit den Achseln. Dann zog er sein Handy aus der Hose heraus. Während er die Nummer tippte, kamen ein paar Bilder hoch: Die Nacht im *Tierramar*, die nach der Sache mit der Finca, die wenigen Momente, die ihn glauben ließen, sich um einen gemeinsamen Balkon oder eine Terrasse kümmern zu müssen.

Elena nahm nicht ab. Nach dem zehnten Klingeln legte er auf. Er würde es später nochmals versuchen. Unten an der Treppe schaute er zur Ecke, an der Inés verschwunden war. Kurz überlegte er, ihr hinterherzugehen. Aber warum? Es war doch alles und nichts gesagt. Auf die Uhr schauend beschloss er stattdessen, Elena während eines Kaffees bei Gabriela noch mal zu erreichen zu versuchen. Vorne an der Brücke saß weder der Mann noch seine hübsche, vermeintliche Tochter. Miguel schaute sich suchend um. In diesem Moment klingelte sein Handy. Das wird Elena sein, dachte er und sah auf das Display. Nein, es war Ricardo.

„Was hältst du von folgender Variante: Sie haben die Handys und die Verpackungen auch für den Schmuggel von Ringen, Edelsteinen und Gold verwendet. Wenn du mit deinem Auto über die Grenzen in Europa fährst, musst du höchstens eine Quittung für den Kauf deines im Ausland gekauften Handys vorlegen. Ich bin fest davon überzeugt, dass du nie das noch neu wirkende, weil eingeschweißte Handy auspacken musst. Dazu kommt, dass du als ausländischer Tourist die vier, fünf, vielleicht sogar sechs Apparate als Geschenk deklarieren kannst. Als Mitbringsel. Man wird dir sicher gute Fahrt wünschen. Erst recht, wenn du in einem sauberen und modernen Auto sitzt und entsprechend gekleidet bist."
Sanchez Olivero blieb so unvermittelt stehen, dass ein Mann ihn aus Versehen anrempelte und sich entschuldigte. Miguel hob eine Hand und ging zur Seite. Fünfzig Meter vor ihm hob nun Gabriela ihre Hand, weil sie dachte, er würde grüßen. Selbst auf diese Distanz konnte er sehen, dass sie sich freute. Er presste die Lippen aufeinander und pustete. Aus dem Hörer hörte er Ricardos Stimme:

„Du glaubst mir nicht? – Ich war gerade in der Werkstatt, in der dieser Peugeot auseinandergenommen wurde. Im Kofferraum unter der Abdeckung, unter der sich der Ersatzreifen befindet, waren fünf solcher Verpackungen. Drei Samsung, zwei Sonys. Pillen, Kokain und ausgebrochene Edelsteine. Gesamtwert circa 10.000. Vielleicht mehr. – Zufrieden?"
Wieder seufzte Miguel und setzte sich in Gang. Gabriela hatte die letzten Augenblicke neben dem Eingang gestanden und offensichtlich auf ihn gewartet. Als er mit dem Handy am Ohr auf sie zuging, löste sie sich von dem Türpfosten, ging auch auf ihn zu und begrüßte

ihn mit einem Kuss auf die freie Wange. Die eine geht mit einem Kuss, die andere kommt mit einem Kuss, schoss ihm durch den Kopf. Am anderen Ende setzte Ricardo seine Thesen fort:

„Mit dem Bötchen übers Mittelmeer fahren, ist nicht zurzeit. Die Kollegen der *Guardia* fahren verschärft Kontrollen. Da wiegt ein Verlust zu schwer. Also verteile ich das Zeug mit Autos und in kleinen mobilen Einheiten so nah wie möglich an meine Kunden. Es geht hier nicht um die großen Fuhren, sondern um die Weitergabe an Zwischenhändler und Endkunden. So seh' ich die Sache."

„Da könnte etwas dran sein", erwiderte Miguel unkonzentriert. Sein Kopf war mit anderen Problemen beschäftigt. Er befürchtete sogar, noch eine ganze Weile. „Mich wundert immer noch die hohe Anzahl von Smartphones. Selbst wenn die Dunkelziffer der gestohlenen Teile recht hoch sein wird. So komme ich nicht einmal annähernd an die Zahl der möglichen Tütchen. Was für ein Aufwand für die paar Gramm."
Mittlerweile saß er an seinem Stammplatz in der Ecke und Gabriela hatte schon einen Kaffee und eine Crêpe vor ihm abgestellt, dabei strich sie ihm über den Kopf und ging sogleich wieder hinter die Theke. Miguel sah ihr lächelnd hinterher und ergänzte:

„Es waren immerhin sieben Rollen. Was hatte ich gesagt? 1500 Handys wären das. Drei bis fünf werden pro Woche gemeldet. Manche geben an, es vielleicht verloren oder irgendwo vergessen zu haben. Aber das spielt keine Rolle. Selbst wenn es zehn wären und die Dunkelziffer das Zehnfache wäre, käme ich kaum auf diese Anzahl. Nicht innerhalb einer Saison. Was haben die vor? Nehmen die nur die Schachteln? – Das wäre aber ein billiger Trick."

„Würde auch nicht den bisweilen gewaltsamen Raub von Handys erklären. Du bist der Polizist, ich nur von der *científica*. Ich habe dir eine Idee geliefert. Jetzt bist du dran."

Miguel hörte das Grinsen in Ricardos Stimme und lachte deshalb auch auf.

„Ich geb' mein Bestes. In meinem Hinterkopf tut sich gerade ein Lösungsweg auf, dem werde ich nachgehen. Ich gebe dir Bescheid, wenn ich mehr weiß."

Sanchez Olivero drückte das rote Symbol und starrte zur Seite durch die Scheibe in die Passage hinein. Das Ganze war vertrackt. Das mit den Drogen. Das mit Inés. Das mit Elena, dem Virus, den Handys, mit der Liebe. Vielleicht machte er auch etwas komplizierter, als es war. Er versuchte sich auf die Handys und Drogen zu fokussieren. Vielleicht war das Komplizierte in dem Fall sogar Absicht und dadurch mehr möglich, als sie dachten. Sollte es viele Kuriere geben, wären diese natürlich nicht so leicht aufzuspüren. Ein Fahrzeug würden sie erwischen. Drei, acht, zwölf oder mehr kämen dafür durch. Im ersten Moment dächte niemand daran, nach weiteren zu suchen. Miguel nickte, zuckte mit den Schultern und wackelte mit dem Kopf. Dann grinste er sich in dem Fenster an. Er hatte mit sich selbst gesprochen.

Das Glas der Scheibe spiegelte ein wenig und er sah Gabriela mit einer Tasse an seinen Tisch kommen. Plötzlich sah er sich auf diesem liegen und Gabriela über sich gebeugt seinen Nacken und Rücken massieren. Kompliziertes hatte auch etwas Schönes. Er grinste still in sich hinein. Dann nahm sie neben ihm Platz, ließ ihn aber in Ruhe. Vom Telefonat hatte sie genug mitbekommen, um zu wissen, dass es nichts mit Inés zu tun hatte. Langsam drehte er den Kopf zu ihr, lächelte immer noch, zeigte dabei auf die Tasse und die Crêpe und meinte:

„Danke!"

„Es ist das vierte Mal in drei Tagen", erwiderte sie zufrieden, „jetzt bilde ich mir was ein!"

„Ich tätige die geheimen Anrufe von hier."

„Geheim? – 'ne Frau?" Sie grinste ihn an.

Miguel zögerte. Jetzt konnte jede Antwort falsch sein.

„Der Kaffee dafür ist hier besser als bei uns."

„Lüg nicht!"

Miguel zuckte mit den Schultern, trank einen Schluck und zuckte wieder mit den Schultern. Der Kaffee war tatsächlich nicht viel besser als der aus dem Automaten bei ihnen in der *Simó Ballester*. Aber wenn er sie ansah, erhöhte sich dessen Wirkung.

„Siehst du. – Inés weg. Luis weg." Sie pikte in seinen Oberarm. „Du hast dich in mich verknallt und willst wissen, wie das so ist mit so 'nem Typ Hausfrau wie mir."

Gabriela grinste immer mehr und schlug ihm auf die Schulter. Sie hatte es nicht ernst gemeint. Doch zu ihrer Überraschung meinte Miguel:

„Wahrscheinlich hätte ich es gut bei dir."

Sie sah ihn verwundert an. Das klang ehrlicher, als das *Wahrscheinlich* und *Hätte* vermuten lassen konnten. Sie beugte sich zu ihm und gab ihm einen zärtlichen Kuss auf den Mund. Vorne rief wieder jemand nach ihr. Sie streichelte über seine Wange und stand auf.

„Das würde ich von mir erwarten."

28. September, 11 Uhr 40

„Wer schreibt bei euch die Berichte für die Zeitungen? – Zwischen den Zeilen klingt es immer nach *Wir waren erfolgreich, haben einen hinter Schloss und Riegel, wissen aber nicht warum.*" Eduardo lachte natürlich am anderen Ende laut über seinen eigenen Witz. „*Am gestrigen 27. September wurden nach einer gemeinsamen Aktion verschiedener Einheiten der Guardia Civil und CNP Teile eines Drogendealerrings verhaftet. Dabei wurden nicht unerhebliche Mengen von Rauschgift und Bargeld sichergestellt.*"

„Was ist an der Meldung so komisch?"

„Aktion. Teile. Unerheblich. – Das verstehe ich nicht unter genauer Berichterstattung. – Es waren fünf Leute, davon zwei wichtige Mitglieder, insgesamt über eineinhalb Kilo Kokain und 30.000 in bar. – Ihr seid doch sonst nicht so zurückhaltend mit Selbstlob."

„Wir glauben, da gibt es noch mehr. Vor allem Geld. Du kennst das doch. Die lesen Zeitung und einige von denen werden nervös. Manche von denen wiederum reagieren wie aufgescheuchte Hühner. Deren Flatterflug verfolgen wir."

„Du träumst", stellte Eduardo eiskalt fest, „die wussten in derselben Sekunde schon Bescheid, als sich die Handschellen um Santos Donez' Gelenke schlossen. So schnell könnt ihr euch gar nicht umdrehen und denen hinterherrennen. Es ist das alte Spiel. – Für euch. – Arbeitsplatzsicherung."

„Du klingst bissig", stellte Sanchez Olivero fest, „so kenne ich dich gar nicht."

„Die Nachricht, die ihr damit an die auch verteilt, ist die, ihr wisst nicht, warum. – Ihr habt eine größere Beute erwartet?"

„Ich gebe zu, dass mir ein wenig die Fantasie fehlt, Schachteln, Folie, Kokain, Ecstasy und andere Drogen mit Handys zu verbinden. Entweder es stören die Handys oder das Rauschgift.“

„Seitdem du mit deinen Frauen Schwierigkeiten hast, leidet dein Polizisteninstinkt. Es geht hier nicht nur um Drogen, um Prostitution, um Geld, um Handys. Es ist ein beginnender Krieg, der das Virus ausnützt. Die Umstände. Das ganze Drumherum. Den einen Teil des Geschäfts hast du herausbekommen. Aber dich wundert zum Beispiel die Anzahl der Handys. Dabei ist sie ganz leicht zu organisieren. – Wo bist du?“

„Bei Gabriela. Kaffeetrinken und geheime Telefonate mit dir führen.“

„Ein gutes Mädchen. Sie erinnert mich immer an eine Skulptur von Juan Luis Vassallo Parodi, die *Gades* heißt. Die steht seit 2003 in Cádiz an einem Strand. Wie Gabriela auf ihre Art hübsch. Sie schaut in die Ferne und sucht vielleicht nach ihrer Zukunft. Das könnte bei Gabriela auch passen. Sie hat auch nur Ärger mit den Männern. Die meisten sind entweder Verbrecher oder Idioten. Und manche sind dumme Polizisten.“ Endlich lachte Eduardo wieder sein typisches knallendes Lachen. Verstummte aber nach wenigen Augenblicken. „Ich sitze auf dem Sofa und sehe mir das Bild mit Valentina an. Raset wollte sie damals nackter. So wie Vassallo sein Model. Als sie den Kopf schüttelte, wenigstens ohne Unterwäsche. Valentina schüttelte wieder den Kopf. Die leicht laszive Pose musste reichen. Er hatte gefälligst mit seiner männlichen Fantasie etwas daraus zu machen – ohne direkt zu sein. Genauso funktioniert jetzt – in Zeiten, in denen sich die halbe Welt wegen des Norovirus auf dem Klo befindet und sich die Seele rausscheißt – das Geschäft der Kriminellen. Sie beweisen Fantasie, ohne direkt zu sein. Nach vorne stellen sie etwas anders dar, als es von hinten betrachtet aussehen könnte. Vassallo hat es subtil in dem Blick der *Gades* verarbeitet. Raset mit dem gelben Kleid und dem Arrangement. Und die Spitzen der Syndikate und Organisationen machen sich diese Methoden zunutze. Ja, sie arbeiten sogar mit den höchsten Ebenen der Staaten zusammen. Nicht nur Duque Márquez, unser Kolumbianer, will mitmischen, alle anderen tun es längst. Alle haben sie Milliarden seit Beginn der Pandemie dazugewonnen. Ihren ohnehin immensen Reichtum nochmals gemehrt. Die wenigsten von ihnen siehst du zurzeit in der Öffentlichkeit, denn die einzige Angst, die sie haben, ist die, an dem Ding zu krepieren, das sie so unermesslich reicher gemacht hat. Sie sind feiger als ihre Bürger, die sich für sie krummbuckeln und dabei auf Abstand und Hygiene achten. – Ich sehe, wie du dem Hintern von Gabriela hinterherschaust und denkst: Was hat das, was der da erzählt, mit meinem Fall zu tun? Und ich gebe zu, Gabrielas Hintern ist schöner als das, was ich dir erzähle und erzählen werde ...“

Miguel seufzte. Eduardo war unglaublich. Hatte er Kameras eingebaut? Saß er etwa in Sichtweite entfernt und beobachtete ihn? Vorne an einem der Tische? Er reckte sich, sah ihn nicht und senkte trotzdem den Blick in seine leere Tasse.

„Also, wenden wir uns deinem Fall zu. Oder dem, was du für einen Fall hältst. An die Handys heranzukommen ist einfach. Es gibt zu viele Tote beim Überqueren des Mittelmeers. Die meisten hatten Handys. Dutzende gelangen auf diese Weise in ihre Hände. Oder sie nehmen sie ihnen ab. Deklariert als Anzahlung. Plötzlich haben sie mehr als nur diese Dutzende. – Schachteln zu besorgen ist leicht. Sie zu bedrucken, das

Zeug, um das es geht, transportfähig zu machen, genauso. Die Leute, mit denen du zu tun hast, sind nicht nur Diebe und Dealer, sondern auch gewiefte Menschenhändler, sie schleusen mit diesen Trecks und Boten ihre Leute ein. Von oben gewünscht, erwartet, befohlen. Nenne es, wie du willst. Sie sollen Unruhe stiften. Aufwiegeln. Unzufriedenheit schüren. Die Rettungsorganisationen unter Druck setzen. Genauso die Regierungen. Doch inzwischen macht nicht jede Nation mehr mit. – Ab diesem Moment geht es auch gar nicht mehr um deine Handys, Drogen und was weiß ich. – Es geht darum, den Populisten in die Hände zu spielen. – Ich weiß, es klingt ab jetzt etwas verworren und kompliziert, während ich Valentina auf dem Bild betrachte und du in deine Tasse stierst und versuchst in der Pfütze eine Lösung zu erkennen. – Diese Populisten sind nämlich daran interessiert, die Heerscharen, die sie gewählt haben, nicht zu verlieren. Sie wollen sie bei der Stange halten. Das schaffen sie, indem sie ihnen Versprechungen machen, die sie, in dünnsten Salamischeiben geschnitten, wahr werden lassen. Nach fünf Jahren haben sie unter Umständen ein Prozent umgesetzt. Nie wird man erleben, dass es auch nur zehn Prozent werden. Unter dem Vorwand, etwas für den Glauben, die Religion, ihrem lieben Gott zu tun, haben sie eine industrielle Maschinerie in Gang gesetzt. Und diese mit Waffen und Gewalt abgesichert. Wie du siehst, auch mit kriminellen Mitteln. Jeder soll etwas zu tun bekommen. Jeder soll beschäftigt und dadurch abgelenkt sein. Angst ist ein probates Mittel. In der Zeit haben sie nur für hundertprozentige Gerüchte gesorgt. Die Latinos nehmen dir die Arbeitsplätze weg. Die Gelben klauen die Patente. Die Roten leben auf deine Kosten. Die Schwarzen jagen die Frauen auf den Strich. Die Gitanos ziehen dich bei allem über den Tisch. Urlaub auf Malle ist nicht mehr sicher. Suche dir eine Farbe oder Herkunft aus und du hörst in jeder Bar eine Theorie dazu. Bescheuert und zumeist gelogen. Prompt überfallen drei Schwarze Discobesucher. Prompt wird ein Mädchenhändlerring ausgehoben. Die quasselnden Leute in den Bars werden auf diese Weise tagtäglich bestätigt, rufen zu Demonstrationen auf und wehren sich. Laufen Amok gegen die aktuellen Bestimmungen. Unter ihnen – ein paar solche eingeschleuste Aufwiegler."

Eduardo machte eine Pause. Miguel hörte ihn etwas trinken und dann durchatmen, bevor er fortfuhr:

„Wieder weiß ich, dass dir das noch nicht reicht. – Deine Handys klauen sie für das Pfandsystem, das du schon herausbekommen hast, um Drogen noch lukrativer unter die Leute zu bringen. Sie denken sich immer wieder, selbst in diesen Zeiten, neue Tricks aus. Und doch tun sie dabei nur das eine, sie mehren das Geld der Populisten. Deshalb bin ich damals ausgestiegen. Weil es kein Gleichgewicht mehr gab. Weil nicht wir das Kokain hergestellt und den Amis verkauft haben, sondern weil die Amis vor Ort mitbestimmen wollten. Und das taten sie, indem sie sich gedungene Leute ausgesucht haben. Erst in unserer Organisation, dann in der Politik. Das machen die anderen – oft selbst ernannten – Großen dieser Welt nun auch. Ihnen ist schnuppe, woher das Virus kommt, ob es aus China, dem Dschungel oder sonst woher stammt, ob deine Elena daran schuld ist und es entwickelt hat. Ihnen ist es egal, sie nutzen es zu ihrem Vorteil, sie säen mit Gerüchten und ihrem Tun Zwietracht zwischen die einzelnen Staaten. Sie säen Zwietracht in Europa, weil es für sie weit weg ist, weil es bei ihnen nicht regulierend eingreifen kann. In jedem Flieger, der uns Urlauber bringt, sitzen ein, zwei Personen, die keine andere Aufgabe haben, als für ein bisschen Stimmung vor Ort zu sorgen. Was soll der ganze

Abstand? Die Zurückhaltung? Die Vorsicht? Ab in die Discos! An die Playa! Je mehr, umso besser. Willst du ein bisschen Ecstasy oder Koks? Ich kann dir helfen. Kriegst sogar ein Handy dazu! Werden die Leute dann krank?! Noch besser. Der nächste Lockdown kommt bestimmt. Grundstückspreise fallen, weil Leute sterben und die Familie die Häuser verkaufen müssen. Ja, ganze Hotels finden so neue Besitzer. Dann kommen die Russen, die Chinesen, die Osteuropäer und kaufen das schöne Stück Land, das bis dahin gut geführte Hotel, das erst jetzt schwächelnde Unternehmen. Es ist egal, ob die Häuser und Grundstücke genutzt werden. Später wird alles Bauland für die Reichen mit Infinitypool oder ein gutes Mittel für Erpressungen. *Damit* verdient man Millionen. Die denken nicht langfristig, sondern in wenigen Jahren. Unsereins spielt Minecraft, Battlefield oder geht bowlen. Die spielen ihr Abenteuerspiel live. Schwer bewaffnet. Mit echten Kanonen. Die gehen auf Großwildjagd. Die vergewaltigen Frauen reihenweise. Denen ist es einerlei, was in zwanzig Jahren ist. Ob Tiere aussterben. Die Frauen dabei draufgehen. Nationen auseinanderfallen. Die präsentieren ihren nackten Oberkörper neben Bärenfellen. Schieben eine Frau mit einer Hand auf dem Arsch so in das Bild, dass es passt. Das ist der Unterschied zu meiner Zeit damals. Wir haben an die Zukunft gedacht. Die wissen nicht einmal, wie dieses Wort geschrieben wird. Die kollaborieren mit genau solchen Verbrecherbanden, die für genug Unsicherheiten und Durcheinander sorgen. – Die Populisten in der Politik sind nicht wegen ihrer Versprechungen an die Macht gekommen, sondern wegen ihrer Millionen und Abermillionen, mit denen sie die Leute gefügig gemacht haben. Sie schauen grinsend zu, was gerade passiert, und verdienen weitere Milliarden daran. Das Einzige, wovor sie Angst haben, ist plötzlich angesteckt zu werden und sich totzuscheißen, weil keiner dieses Virus in Griff bekommt."

Wieder machte er eine Pause. Wieder wusste Miguel, dass er noch zu schweigen hatte, und gönnte sich einen Blick auf Gabriela. Gades. Er würde sie im Internet suchen.

„Morgen Abend landet eine Maschine mit Santos Donez' Bruder in Madrid, der ist für Finanzen im Syndikat zuständig. Er ist wie diese falschen Politiker an vielen Firmen beteiligt. Still in kleinen Portionen über viele Beteiligungen und Fonds. Wie all diese Syndikate. Ihm liegt unendlich viel daran, dass Europa wankt, kann man so doch einige Firmen billig aufkaufen und das Portfolio ergänzen, wenn sie auch aus der Bahn kommen. Er trifft einen Vorstandsvorsitzenden eines bedeutenden Industrieunternehmens, das sein Geld in diesen Zeiten gerne in Anspruch nimmt. Die einen denken an Hilfe, das Syndikat an Macht und Sieg. Im Schlepptau haben sie Anwälte und Finanzjongleure. Gleichzeitig sitzen drei infizierte Touristen in der Maschine, die nach Mallorca durchgeschleust werden sollen. Sag deinen Kollegen Bescheid. – Ich hab' keine Lust, mein Hab und Gut hier verteidigen zu müssen. Das ist der einzige Grund, warum ich dir das alles erzähle. Müsste ich nämlich eingreifen, ginge das für manchen nicht gut aus. Und du wüsstest wahrscheinlich als Erster, wie alles zusammenhängt, und mit meiner Ruhe hier oben wäre es vorbei. Dieses Syndikat handelt nicht wirklich mit Drogen, dieses Syndikat bereitet sein nächstes Gefechtsfeld vor. Der Scheiß mit deinen Handys ist in diesem Fall und im Endeffekt ein Ablenkungsmanöver."

28. September, 13 Uhr 25

Miguel hielt sich sicher noch fast eine halbe Minute das Handy an sein Ohr, obwohl Eduardo ohne ein *'a luego* oder *nos vemos* plötzlich aufgelegt hatte. Dann ließ er das Ding langsam sinken, legte es neben sich ab und sah Gabriela an oder auch nicht. Ein neues Problem war hinzugekommen. Dieses würde er nicht lösen können. Nicht einmal Comisario Pelleter. Für Politik waren sie nicht zuständig. Die wurde weiter oben gemacht, verhunzt, vermasselt. Er hatte schätzungsweise drei Dutzend Handys, einige Kilo Drogen, vielleicht 100.000 Euro. Dafür gab es ein paar Jahre. Wahrscheinlich würden sie nach zwei, drei Jahren schon – wenn sie überhaupt so lange hier im Gefängnis sitzen müssten – in ihre Heimat abgeschoben werden. In der Zwischenzeit hätte sich nichts geändert. Die da oben hätten nur ihre Macht abgesichert, sich mit gefälschten Wahlen neu wählen lassen, mit einer unsterblichen Regierungszeit ausgestattet und darüber hinaus ihre Milliarden vermehrt.

Frustriert schüttelte er den Kopf. Dann doch lieber der normale Alltag und dessen Probleme: Inés und die Liebe, Elena und die Liebe, Gabriela und die Liebe. Er schaute Letztere, wie von einem anderen Stern kommend, an. Sie blickte zurück und wusste sofort, dass etwas nicht gut gelaufen war, strich sich eine Strähne aus dem Gesicht, lächelte ihn etwas schüchtern an und polierte wieder ein paar Gläser. Ihr lockerer Zopf pendelte dabei hin und her. Als sie das nächste Glas abstellte, schaute sie wieder zu Miguel, der etwas in sein Handy eintippte und in der nächsten Sekunde lächelte. Etwa über die Nachricht einer Frau? Inés? War doch alles wieder gut? Sie füllte ein Glas mit Wasser, ging zu ihm hinüber und stellte es vor ihm ab. Neben ihm sitzend legte sie eine Hand auf seinen Oberschenkel.

„Darf ich? – Fünf Sekunden mir noch mal was einbilden?" Sie sah ihn an und wartete keine Antwort ab, sondern fragte weiter: „Keine guten Nachrichten? Inés?"

Miguel schüttelte den Kopf und hielt ihr das Handy hin. Auf dem Display ein Foto der Skulptur. *Gades,* die figürliche Allegorie für den alten Namen der Stadt Cádiz, seit einigen Augenblicken alias Gabriela.

„Das sollst du sein", erklärte er.

„Wer sagt das?" Belustigt nahm sie ihm das Smartphone aus der Hand, zoomte das Bild sogleich mit zwei Fingern größer und schob es auf dem Display hin und her. „So feste Beine habe ich leider auch. Und nicht so 'nen flachen Bauch. Schau nur! Mein Hintern ist breiter und ihr Busen ist fester ... Ansonsten ... danke. Die ist hübsch."

„Die Brüste? Fest? Kein Wunder. Sind sicher aus Bronze oder so", lachte Miguel und legte das Handy wieder vor sich ab, „und als wenn's darauf ankäme?!"

„Hast du 'ne Ahnung! Für ein paar Wochen klappt's auch so, dann kommt eine mit 'nem besseren Hintern und in der nächsten Nacht hast du trotz gewonnener Relegation den Aufstieg nicht geschafft. – Woher hast du das Bild?"

„Hat mir gerade ein Kunstkenner zugeschickt, mit dem hab' ich telefoniert."

„Und der kennt mich?"

„Der kennt die ganze Insel."

„Ah! Und da habt ihr über mich gesprochen und du hast dich über mich erkundigt? Ist ja der Hammer!" Gabriela boxte ihm in die Seite.

„Quatsch!", entgegnete Miguel lachend, „das war Zufall. Er hat mir in einem aktuellen Fall weitergeholfen. Allerdings damit auch gleichzeitig eine Illusion geraubt."

„Oh! Das ist wohl wiederum schlecht für einen Polizisten", stellte sie fest und verzog das Gesicht, weil draußen schon wieder jemand nach ihr verlangte. Sie gab ihm das Handy zurück und fluchte leise. Um seinen Oberschenkel wollte sie sich gleich noch mal kümmern. Miguel verfolgte sie. Ihre Figur ähnelte tatsächlich der *Gades*. Dann wählte er Elenas Nummer. Am anderen Ende klingelte es vergeblich, während draußen langsam die Sonne ums Eck gekommen war und Gabriela in Szene setzte, wie sie mit einem höflichen *gracias* das Geld in das Portemonnaie beförderte. Gerade als sie wieder zu ihm kommen wollte, wurde der nun frei werdende Tisch von vier neuen Gästen beschlagnahmt. Zwei junge Pärchen. Touristen. Die Jungs mit offenen Hemden und kurzen Hosen und die Mädchen in engen Leggins und kurzen Shirts. Sie kicherten und machten sich über irgendetwas lustig. Gabriela gab ihnen die Karte und die vier verwickelten sie sogleich in ein Gespräch. Miguel nutzte die Zeit und schrieb Elena eine Nachricht. Er würde sie heute Abend abholen.

Die nächsten Sekunden beobachtete er den Haken, der grau und einsam bewies, dass die Nachricht versendet, aber noch nicht gelesen war. Zugleich überlegte er, wie er den Kollegen in Madrid die morgige Ankunft des zweiten Santos Donez glaubhaft als Ergebnis von Untersuchungen vermitteln konnte. Nach einer Weile entschied er sich für die Variante verdeckter Ermittler, sah, dass Gabriela die nächsten Minuten noch beschäftigt sein würde, und hatte nach wenigen Augenblicken den richtigen Mann am Apparat. Das Gespräch zog sich genau so lange hin, wie Gabriela für die neuen Gäste und die Rückkehr an seinen Tisch brauchte. Wieder neben ihm sitzend meinte sie:

„Morgen zieh ich auch so enge Dinger an, vielleicht hab' ich dann Chancen. – Bei dir."

Sie grinste ihn an und er lächelte verschämt zurück. Morgen würde er auf jeden Fall wieder einen Kaffee bei ihr trinken. Er zückte seinen Geldbeutel, legte ihr einen Zwanziger hin und dachte an das Mädchen an der Brücke. Verdammt, Gabriela hatte auch schöne Beine.

28. September, 18 Uhr 20

Seit über einer Stunde müsste sie freihaben. Gestern war sie noch pünktlich aus dem Haus gekommen. Er beschloss, auf Station zu gehen und nach ihr zu fragen. Sicherlich war etwas dazwischengekommen. Vorhin hatte er mehrere Krankenwagen gesehen. Er stieg aus und querte die Straße vor dem Eingang, ging im Foyer nach links und drückte den Knopf für das dritte Stockwerk. Das Licht im Fahrstuhlkorb flackerte. Wunderbar, dachte er, aber der Fahrstuhl fuhr ohne weitere Störung nach oben. Gleich an der Tür traf er Teresa, die Assistenzärztin.

„Hallo Teresa, *¿qué tal?* Elena hat wohl noch zu tun?", fragte er.

Teresa schaute ihn verwundert an.

„Elena? – Sie ist doch irgendwann heute Mittag nach Hause gegangen. Hat sie dir keine Nachricht geschickt? – Ihr ging es nicht gut. Kein Wunder, nach all diesen freiwilligen Sonderschichten, die sie in den letzten Wochen geschoben hat. Immerhin hat sie auch mir zwei von denen abgenommen. Sie liegt sicher zu Hause und schläft. Sie war vollkommen fertig."

Miguel nickte, wurde blass und nickte wieder.

„Danke dir!", sagte er noch und ging zurück zu den Fahrstühlen. Unten angekommen rief er in der Burg an und rannte gleichzeitig zu seinem Wagen. Niemand nahm ab. Verdammt! Was war das für ein Tag? Fast hätte er einen Mann über den Haufen gelaufen. Entschuldigend hob er die Hand und stieg in den Twingo ein. Er wollte nicht wissen, was der Mann nun über ihn dachte. Gerade Vater geworden? Notarzt, der zu einem Einsatz musste? Denn Miguel ließ die Reifen quietschen und raste davon. Zu sich nach Hause. Mit jedem Meter war er sich sicher, sie nicht anzutreffen. Vor dem Haus stellte er den Wagen wie immer ab. Dieses Mal aber fast gänzlich auf dem Gehweg. Ihr Wagen war nicht zu sehen. Als er die Treppen hinauflief, versuchte er es ein weiteres Mal im Büro. Als er seine Wohnungstür aufschloss, nahm endlich jemand ab. Vicenç. Er rollte mit den Augen.

„Wo ist Andreu?", fragte er ungehalten.

„Nicht da."

Miguel fluchte irgendwas Unverständliches, weil er das Handy von seinem Ohr weggenommen hat. Mitten in der Wohnung stehend schaute er sich um und sagte:

„Elena Muñoz Plaz ..."

„Ach deine Flamme."

„Vicenç!", bellte er zurück.

„Entschuldige! Du weißt doch!"

„Wie lange brauchst du, um festzustellen, ob sie heute am Flughafen war und einen Flug gebucht hat?"

„Setz dich ins Auto und fahr hin. Bevor du im Parkhaus bist, sage ich es dir." Vicenç ahnte sofort, dass etwas gehörig schiefgelaufen war.

„Ich zieh mich jetzt noch um und lass das Handy laufen. – Danke!"

Fünf Minuten später saß er wieder im Auto und war auf dem Weg zum Flughafen. Er bedauerte, kein Blaulicht zu haben, das er sich auf das Dach setzen konnte wie die Polizisten in den Filmen. Trotzdem raste er, als hätte er einen Sportwagen unterm Hintern. Dafür kassierte er ein kilometerlanges Hupkonzert. Es wunderte ihn, nicht von den Kollegen verfolgt zu werden. Wahrscheinlich war die Strecke für einen solchen Alarm bis zum Flughafen zu kurz. Keine Viertelstunde später fuhr er die Rampe zum Abflug hoch und polterte fast ungebremst auf den Eingangsbereich hoch. Die Stoßdämpfer ächzten. Ein Wunder, dass die Reifen nicht platzten. Natürlich kamen sofort Männer der Security. Er hielt nur seine Dienstmarke hoch und rannte in das Gebäude. Kaum war er drin, tönte Vicenç' Stimme aus dem Handy:

„Barcelona. SWT 8169, 19 Uhr 50, Gate D 57. Hast also noch etwas Zeit."

„Danke!" Sofort legte er auf und schob das Handy in die Tasche, dann lief er auf einen Flughafenpolizisten zu und stellte ihm in knappen Worten dar, was er wollte. Der winkte und führte ihn durch ein paar Türen und Gänge in das richtige Terminal.

„Da vorne dann rechts", meinte dieser noch.
Miguel hob wieder nur knapp die Hand und lief etwas weniger schnell. Jetzt bloß niemanden anrempeln und Geschrei erzeugen, schoss ihm durch den Kopf. Aber der Betrieb hielt sich in Grenzen. Wer wollte in solchen Zeiten auch Urlaub machen? Sofort erkannte er sie. Elena hatte das gelbe Kleid mit den schwarzen Punkten an. Prompt war die ganze Nacht wieder in seinem Kopf. Das Geräusch des Meeres. Ihr Atmen. Ihr Keuchen. Ihre nackte Haut. Ihr Po, den er so gerne streichelte. Die langen Haare, die seine Brust streichelten, als sie sich auf ihm gehen ließ. Der glitzernde, dunkle wilde Busch in ihrer Scham. Ihre ungehemmte Liebe. Ihre ungeküns-

telte Hingabe. Er war sich sicher. In nichts davon verbarg sich eine Lüge. Die Plätze neben ihr waren frei. Er setzte sich die Sonnenbrille auf und die schwarze Kappe. Zu Hause hatte er sich noch umgezogen. Statt Jeans eine dunkle Stoffhose und ein unifarbenes Hemd. Etwas, was er sonst nie trug. Dann saß er neben ihr. Sie rührte sich nicht. Auch sie hatte eine Sonnenbrille auf und starrte nach vorne durch das halbrunde Fenster. Etwas zur Seite schielend sah er, dass sie weinte.

„Ich hab' dich an den Schuhen erkannt", flüsterte sie stockend, „du hast nur drei Paar."

„Wohin willst du?"

„Nach Barcelona. Jiménez Vilanova weiß Bescheid. Hat er es verraten?"

„Nein. – Ich wollte dich abholen. – Teresa meinte, du seist nach Hause gefahren, weil es dir nicht gut ginge."

„Und bist dann hierhergekommen?"

„Erst als ich zu Hause war. – Irgendwie wusste ich aber schon, dass du nicht da sein würdest. Ausgerechnet Vicenç hat herausbekommen, wo du bist."
Elena beugte sich vor und wühlte in ihrer Tasche. Sie zog ein Blatt Papier heraus und gab es ihm.

„Egal, wie sich alles darstellt. Es wird immer irgendwo ein Vertrauensbruch zu dir bleiben und ein ganzer Schwung an Halbgesagtem", sagte sie.
Miguel las das Schreiben. Eine Mail von dieser Antonia Sanz. Sie bestätigte das, was auch Pelleter als Mail vorliegen hatte, und fügte am Schluss hinzu: *Warum hast du dich nicht gewehrt? Oder hat es dir gefallen, was er mit dir gemacht hat? Dann hast du ja an dem Ganzen auch deinen Spaß gehabt. Vielleicht bist du ja pervers. Ich nicht! Trotzdem musste ich es ertragen. Und es hat mir keinen Spaß gemacht. Aber ich habe dich jetzt quasi daran teilhaben lassen. Auf andere Art und Weise. Das zu*

erklären wird dir sicher schwerfallen. Du kennst die Gründe. Ihr habt mein Leben zerstört.

„Und? Was steht da drin? Nichts! – Komm mit nach Hause. Es gibt nichts, was dir vorgeworfen werden kann, also wird es auch keinen Prozess oder so etwas geben. Am Ende steht höchstens Aussage gegen Aussage. Aber wir haben einen Fingerabdruck gefunden und der ist nicht von dir."

Elena schüttelte den Kopf.

„Nein, Miguel. – Nun ist Schluss. Man wird mich sicher immer als diejenige anglotzen, die es gewusst hat, und immer damit in Verbindung bringen. – Immer. – Vielleicht nicht von dir. Aber es wird immer ein Schatten von mir auf dir liegen. Für jeden sichtbar. Jeder wird dich daran erinnern. Und das frisst uns irgendwann auf. Wie willst du mit so einer zusammenbleiben, etwas unternehmen oder gar noch schlafen wollen? Mit einer, die wohl die Wahrheit nicht sagt …" Sie nahm das Blatt und hielt den Finger auf die Stelle *Das zu erklären wird dir sicher schwerfallen.* „… vielleicht habe ich sogar meine Liebe zu dir gelogen. Irgendwann wirst du ins Denken kommen. – Aber ich verspreche dir, wenn ich mal nach Palma zurückkomme, werde ich dich als Ersten besuchen. Egal, welche Hosen dann in deinem Badezimmer hängen und welches Duschgel auf dem Glasregal steht. Und wenn wir in diesem Moment noch dasselbe füreinander empfinden sollten, bleibe ich. Aber heute gehe ich." Sie stand auf und nahm ihren Rollkoffer, gerade wurde ihr Flug aufgerufen. „Mach's gut!"

Ohne sich wenigstens für einen Abschiedskuss zu ihm herunterzubeugen, ohne ihn anzuschauen, ohne zu erwarten, dass er sie aufhalten würde, ging sie zum Ausgang. Er sah ihr hinterher. Kaum war sie durch die Tür gegangen, weinte sie unaufhörlich.

(Andreas Heßelmann, Tuschezeichnung von Rainer Simon)

1958, Duisburg, Niederrhein. Kaum drei Jahre alt, die ersten Märchenplatten, dann Jim Knopf, die ersten (Kinder)-Krimis von Enid Blyton und später die von Jean-Bernard Pouy. Eine von Anfang an spannende und überaus fesselnde Welt, in der ich versank und die ich als Kind mit eigenen Figuren ergänzte. Meine Fantasie war angeregt. Das gilt auch heute noch. Ich wurde Buchhändler, schreibe seit 30 Jahren, erwecke Personen und Handlungen zum Leben und mache daraus Bücher, die ich gerne selber lese. Das ist in meinen Augen entscheidend: Man sollte die eigenen Bücher mögen.

Rainer Simon
Einer der bekanntesten Zeichner, Cartoonisten und Illustratoren Deutschlands. Er arbeitete für das Handelsblatt, die Stuttgarter Zeitung und den Playboy. Illustrierte Bücher von Michael Ende für den Weitbrecht Verlag und gestaltete Bücher unter anderem von Gerhard Konzelmann, Arturo Pérez-Reverte und Salim Alafenisch. Rainer Simon gewann unzählige Preise und Auszeichnungen. – Er lebt in Böblingen.

Andreas Heßelmann
Keine Rückkehr
Ein Mallorca-Krimi

ISBN: 978-3-7407-1523-6
Oktober 2016

Verlag Twentysix/Random House

13,- €

Ausgerechnet als er sich auf Mallorca von einem Mordanschlag erholen soll, findet der aus Padua stammende Commissario Berlingui schon nach wenigen Tagen in unmittelbarer Nähe zu einem kleinen Kloster die Leiche einer jungen Frau.
Am liebsten würde er sich aus den Untersuchungen heraushalten, doch Inspector Sanchez Olivero bindet ihn in einen immer komplexer werdenden Fall mehr und mehr ein.
Ein rasanter, harter, mitunter dunkler und leider immer aktuell bleibender Krimi.

„Andreas Heßelmann entspinnt geschickt eine Geschichte auf Mallorca, in der es nicht allein um das Katz-und-Maus-Spiel einer Mördersuche geht.“

(Peter Bausch, Feuilleton, Sindelfinger Zeitung)

Andreas Heßelmann
Keine Zeugen
Der zweite Mallorca-Krimi

ISBN: 978-3-7407-4341-3
Januar 2018

Verlag Twentysix/Random House

14,- €

„Ich hatte tatsächlich gehofft, derartige Fälle vorerst nicht wieder untersuchen zu müssen."
„Und doch landen solche früher oder später weder bei uns auf dem Tisch. Die Kundschaft dafür geht einfach nicht aus. – Die Nachfrage wird immer perfider, und die Angebotsseite passt sich an."
„Vielleicht ist es auch umgekehrt", seufzte Inés.
„Könnte sein, es geht ja dabei um viel Geld."
„Mein Gott, die armen Mädchen."

„Auch in ‚Keine Zeugen' geht es Heßelmann um mehr als die Suche nach dem Mörder. Er schaut hinter die Bühne des Postkarten-Mallorcas. Das schafft er nicht nur durch einen gelungenen Plot, sondern vor allem durch glaubwürdige Figuren. Allen voran der liebenswerte, keineswegs perfekte, aber stets Gerechtigkeit suchende Inspector Sanchez Olivero. Eine Ermittlerfigur, mit der man als Leser gerne seine Abende verbringt, mit der man mitleidet, mitfiebert und mitliebt."

(Tim Schweiker, Sindelfinger Zeitung)

Andreas Heßelmann
Der Tote unter der Explanada
Ein Alicante-Krimi
Teil 1

ISBN: 978-3-7407-1125-2
Neuauflage 2018

Verlag Twentysix/Random House

11,99 €

Nur noch wenige Tage bis zur Johannisnacht, den Hogueras de San Juan, eines der größten und buntesten Feste in Spanien. Doch ein grausamer Fund unter den Steinen der Flaniermeile Explanada de España in Alicante bedroht die Durchführung des Festes.
Inspector Xarneracomte, manchmal etwas langsam, bisweilen ungelenk und viel zu lang schon allein, stößt bei seinen Ermittlungen zusammen mit seinem besten Freund und Kollegen und mit viel Intuition auf merkwürdige und ungewöhnliche Spuren.
Ein aufwühlender und aktueller Krimi vor dem Hintergrund der Flüchtlingskrise in Spanien.

„Kennen Sie einen Afrikaner, der freiwillig nach Europa kommen würde? Das ist kein Wunschtraum, sondern nur der letzte Ausweg."

Andreas Heßelmann
Der Tote auf Tabarca
Der zweite Alicante-Krimi

ISBN 978-3-7407—5050-3

Verlag Twentysix/Random House

13,- €

Spanien ist einfach zu nah, als dass die Menschen des afrikanischen Kontinents nicht den riskanten Weg über das Mittelmeer in die vermeintlich bessere Welt wählen würden.
Doch sind sie angekommen, sind die Verlockungen in dieser Welt genauso groß. Inspector Xarneracomte und sein Freund Primo müssen im neuen Fall einen weiteren Mord aufklären, der wohl mit dieser Sehnsucht nach Freiheit in Verbindung steht.
Wären die beiden weniger mit ihren Angehimmelten, Mónica und Cristina, beschäftigt, würden sie sich sicher besser auf die Antwort darauf konzentrieren können.

Auch „Der Tote auf Tabarca" spielt vor dem hochaktuellen Hintergrund der Flüchtlingskrise in Spanien.

Andreas Heßelmann
Schlammschlacht
Ein Padua-Krimi

ISBN: 978-3-7407-3027-7
Oktober 2017

Verlag Twentysix/Random House

12,50 €

Abano Terme bei Padua. Ausgerechnet in diesem weltbekannten Kurort wird in einem Hotel Monsignore Tossatello mit einem Eimer Fango umgebracht. Commissario Berlingui hat es nicht nur mit einer ungewöhnlichen Methode von Mord zu tun, sondern auch der Ermordete ist als kirchlicher Würdenträger des Vatikans nicht gerade alltäglich. Aber es bleibt nicht bei dieser Leiche, und Berlingui findet sich in einem zunächst unübersichtlichen und viele Jahre zurückreichenden Fall wieder, dessen Ende überrascht.

„Einmal mehr hat Andreas Heßelmann einen Kriminalroman verfasst, der den Leser nicht mehr loslässt. Atmosphärisch dicht, voller historischer und politischer Bezüge und vor allem: spannend bis zum tatsächlich überraschenden Ende."
(Tim Schweiker, Sindelfinger Zeitung)

Andreas Heßelmann
Zementschlacht
Der zweite Padua-Krimi

ISBN: 978-3-7407-1495-2
August 2019

Verlag Twentysix/Random House

12,- €

Acht tote Schwarzafrikaner.
Mitten auf dem Prato della Valle in Padua.
Zwei Bauunternehmer, die sich seit ihrer Kindheit im Krieg kennen.
Spuren, die unglaublich erscheinen und Commissario Berlingui ein Rätsel sind, bis ihn die Ehefrau eines der Bauunternehmer zu einem Gespräch einlädt.
Berlinguis härtester Fall birgt nicht nur unvermutete Schicksale der Beteiligten, sondern beeinflusst auch sein eigenes Leben.
Ein ungewöhnlicher Krimi mit historischen Bezügen, die bis in die Zeit des faschistischen Italiens zurückreichen.

Andreas Heßelmann
Der letzte Mörder
Der dritte Padua-Krimi

ISBN: 978-3-7407-1495-2
Januar 2020

Verlag Twentysix/Random House

12,- €

Kaum aus seinem Urlaub auf Mallorca zurückgekehrt, wird Commissario Berlingui eine neue Kollegin vorgestellt, Sottotenente Loretta Dugiorni, Absolventin der Accademia Militare di Modena. Eine junge, strebsame und auffallende Persönlichkeit. Sie ist in seinem Fall „Zementschlacht", der ihn fast das Leben gekostet hatte, einigen merkwürdigen Dingen nachgegangen und hat nochmals nachgeforscht. Ihr überraschendes Ergebnis präsentiert sie zusammen mit Ispettore Collasso in ungewöhnlicher Umgebung:
„Der letzte Mörder" – Commissario Berlingui zwischen Erstaunen und Bewunderung.

Andreas Heßelmann
Kommt davon
Eine ganz andere Geschichte

ISBN: 978-3-7407-4828-9
Juli 2018

Verlag Twentysix/Random House

10,99 €

„Kommt davon" ist eine (ganz andere) Geschichte rund um die Liebe.
Offen, ehrlich, sensibel, erotisch, pikant und nachdenklich. Mitunter eine Reise durch vergangene Jahrzehnte und ein „Versuch" der männlichen Hauptperson mit Kinofilmen etwas über die Liebe zu erfahren, damit er endlich seine Angebetete erobern kann.
Und dies verführerisch unbedarft und oft vollkommen überfordert.
Aber auch unschuldig, manchmal naiv … und vor allem zärtlich und schüchtern.

Andreas Heßelmann
Losglück
Eine deutsch-türkische
Liebesgeschichte

ISBN 978-3-7407-6240-7
Januar 2020

Verlag Twentysix/Random
House

8,- €

„Liebe ist zweifellos der direkteste Zugang zum Leben. Aber wenn man keine zwanzig mehr ist, verlässt einen die Unbändigkeit des Lebens und man springt keine drei Stufen auf einmal hinunter. Dabei war ich mir sicher, nicht zu stürzen."

Ausgerechnet als er in seinem Leben ein wenig aufräumen möchte, lernt er an der türkischen Schwarzmeerküste eine junge Frau kennen, die es wert wäre, diese Stufen hinunterzuspringen.

Eine ungewöhnliche Liebesgeschichte. Erst in der Türkei spielend, dann in Deutschland.